Ian Flemings James Bond 007
in

DER MORGEN STIRBT NIE

Der Roman zum Film
von Raymond Benson
nach dem Drehbuch von
Bruce Feirstein, Nicholas Meyer,
David Campbell Wildon und Daniel Petrie jr.

Aus dem Englischen
von Bernhard Liesen

Deutsche Erstausgabe

WILHELM HEYNE VERLAG
MÜNCHEN

HEYNE ALLGEMEINE REIHE
Nr. 01/20009

Titel der Originalausgabe
TOMORROW NEVER DIES

Umwelthinweis:
Das Buch wurde auf
chlor- und säurefreiem Papier gedruckt.

Redaktion: Redaktionsbüro Dr. Andreas Gößling

Copyright © Glidrose Publications Ltd. as Trustee 1997
Copyright © für den Titel ›Tomorrow Never Dies‹ 1997
Danjaq. LLC and United Artists Corporation. ALL RIGHTS RESERVED.
Copyright © 1998 der deutschen Ausgabe by
Wilhelm Heyne Verlag GmbH & Co. KG, München
Printed in Germany 1998
Umschlagillustration: 007 Gun Symbol Logo © 1962 Danjaq. LLC
and United Artists Corporation. ALL RIGHTS RESERVED.
Photograph by Greg Gorman
Innenillustrationen: Mit freundlicher Genehmigung der
United International Pictures, Frankfurt
Umschlaggestaltung: Atelier Ingrid Schütz, München
Satz: Pinkuin Satz- und Datentechnik, Berlin
Druck und Bindung: Pressedruck, Augsburg

ISBN 3-453-13890-2

Für meine Kollegen
von der Ian Fleming Foundation:
John Cork, Lucy Fleming, Kate Fleming Grimond,
Peter Janson-Smith, Doug Redenius, David
A. Reinhardt, Mike VanBlaricum und Dave Worrall.

Im Andenken an Nicholas Fleming.

Besonderen Dank an
Barbara Broccoli, Michael G. Wilson, John Parkinson
und Meg Simmonds von EON Productions;
Elizabeth Beier, Carolyn Caughey, Dan Harvey, James
McMahon, David A. Reinhardt, Corinne B. Turner und
Mike Vincitore.

1
Ein teuflischer Schwarzmarkt

Überall in der Gegend lag Schnee, und das Reisen war gefährlich geworden. Doch dies änderte nichts daran, daß hier weiterhin wichtige Geschäfte getätigt wurden. Die Menschen waren aus den unterschiedlichsten Ländern Europas und des Nahen Ostens gekommen, um Deals abzuschließen, zu handeln und zu feilschen, und sie hofften, mit profitablen Geschäftsabschlüssen in der Tasche nach Hause zurückzukehren.

Die einsam gelegene Landepiste befand sich auf dem Khaiberpaß, direkt an der Grenze zwischen Afghanistan und Pakistan, und war der ideale Handelsplatz: eine enge, windige Passage zwischen den Safid-Kuh-Bergen im Hindukusch, die es Reisenden ermöglichte, das unwirtliche Terrain zwischen den beiden Ländern zu durchqueren.

Der Khaiberpaß ist ein geschichtsträchtiger Landstrich. Im fünften Jahrhundert vor Christus marschierte Darius der Erste von Persien auf seinem Weg zum Hindus über den Paß, und viele Jahrhunderte später fing Rudyard Kipling in seinen Gedichten die Atmosphäre der britischen Kolonialzeit in dieser Gegend ein. Die Kluft im Gebirge wurde durch zwei kleine Flüsse gebildet, die sich ihren Weg durch Schiefer und Kalkstein bahnten. Vor Jahren waren ein Weg für die Karawanen und eine Asphaltstraße angelegt worden, und auf der pakistanischen Seite gab es eine Eisenbahn, die durch vierunddreißig Tunnel und über vierundneunzig Brücken fuhr. Ein von den Bergen eingeschlossenes Gebirgsplateau auf dem Paß diente als ideale Landebahn. Hier trafen sich alle zwei Monate terroristische Splittergruppen, um Waffen zu kaufen oder zu verkaufen. Nur während dieser Zeit wurde ein Waffenstillstand ausgerufen, und man vergaß die Vendetten und gegenseitigen Verdächtigungen. Das Treffen war eine Versammlung von Söldnern, Killern, religiösen Fanatikern, Reaktionären und Kriegsgewinnlern – ein Schwarzmarkt des Terrors. Wenn der Preis stimmte, konnte man hier alles kaufen: Scud-Raketen, ungarische Mörser, AK-47s, Granaten, Chemiewaffen, Helikopter und sogar zwei vollgetankte, bewaffnete und startbereite Mig-29-Fulcrums. Das einzige, was man vermißte, war ein Plan, der Gästen zur Orientierung hätte dienen können, und es gab auch keine Firmennamen oder -logos, die verraten hätten, wer hier was verkaufte. Auch jene wunderschönen Firmenrepräsentantinnen, die sonst auf Messen die Produkte vorstellen und den Transport mit dem Shuttle-Bus vom Parkplatz organisieren, suchte man hier vergebens.

Niemand zählte die Teilnehmer, aber es waren mindestens einhundert Männer anwesend. Die Einladungen wurden meist durch Dritte ausgesprochen, und einige der Besucher hatten weite Umwege auf sich genommen, um an der Veranstaltung teilzunehmen. Sie wurde von einer mysteriösen Unternehmensgruppe organisiert, die von allen Teilnehmern Geld einstrich. Es kursierten Gerüchte, daß die Organisatoren aus Deutschland kämen, aber das war nicht sicher und kümmerte auch niemanden. Solange die Sicherheitsmaßnahmen stimmten, waren alle Gäste zufrieden, und wenn sie erst einmal die bewaffneten Posten, die Radarschüssel und die Infrarot-Maschinengewehre gesehen hatten, konnten sie sich beruhigt ihrem Gefeilsche widmen. Sie wurden von der besten Technik geschützt, die man für Geld erwerben konnte.

Die Terroristen konnten nicht ahnen, daß ihre Sicherheitsmaßnahmen geknackt worden waren. In London wurde der Schwarzmarkt von der Elite des britischen

Militärs und des Geheimdienstes beobachtet. Ein Mitarbeiter vor Ort trug eine versteckte Videokamera bei sich und übermittelte ein direktes Signal via Satellit.

Die MI6-Chefin M, ihr Stabschef Bill Tanner, der russische General Bukharin, der britische Admiral Roebuck und eine Handvoll weiterer, hochdekorierter Militärs saßen fasziniert vor den Monitoren in der Schaltzentrale des Verteidigungsministeriums. General Bukharin war gegen den Willen von Admiral Roebuck ins Hauptquartier des britischen Geheimdienstes eingeladen worden, aber M hatte darauf bestanden, daß er Augenzeuge der Ereignisse sein sollte. Roebuck gehörte zu den mächtigen Militärs, die sich nie ganz daran gewöhnt hatten, daß der MI6 jetzt von einer Frau geleitet wurde.

Die Schaltzentrale war groß und höhlenartig, der Grundriß des Raums sechseckig. Die Männer und Frauen, die hier arbeiten, waren von Videomonitoren in Leinwandgröße umgeben. In der Mitte des Raums standen Schreibtische, jede Menge Computer, Telefone und andere Geräte der Kommunikationstechnologie, mit der die Verbindung zur Außenwelt aufrechterhalten wurde. Hier begann Großbritanniens erste Verteidigungslinie. Die wichtigen Entscheidungen wurden in dieser Schaltzentrale gefällt, und wenn etwas wirklich Ernsthaftes anstand, war auch der Verteidigungsminister anwesend.

Der Schwarzmarkt der Terroristen in Afghanistan war keine besonders wichtige Angelegenheit, aber doch besorgniserregend genug, um dem russischen General Einlaß in die geheimen Gemäuer zu gewähren, damit er sich selbst ein Bild machen konnte. Nachdem sie ein Mann, der vor Ort für das MI6 arbeitete, von der Neuigkeit unterrichtet hatte, daß der Waffenhandel tatsächlich stattfinden werde, hatte Admiral Roebuck die *Chester* angefordert, ein Kriegsschiff im Dienste Ihrer Majestät, das im Golf von Oman patrouillieren sollte. Er war entschlossen, den Befehl zu geben, von Bord des Schiffs eine Cruise-Missiles abzufeuern, um dem alle zwei Monate stattfindenden Handel mit dem teuflischen Spielzeug ein für allemal ein Ende zu bereiten.

Bill Tanner, ein altgedienter Veteran innerhalb des Geheimdienstes, war schon Stabschef gewesen, als noch der frühere M, Sir Miles Messervy, als Chef die Verantwortung getragen hatte. Sir Miles war vor zwei Jahren in den Ruhestand getreten, die formidable neue M seine Nachfolgerin geworden. Tanner war klein, aber intelligent und wachsam. Er trug einen Kopfhörer mit Mikrofon und war darüber direkt mit dem ›Kameramann‹ in Afghanistan verbunden. Er zeigte den gebannten Zuschauern mit einem Laserstift interessante Dinge auf den riesigen Videomonitoren.

»Wie wir vermutet hatten – ein regelrechtes Terroristentreffen«, bekräftigte er. »Eine chinesische Langstreckenrakete, ein französischer Angriffshubschrauber vom Typ A-17, zwei russische Mörser …«

»Die sind geklaut worden«, unterbrach ihn aufgebracht General Bukharin.

»… und die Lattenkisten sehen ganz so aus, als ob sich amerikanische Gewehre, chilenische Minen und Sprengstoff aus Deutschland darin befinden würden«, fuhr Tanner fort. Er blickte M an und hob die Augenbrauen. »Lustiges Spielzeug für die ganze Familie.«

M blinzelte. »Und wer …?«

Tanner sprach in sein Mikrofon. »Black Rook an White Knight. Zoomen Sie bitte auf die Männer rechts.«

Die Anwesenden beobachteten, wie die Videokamera auf einen der Waffenhändler schwenkte. Tanner drückte auf einen Knopf, und im Computer startete ein Programm, mit dem Gesichter verglichen werden konnten. In einem Sekundenbruchteil wurden Tausende von Bildern überprüft, bis das Programm das Porträt eines Mannes zeigte. Neben dem Bild erschien ein Dossier.

Tanner faßte die Informationen schnell zusammen. »Das ist Gustav Meinholz, ein ehemaliger Stasi-Agent aus der DDR. Er arbeitet jetzt auf eigene Faust in Teheran.« Der Mann hatte ein längliches Gesicht, dunkles Haar, eingefallene Wangen und trug eine Brille.

Die Kamera schwenkte, nahm ein anderes Gesicht ins Visier, und das Computerprogramm zum Gesichtsvergleich wurde erneut gestartet.

»Satoshi Isagura – ein Chemieexperte. Er wird wegen des Giftgasanschlags in der U-Bahn von Tokio gesucht und arbeitet jetzt für die Rebellen in Zaire.« Isagura war ein dünner Japaner mit kurzgeschnittenem Haar, das sich zu lichten begann. Er hatte einen Fu-Manchu-Schnurrbart und sah ziemlich unheimlich aus.

Dann richtete sich die Kamera auf vier Männer, die an einem improvisierten Schreibtisch aus Lattenkisten verhandelten. Drei kamen aus Osteuropa, aber der vierte, ein mürrischer, dicker, bärtiger Mann Ende Vierzig oder Anfang Fünfzig, war vielleicht ein Inder oder Pakistani. Er trug einen langen, schweren Mantel, einen Schal und eine Pelzmütze nach russischer Art. Wenn eine Bulldogge sich einen Schnurrbart wachsen lassen könnte, hätte sie diesem Mann vielleicht geglichen, den man auf dem riesigen Monitor an der Wand sah. Tanner startete das Programm zum Gesichtsvergleich, und das Dossier erschien.

»Henry Gupta. Er ist praktisch der Erfinder des High-Tech-Terrorismus. Seit er 1967 Berkely in Kalifornien fast komplett ausgelöscht hätte, steht er ganz oben auf der Fahndungsliste des FBI. Zuerst war er ein Radikaler, dann wurde er Anarchist. Heute geht's ihm um Geld.«

Auf dem Monitor sah man, wie Gupta als Gegenleistung für das Geld ein kleines, längliches rotes Kästchen in Empfang nahm. Er öffnete es, aber wegen des Deckels konnten die Zuschauer in London den Inhalt nicht erkennen.

»Zoomen Sie auf das Kästchen«, schnappte M.

Tanner bearbeitete sein Zoom. Glücklicherweise wandte sich Gupta um und sprach mit jemandem, und so konnten die Zuschauer den Inhalt des Behälters erkennen.

»Nun, Gentlemen, davon werden wir noch viele Jahre lang profitieren. Ich kann's kaum abwarten, dieses Material der CIA zu präsentieren.«

Admiral Roebuck – groß, breitschultrig und in den Fünfzigern – zuckte die Achseln. Er hatte an den ganzen Spionagegeschichten kein großes Interesse. Ihm fehlte jeder Sinn für Humor, und seine steifen Manieren erinnerten an die Umgangsformen in der Royal Navy. Er war der Typ, der immer alles unter Kontrolle haben wollte, und er sorgte dafür, daß das nie jemand vergaß. Sein permanent finsterer Gesichtsausdruck veranlaßte M dazu, hinter seinem Rücken den Kommentar abzugeben, er sehe aus, als ob er an chronischer Verstopfung leide.

Admiral Roebuck wandte sich seinen Offizieren zu und fragte dann: »Haben Sie das radargesteuerte Maschinengewehr gesehen, General?«

Bukharin nickte. »Ja, und die Kurzstreckenmörser auch.« Der Russe beherrschte die englische Sprache bemerkenswert gut. Der General war ein ansehnlicher Mann, der auf die Sechzig zuging, aber er besaß eine so erstaunliche Energie, daß er viel jünger wirkte. Dazu war er intelligent, und seine Kommentare und Beobachtungen schienen immer die klügsten zu sein. M hatte Tanner am Abend zuvor erzählt, daß sie von allen Männern in der Schaltzentrale Bukharin am meisten respektiere – obwohl sie wußte, daß er die Einstellung der anderen Männer ihr gegenüber teilte. Es war klar, daß auch er glaubte, daß eine Frau an der Spitze eines Geheimdienstes nichts zu suchen hatte, nicht einmal eines britischen.

»Da liegt genug Material rum, um einen Weltkrieg auszulösen, zumindest aber eine Revolution«, fügte Bukharin hinzu.

»Um so bessere Gründe, sich für Plan B zu entscheiden, oder etwa nicht?« fragte Roebuck rhetorisch. »Sagen Sie Ihrem Mann, daß er sich zurückziehen soll«, forderte er Tanner auf.

»Sie haben recht«, antwortete Bukharin. »Meinen Truppen sind durch den Nebel sowieso die Hände gebunden, und wenn es wieder aufklart, könnte dieses – wie nannten Sie es noch? – ›Terroristentreffen‹ längst zu Ende sein.

»Nun gut«, stimmte Roebuck zu. Seine Meinung hatte ohnehin längst festgestanden. Es war jetzt an der Zeit für ihn, seine Autorität unter Beweis zu stellen. Er griff nach dem Hörer des roten Telefons, aber M fühlte sich bemüßigt, noch etwas zu sagen.

»Admiral, mir ist klar, daß dies eine militärische Angelegenheit ist ...«

»Allerdings, M, und Sie können mir glauben ...« Roebuck hielt inne und sprach in den Hörer. »Das Schiff Ihrer Majestät *Chester* ...«

»Black Rook an White Knight«, sagte Tanner in sein Mikrofon. »Black King hat sich für die Marineoperation entschieden.«

»Wir machen uns genau wie Sie Sorgen um die Bewohner der umliegenden Dörfer«, erklärte Roebuck M. »Aber die sind fast fünf Kilometer weit weg. Die Zielgenauigkeit einer Cruise-Missile liegt im Bereich von drei *Metern*.«

»Haben Sie etwa Angst um die Gesundheit dieser Terroristen, Madame?« fragte General Bukharin amüsiert.

M starrte ihn an. »Mir geht es darum, daß wir die Situation hundertprozentig begreifen. Deshalb haben wir unseren Mann da eingeschleust.«

»Black King an White Bishop«, bellte Roebuck in den Hörer. »Sie können die Rakete abfeuern.«

Die *Chester* empfing Admiral Roebucks Befehl ungefähr 4 000 Kilometer von London entfernt. Das Schiff war eine Duke-Class-Fregatte vom Typ 23, die mit acht doppelläufigen McDonnell-Douglas-Geschützen für Boden-Boden-Raketen und einem British Aerospace Seawolf GWS 26 Mod 1 VLS für Boden-Luft-Raketen ausgestattet war. Sie hatte im Arabischen Meer gekreuzt, als Stunden zuvor der Anruf gekommen war, daß sie in nördlicher Richtung auf den Golf von Oman zufahren solle. Jetzt befand sich die *Chester* in höchster Alarmbereitschaft.

Auf der Brücke hob der Kapitän des Schiffes den Hörer der Bordsprechanlage ab und gab den Männern im Operationsraum Anweisungen. »Raketeneinsatz von oben genehmigt. Bereiten Sie den Start vor. Ich zähle: Fünf. Vier. Drei. Zwei …«

Der Raketenwerfer an Deck schwenkte in die richtige Position, und die Cruise Missile startete.

»Rakete abgefeuert!« rief der Geschützoffizier im Operationsraum in die Sprechanlage.

In der Schaltzentrale des Verteidigungsministeriums in London konnten die Beobachter auf einem anderen Videomonitor eine Satellitenübertragung des Fluges der Cruise Missile verfolgen und die Bordsprechanlage der *Chester* abhören. General Bukharin war beeindruckt. Er würde mit dem Präsidenten seines Landes reden müssen, damit dessen Schaltzentrale modernisiert würde.

»Vier Minuten und acht Sekunden bis zum Einschlag«, berichtete der Geschützoffizier auf dem Schiff. Die Entfernung zwischen der Fregatte und dem geheimen Treffpunkt auf dem Khaiberpaß betrug ungefähr 1 300 Kilometer.

Bill Tanner sprach nachdrücklich in sein Mikrofon.

»White Knight! Noch vier Minuten bis zum Einschlag! Machen Sie sich aus dem Staub!« Er hörte irgend etwas durch seinen Kopfhörer und runzelte die Stirn. Dann trat er auf den Bildschirm zu, auf dem der Schwarzmarkt der Terroristen zu sehen war. Im Bildvordergrund stand ein Jeep, der den Blick auf eine MiG versperrte.

»Ja, verdammt, ich weiß Bescheid«, sagte Tanner in sein Mikrofon. »Es ist ein *Jeep!* Jetzt hauen Sie endlich ab! Nein! Sie werden nicht warten, es ist unmöglich!«

M, die die Veränderung in Tanners Tonfall bemerkt hatte, trat vor und konzentrierte sich auf den Monitor mit dem Jeep. Die anderen waren zu sehr damit beschäftigt, die Rakete auf dem anderen Bildschirm zu verfolgen, um dem Drama Aufmerksamkeit zu schenken, das sich einige Schritte neben ihnen abspielte.

»Noch vier Minuten bis zum Einschlag«, gab der Geschützoffizier an Bord der *Chester* zu Protokoll.

Admiral Roebuck wandte sich lächelnd an M. »Ende gut, alles gut …«

»Halten Sie den Mund«, antwortete M finster.

Der Admiral war viel zu verblüfft, um wütend zu sein. Er wandte sich unwillkürlich um, um auf denselben Monitor wie M zu starren.

Der Jeep fuhr zur Seite und gab den Blick auf eine Tragfläche der MiG frei. Jetzt begriffen alle, weshalb ihr Agent vor Ort sich nicht von der Stelle bewegte.

»Guter Gott!« Der Admiral schluckte. »Ist das nicht …?«

»Das ist ein sowjetisches SB-5-Atomtorpedo«, antwortete Tanner. Es war an der Tragfläche der MiG angebracht.

»Geben Sie den Befehl, den Selbstzerstörungsmechanismus in Gang zu setzen«, bellte M.

General Bukharins entsetzter Gesichtsausdruck bestätigte, daß Tanner recht gehabt hatte. »*Zabag garoshki!*«

»Okay, White Knight«, sagte Tanner in sein Mikrofon. »Wir sehen es, gute Arbeit. Aber, zum Teufel, verschwinden Sie jetzt! Setzen Sie sich in Bewegung!«

Admiral Roebuck griff erneut nach dem Hörer des roten Telefons. »*Chester*, dringend!« Er wandte sich dem General zu. »Die Rakete kann das Atomtorpedo doch nicht zur Explosion bringen, oder?«

Bukharin zuckte die Achseln. »Vielleicht. Aber selbst wenn es nicht soweit kommt, da oben gibt es genug Plutonium, um Tschernobyl wie ein Picknick erscheinen zu lassen. Atomare Strahlung! Im ganzen Gebirge! Die Schneefelder verseucht, die Wasserzufuhr ...«

»Das Dorf!« erinnerte Tanner ihn. »Kann es evakuiert werden?«

»In drei Minuten?« fragte Bukharin mit weit aufgerissenen Augen. »Mitten im Gebirge?«

»Black King an White Bishop«, brüllte Roebuck in den Telefonhörer. »Zerstört die Rakete! Zerstört sie!«

Auf der Brücke der *Chester* gab der Kapitän die Anweisungen des Generals über die Bordsprechanlage weiter.

Der verantwortliche Offizier drückte auf den entsprechenden Knopf, aber nichts geschah. »Ich habe den Knopf für den Selbstzerstörungsmechanismus gedrückt, Sir, aber die Rakete ist bereits im Gebirge.«

Plötzlich ging es in der Schaltzentrale des Verteidigungsministeriums so hektisch wie in einem Bienenkorb zu. Alle rannten durcheinander, brüllten und griffen nach Telefonhörern.

»Versucht es noch mal!« schrie der Admiral. »Bleibt dran!«

Tanner sprach mit seinem Agenten vor Ort. »White Knight? Warum übertragen Sie immer noch?«

Inmitten der Atmosphäre einer disziplinierten, gleichsam militärischen Variante totaler Panik saß M weiterhin vor dem Monitor. Sie blieb unnatürlich ruhig, weil sie und Tanner etwas wußten, wovon die anderen keine Ahnung hatten.

»Die Kamera wird nicht mehr bedient«, flüsterte sie ihrem Stabschef zu.

»Nun gut«, antwortete Tanner. »Dann ist wenigstens *er* aus dem Schlamassel raus.«

»Eigentlich sollten Sie es mittlerweile wissen. Er ist *nie* da, wo man glaubt.«

Die beiden Terroristen, die Wache schoben, wärmten sich an ihrem Lagerfeuer und hatten absolut keine Ahnung, daß sie nur noch wenige Minuten von ihrem sicheren Ende trennten. Sie waren in verschiedenen Gegenden Europas rekrutiert worden und einander auf dem Waffenmarkt zum erstenmal begegnet. Es war wichtig, daß die Herkunft derer, die für die Organisatoren arbeiteten, nicht zurückverfolgt werden konnte. Hätten hinter ihnen nicht jede Menge tödlicher Waffen herumgestanden, hätte man sie für Landstreicher an einem Lagerfeuer halten können.

Einer der Wachposten ließ seinen Blick lässig über die Berge gleiten und steckte sich eine Zigarette in den Mund, als vor seinem Gesicht ein goldenes Dunhill-Feuerzeug auftauchte. Irgend jemand war so höflich, ihm Feuer zu geben. Der Wachtposten inhalierte einmal und blickte dann auf, welcher freundliche Verbündete ihm den Gefallen getan hatte. Bevor er den Mann identifizieren konnte, streckte ihn ein Faustschlag zu Boden.

Mit einer einzigen, eleganten Bewegung schnappte sich James Bond die Waffe des Überwältigten und knallte sie dem zweiten Wachtposten ins Gesicht.

»Eine schlechte Angewohnheit«, sagte Bond zu dem bewußtlosen ersten Wachtposten.

Es blieb ihm nicht viel Zeit. Wenn er hier lebend herauskommen wollte, durfte er nicht innehalten und die verschiedenen Vorgehensweisen analysieren. Er mußte sich für einen Plan entscheiden und dann dabei bleiben. Und er mußte das an der MiG angebrachte Atomtorpedo aus dem Zielbereich der Cruise Missile der Royal Navy herausschaffen.

Bond drehte das Dunhill-Feuerzeug um und bediente einen verborgenen Schalter. Auf einem kleinen LCD-Display begann der Countdown: fünf, vier, drei ...

Er warf das Feuerzeug hinter einen Stapel von Ölfässern und rannte los. Die handliche, ›leichte Granate‹, die Q ihm gegeben hatte, explodierte zwei Sekunden später, und das gesamte Lager versank in totalem Chaos.

Direkt hinter Bond fuhr ein Trägerfahrzeug für eine Scud-Rakete los, ein langes Vehikel mit acht Rädern und einer langen Tragfläche, auf der schräg aufgerichtet die Rakete stand. Der Fahrer hatte schnell reagiert und war gestartet, um die Waffe aus dem Gefahrenbereich des Feuers zu bringen. Bond sprang genau in dem Augenblick auf das Gefährt, als der automatische Radar reagierte und die Maschinengewehre in Richtung der Explosion herumschwenkten. Ein Kugelhagel ging an der Stelle nieder, die Bond für sein Ablenkungsmanöver gewählt hatte.

Er hörte Tanners eindringliche Stimme in seinem Kopfhörer. »Hauen Sie ab, James!«

Jetzt war im gesamten Camp die Hölle los. Wachtposten, Käufer und Verkäufer rannten ziellos herum und feuerten blindlings auf unsichtbare Feinde. Niemand bemerkte den Mann, der sich an dem Trägerfahrzeug für die Scud-Rakete festhielt, als es an ihnen vorbeifuhr.

Henry Gupta umklammerte in der Zwischenzeit das kleine rote Kästchen, das ihn soviel Geld gekostet hatte. Wütend hielt er nach seinen Leibwächtern Ausschau. Wo, zum Teufel, waren sie bloß? Er hatte lange darauf gewartet, diesen Kasten in die Finger zu kriegen und wollte nicht, daß die ganze Operation jetzt platzte.

Bond zog eine weitere kleine Waffe seiner Ausrüstung hervor und knallte sie gegen die Seite des Scud-Trägerfahrzeugs. Er klammerte sich an dem Fahrzeug fest, bis es bei den MiGs angelangt war. Dann ließ er sich auf den Boden fallen und rollte sich ab.

Sekunden später zündete seine Waffe und ließ die Scud-Rakete explodieren. Flammen breiteten sich aus, und es würde nicht lange dauern, bis das Feuer das ganze geheime Camp verschlungen hatte.

Zwei von Guptas Leibwächtern sprangen auf einen fahrenden Jeep und nahmen den Wagen in Besitz, indem sie Fahrer und Beifahrer hinauswarfen. Dann wendeten sie und fuhren zu ihrem Chef zurück. Gupta, der beunruhigt war, daß diese Idioten so lange gebraucht hatten, kletterte in den Jeep.

»Zum Teufel, gib Gas!« brüllte er. Der Wagen schoß auf die Straße zu und ließ das Chaos im Camp hinter sich.

Es blieben noch ungefähr zwei Minuten, bis die Rakete der Royal Navy ihr Ziel erreichen würde. Bond rollte unter die erste MiG, die mit dem Atomtorpedo. Der Pilot stand neben dem Flugzeug und inspizierte verschiedene Stellen, wo Kugeln eingeschlagen waren. Er wandte sich einen Augenblick zu spät um. Bond holte ihn von den Füßen und trat ihm ins Gesicht. Ohne weiteres Nachdenken kletterte er hoch und sprang ins Cockpit. Der Kopilot, der im Sitz hinter Bond saß, brüllte den Eindringling an, zog eine Makarov-Pistole und drückte in dem Moment auf den Abzug, als Bond ihm einen Helm ins Gesicht rammte. Die Kugel wurde nach rechts abgelenkt. Der Mann brach in seinem Sitz zusammen und kippte vornüber.

Bond setzte den Helm auf und warf schnell einen Blick auf das Armaturenbrett, um sich wieder mit dem MiG-29-Cockpit vertraut zu machen. Er hatte in den frühen achtziger Jahren mit großem Erfolg einen Flugkurs auf dieser Maschine absolviert, aber das war jetzt doch schon etwas länger her. Es dauerte nur drei Sekunden, bis die Erinnerungen zurückkamen. Die Fulcrum hatte eine Reichweite von 1 100 Kilometern und konnte jede Menge Missiles, Raketen und Bomben transportieren, um Bodenziele unter Beschuß zu nehmen. Dort, wo die Tragflächen in den Rumpf übergingen, waren MGs befestigt. Außerdem war das Flugzeug mit einem Radar ausgerüstet, den Luftfahrtingenieure ›Look-down/Shootdown‹ nannten. Mit seiner Hilfe konnten tieffliegende Flugzeuge oder Raketen ausgemacht werden. Die Höchstgeschwindigkeit der MiG betrug 2 300 Kilometer pro Stunde, und sie erreichte innerhalb einer Minute eine Flughöhe von 16 000 Metern. Bond hoffte, daß das auch auf diese Maschine zutraf. Er zündete die Triebwerke und drückte auf einen Knopf, um das Dach des Cockpits zu schließen.

Etwa fünfzehn Meter entfernt beobachtete der Pilot der zweiten MiG fasziniert die Ereignisse. Dieser Bastard klaute doch tatsächlich eine MiG! Das konnte ja lustig werden …!

Die Triebwerke der zweiten MiG zündeten.

Bond rollte mit seiner Maschine auf die provisorische Startpiste zu, als einige der Terroristen zu begreifen begannen, was los war. Sie wandten sich um und nahmen die MiG unter Feuer.

Bond wendete das Flugzeug, so daß der Triebwerksstrahl über die Jeeps und die Terroristen donnerte, die wie Fliegen zur Seite gefegt wurden. Dann zerstörte er mit den MGs unter den Tragflächen diverse Munitionsdepots und Raketen, wodurch eine Wand aus Flammen und Hitze emporschoß. Das würde ihm ausreichend Zeit verschaffen, die Startpiste zu bewältigen.

Er wendete die Maschine erneut und jagte mit voller Geschwindigkeit auf die Rollbahn hinaus. Für einen Moment blickte er nach oben, weil er der Ansicht war, daß die Rakete jeden Augenblick auftauchen müsse …

Und schon raste die Cruise Missile aus den Wolken hervor und jagte direkt auf ihn zu. Jetzt kam alles auf das richtige Timing an. Bond drosselte die Maschine gerade so lange, daß die Rakete, die praktisch seinen Kopf rasierte, über ihn hinwegfegen konnte. Dann preßte er das Steuer nach vorne, und die MiG hob genau in dem Augenblick vom Boden ab, als die Rakete einschlug.

In der Londoner Schaltzentrale hatte während der letzten zwei Minuten gespannte Stille geherrscht. Die Anwesenden beobachteten den Monitor atemlos. Die Kamera filmte noch immer einen statischen Ausschnitt, aber die MiG verließ den Bildrahmen. Da die Beobachter jetzt nicht mehr in der Lage waren, das Atomtorpedo an der Tragfläche der MiG zu beobachten, blieb der Elite des britischen Militärs und des Geheimdienstes nichts anderes übrig, als zu warten und zu beten. Sie hörten die dröhnende Stimme des verantwortlichen Offiziers an Bord des Schiffes, der die Sekunden bis zum Augenblick des Einschlags zählte, und verfolgten auf dem Monitor die spektakuläre Explosion. Dann war auf allen Bildschirmen nur noch Schnee zu sehen.

Im afghanischen Camp herrschte nach dem Einschlag der Cruise Missile die Hölle auf Erden. Der wütende Feuerball über der Landepiste, der die Form einer Kuppel annahm, drohte Bond einzuholen, während seine MiG höher und höher stieg. Er preßte das Steuer so weit wie möglich nach vorne. Als die Maschine endgültig aus den Flammen in den klaren Himmel schoß, lehnte er sich zurück und stieß einen Seufzer der Erleichterung aus. Sein Herz pochte, und er spürte den Adrenalinstoß. Er hatte es geschafft und das sowjetische Atomtorpedo aus der Gefahrenzone gebracht. Dieser verdammte Admiral ...

Wohin sollte er fliegen? Er fand keinen besonderen Gefallen an dem Gedanken, den ganzen Weg zur *Che-*

ster zurückzukehren. Er kannte ein gutes Restaurant in Peshawar, und die Frau, die den Laden managte, war ihrerseits ein kleiner Appetithappen ...

Das Geräusch von Kugeln, die sein Flugzeug trafen, riß Bond in die Realität zurück. Die zweite MiG hatte die Verfolgung aufgenommen und saß ihm im Nacken. Der Pilot eröffnete gerade ein Sperrfeuer, als Bond die Maschine in einem Ausweichmanöver nach rechts steuerte. Er schwenkte nach links, dann wieder nach rechts und wich so den präzisen Schüssen aus.

Als ob das noch nicht genug gewesen wäre, kam jetzt auch der Kopilot hinter ihm wieder zu Bewußtsein. Er brauchte einen Augenblick, um die Situation zu begreifen, dann attackierte er 007 mit ganzer Kraft. Der Kopilot schlang einen Metalldraht um den Hals des Eindringlings und zog die Schlinge zu. Bond schnappte nach Luft und hörte ein dünnes, schrilles Geräusch. Das konnte nur eines bedeuten – der Pilot der ihn verfolgenden MiG hatte Raketen mit Infrarotsensoren auf ihn abgefeuert.

Während er gegen das Ersticken ankämpfte, preßte Bond den Kontrollhebel nach vorne und riß das Steuer herum. Die MiG vollführte ein Wendemanöver, das einem das Rückgrat brechen konnte, während die Raketen vorbeischossen. Wenn er die Maschine nur dorthin manövrieren könnte, wo er sie hinhaben wollte, bevor der Mann hinter ihm ihn erwürgte ...

Der Pilot im Verfolgerflugzeug fluchte, als die Rakete ihr Ziel verfehlte. Er blinzelte und sah, daß die Maschine völlig aus seinem Blickfeld verschwunden war. Der Dieb befand sich weder vor, noch links oder rechts neben ihm. Wo, zum Teufel, war er geblieben?

Bond hatte es geschafft, sein Flugzeug direkt unter das seines Verfolgers zu manövrieren und dessen Geschwindigkeit zu halten. Jetzt kämpfte er gegen den schmerzenden Schraubstock an seinem Hals, während er eine Hand nach dem roten Knopf ausstreckte, unter dem ›Schleudersitz für den Kopiloten‹ stand. Er lehnte sich vor, soweit es der Schmerz zuließ, und drückte dann auf den Knopf.

Die hintere Hälfte des Cockpitdachs flog auf, und der konsternierte Kopilot wurde aus dem Flugzeug geschleudert. Er krachte gegen die Unterseite der anderen MiG und schoß durch die Außenhaut ins Cockpit hinein, bis sein Körper dort im Sitz des Kopiloten feststak. Der Pilot wandte sich um und wollte seinen Augen nicht trauen.

Das war das letzte, was er sah, weil die menschliche Rakete das Flugzeug unwiederbringlich zerstört hatte. Die MiG explodierte in tausend Stücke.

Bond preßte den Schalthebel seiner MiG nach vorne. »Beifahrer«, murmelte er abfällig.

Er wählte seinen Kurs, schaltete auf die hinteren Triebwerke um und machte es sich gemütlich. Dann griff er nach den Reglern des Funkgeräts und sprach in sein Mikrofon. »White Knight an Black Rook ...«

In der Schaltzentrale in London zog Tanner den Stecker aus dem Kopfhörer, so daß Bonds Stimme für alle hörbar aus dem Lautsprecher kam.

»Rückkehr ins Schloß. Und sagen Sie Black King, daß White Knight ihm am liebsten ein Schachbrett in den Allerwertesten schieben würde.«

Admiral Roebuck errötete, während die anderen das Lachen unterdrückten. Selbst M, die während der ganzen Feuerprobe ruhig und gesammelt geblieben war, gestattete sich ein Lächeln.

2
Der Schatten auf dem Meer

Im Weltraum in Erdennähe gibt es eine Fülle von Satelliten, die unseren Planeten umkreisen und verschiedene Funktionen und Aufgaben haben. Die wichtigsten dienen der Kommunikation, als Navigationshilfe, der Sammlung von geheimdienstlichen Informationen, der militärischen Aufklärung oder der Erforschung des Wetters. Jeder Satellit gehört einer bestimmten Nation, manchmal aber auch einem Unternehmen, das in vielerlei Hinsicht mächtiger als ein Land sein kann.

Das globale Geschäftsleben und jede Form der Nachrichtenübermittlung sind von Kommunikationssatelliten abhängig – ohne sie wäre die moderne Zivilisation stark beeinträchtigt. Sie sind das Verbindungsglied für weltweite Radio- und Fernsehübertragungen, aber auch für Telefondienste. Nachdem in den fünfziger und frühen sechziger Jahren die ersten Satelliten gestartet worden waren, hat die International Telecommunications Satellite Organisation expandiert und Menschen in aller Welt einander mit Erfolg nähergebracht. Ohne die Satelliten hätte es im Fernsehen keine Live-Berichterstattung vom Golfkrieg gegeben, und man müßte auf Direktübertragungen von Sportereignissen verzichten, die in einem anderen Teil der Welt stattfinden.

Durch die Fortschritte der Kommunikationstechnologie in den letzten dreißig Jahren haben sich auch die weltweiten politischen Beziehungen verbessert, weil die Menschen eines Landes dank der Satelliten eine andere Kultur in einer anderen Hemisphäre kennenlernen können. Mauern wurden niedergerissen und Grenzen überwunden. Ohne die Satelliten würden wir noch immer die militärische Macht eines anderen Landes, dessen politische Absichten oder die Möglichkeit eines Erstschlags fürchten.

Diverse dieser Kommunikationssatelliten gehörten einem riesigen Firmenkonglomerat, das weltweit unter der Abkürzung CMGN bekannt war. Das Carver Media Group Network war der zweitgrößte weltweit aktive Nachrichtensender, für CNN im Kampf um den ersten Platz eine ernsthafte Konkurrenz. Jeder hatte schon einmal von CMGN gehört – schließlich hatte der Sender Rekorde gebrochen, indem er Nachrichten schneller als jedes andere Network ausstrahlte. Der Werbeslogan ›Die Nachrichten von morgen – schon heute‹ wurde immer mehr zur Realität, weil CMGN überall aktiv zu sein schien, in jedem Winkel der Welt. Und selbst Menschen aus Ländern, die dem Westen normalerweise nicht freundlich gesonnen waren, hielten angesichts einer CMGN-Kamera an und lächelten. Sie waren glücklich, der Welt etwas über ihre Lebensphilosophie und ihre Bedenken gegen den Kapitalismus erzählen oder ihren Forderungen im jüngsten Geiseldrama Nachdruck verleihen zu können.

Ein parallel zur Erde kreisender Kommunikationssatellit von CMGN befand sich im Augenblick direkt über Südostasien und registrierte ein Drama, das sich vor der Küste von China zu entwickeln begann.

Über dem Südchinesischen Meer schien ein bleicher Mond, dessen geisterhaftes Licht dafür sorgte, daß alle Gegenstände ihre Farbe verloren – die Kontraste wirkten wie in einem Schwarzweißfilm. Auf die meisten Seereisenden hatte das nächtliche Meer eine beruhigende Wirkung. Verliebte an Bord eines Kreuzfahrtschiffes mochten beispielsweise engumschlungen an Deck sitzen und den nächtlichen Himmel beobachten, und es konnte auch vorkommen, daß ein Fischer mit dem Ruder in der Hand einschlief. Unter normalen Umständen hätten die ruhige See und die Windstille die meisten Menschen sanft ins Reich der Träume befördert.

Die Männer an Bord der *Devonshire* waren unglücklicherweise nicht in der Lage, den vergleichsweise ruhigen Seegang oder das Mondlicht zu genießen – sie befanden sich in höchster Alarmbereitschaft.

Die britische Fregatte vom Typ 23 Duke Class absolvierte eine routinemäßige Patrouille zwischen den Philippinen und Hongkong, als zwei chinesische MiG-21-Flugzeuge an dem Schiff vorbeijagten. Die chinesischen Funksignale waren verblüffend.

Commander Richard Day, der Kapitän der *Devonshire*, eilte zu Lieutenant Commander Peter Hume, seinem Ersten Offizier, auf die Brücke.

»Volle Kraft voraus, Kurs auf 127 Grad«, befahl Commander Day.

»Ich verstehe das nicht, Sir«, sagte Lieutenant Commander Hume. »Die sagen, daß wir uns in chinesischen Hoheitsgewässern befinden, aber wir sind viel zu weit draußen auf hoher See.«

Schiffe sind auf einen anderen Typ von Satelliten angewiesen, die sie bei der Navigation auf den Weltmeeren unterstützen. Die mit dem NAVSTAR Global Positioning System ausgerüsteten Navigationssatelliten, die 1989 gestartet wurden, melden permanent die Zeit und die jeweilige Position. Im Weltraum sind zweiundzwanzig NAVSTAR-Satelliten aktiv, deren Angaben hinsichtlich militärischer Zwecke bis auf wenige Meter präzise sind, im nichtmilitärischen Bereich ungefähr bis zu neunzig Metern. An der vom NAVSTAR-Signal gemeldeten Position der *Devonshire* konnte also kein Zweifel bestehen.

Ein Funkoffizier überreichte Commander Day ein weiteres Funksignal der Chinesen. Er blickte darauf und sagte: »Sind die verrückt? Die wollen, daß wir ... Alle Mann auf ihre Plätze!«

Hume wiederholte. »Alle Mann auf ihre Plätze, Sir.« Er drückte einen Knopf, und schon ertönte das Alarmsignal.

Day wandte sich dem Funkoffizier zu. »Geben Sie diese Antwort an die chinesischen Behörden durch: ›Hier spricht der Kapitän der britischen Fregatte *Devonshire*. Wir befinden uns nicht in der von Ihnen angegebenen Position, sondern in internationalen Gewässern, einhundertzwanzig Kilometer von der chinesischen Küste entfernt. Wir werden keinen chinesischen Hafen anlaufen. Sie verletzen internationales Recht.‹«

Der Funkoffizier entfernte sich, und Day rief im Operationsraum an. »Sind wir absolut sicher, was unsere Position betrifft?«

Der Operationsoffizier blickte in der Operationszentrale auf ein Display mit drei Satellitenfotos – von der Distanz- bis zur Nahaufnahme. Diese Informationen stimmten immer – oder etwa nicht? »Ja, Sir«, antwortete er. »Eine exakte Satellitenaufnahme.«

»Einen chinesischen Hafen anlaufen«, murmelte Day. »Was glauben die eigentlich, wer sie sind, uns so in die Mangel zu nehmen? Nur weil wir ihnen Hongkong zurückgegeben haben, denken sie gleich, daß sie die gesamte östliche Hemisphäre beherrschen ...«

Commander Day war vierundvierzig Jahre alt und seit über zwanzig Jahren in der Royal Navy. Er kannte sich mit Schiffen aus und konnte auch die komplexen politischen Verhältnisse des Fernen Ostens gut einschätzen. Er beherrschte mehrere orientalische Sprachen und hatte über zehn Jahre seiner militärischen Laufbahn in Hongkong verbracht. Diese Chinesen konnten extrem halsstarrig sein, aber er hatte nicht die Absicht, sich von ihnen herumschubsen zu lassen.

Die *Devonshire* durchpflügte mit hoher Geschwindigkeit das Meer, doch die beiden MiGs rasten erneut an ihr vorbei. Die chinesischen Piloten erhielten Befehle von ihrer Basis. Aus ihrer Sicht konnten die Briten nicht davon ausgehen, daß sie ihnen glaubten – für die Chinesen war die Royal Navy offensichtlich in einer Art Spionagemission unterwegs.

Auf der Brücke der *Devonshire* rief der Funkoffizier: »Sir, die Chinesen sagen, daß ihr Pilot darauf besteht, daß wir uns nur siebzehn Kilometer von ihrer Küste entfernt und damit in ihren Hoheitsgewässern befinden. Er wird uns unter Beschuß nehmen, wenn wir nicht kehrtmachen und einen chinesischen Hafen anlaufen.«

Zunehmend irritiert sagte Commander Day. »Geben Sie folgende Nachricht durch: ›Wir befinden uns in internationalen Gewässern und werden uns verteidigen, wenn man uns angreift.‹ Teilen Sie das auch der Admiralität mit. Höchste Priorität.«

Während die Fregatte mit voller Geschwindigkeit das Meer durchpflügte, bemerkte niemand den dunklen, verschwommenen Umriß, der dem britischen Kriegsschiff folgte. Er konnte aber auch von niemandem gesehen werden, weil es sich um ein Stealth-Schiff handelte, das nach den neuesten technologischen Erkenntnissen konstruiert worden war. Es bestand aus einem doppelten Rumpf, riesigen Pontons und seltsamen, glatten Tragflächen. Das schwarz gestrichene Tarnschiff glich einer Kreatur aus den Tiefen des Meeres, die sich verstecken und ihre Beute in einen Hinterhalt locken konnte, wann es ihr gefiel. Die Hauptmasse des Schiffes schwebte wegen der beiden Pontons dicht über der Wasseroberfläche. Der Bereich dazwischen war offen, so daß kleinere Boote ein- und auslaufen konnten.

Es gab nicht viele Schiffe, die nach diesen geheimen technologischen Konstruktionsprinzipien gebaut waren, und mit Sicherheit kein maßgeschneidertes wie dieses. Seine einzigartige Form glich der eines Manta-Rochens ohne Schwanz. Die breite, niedrige Konstruktion verringerte die Gefahr, von feindlichen Radarsystemen aufgespürt zu werden. Die Schiffsoberfläche bestand aus radarundurchlässigen Komponenten. Sie waren mit einem Material umhüllt, das die Radarstrahlen absorbierte. Solange es keinen Riß im Rumpf des Schiffes gab, wurden die Strahlen nicht reflektiert.

Unterhalb des über der Wasseroberfläche schwebenden Schiffsrumpfes öffneten sich im Bereich zwischen den Pontons die Türen, und ein unter dem Namen Sea-Vac bekanntes Wasserfahrzeug erschien und senkte sich ins Meer. Nachdem es untergetaucht war, bewegte es sich schnell auf die *Devonshire* zu. Es handelte sich um eine Art Bohrmaschine von der Größe eines Düsenmotors, die über eine Reihe von glänzenden, rotierenden Klingen als Zähne und über eine Videokamera als Auge verfügte. Die Klingen waren drei ineinandergreifende Bohrköpfe, die wie eine Art Getriebe arbeiteten, und die hinteren Düsen spuckten das im Zentrum des seltsamen Gefährts von Turbinen verbrauchte Wasser aus, das wie ein modernes Torpedo über ein Kabel gesteuert wurde. Die Sea-Vac war ein seltsames, phallusartiges Gebilde, das wie ein modernes Torpedo über ein Kabel gesteuert wurde und jederzeit bereit war, ins Innere eines anderen Schiffes einzudringen und es zu erforschen.

Ein Deutscher namens Stamper stand auf der Brücke des Stealth-Schiffes und beobachtete die Monitore, während das Sea-Vac zum Leben erwachte. Die Klingen wirbelten herum, und der Wasserzustrom erzeugte ein heulendes Geräusch. Während es sich auf das britische Schiff zubewegte, entrollte sich hinten das Kabel. Stamper war zufrieden. So weit, so gut. Wenn alles nach Plan lief, würde er eine saftige Prämie kassieren, und vielleicht würde man ihm eine Darstellerin zur Verfügung stellen, mit der er eines seiner berühmt-berüchtigten Videos drehen konnte. Der Boß liebte seine Videos – das letzte mit dem philippinischen Mädchen hatte sich geradezu als Klassiker entpuppt. Zu schade, daß er seine Kassetten nicht an Liebhaber von Gewaltpornos verkaufen konnte – das Ende war einfach immer *zu* brutal.

Der fünfunddreißigjährige Deutsche war groß und körperlich fit, machte insgesamt aber einen verwirrenden Eindruck – allerdings nicht, weil er unattraktiv gewesen wäre. Ganz im Gegenteil – er hatte blondes Haar, blaue Augen, breite Schultern und einen Körper, für den Frauen gestorben wären. Irritierend war nur das eigenartige Glitzern des schneidenden Blicks seiner blauen Augen, das nahelegte, daß irgendwo in seinem Hirn eine Schraube locker war.

Stamper dachte daran, daß er dem Boß empfehlen sollte, den Kapitän der *Sea Dolphin II* auszutauschen, der für seinen Geschmack zu nervös war. Er mochte nur skrupellose und tapfere Männer. Der Kapitän blickte ihn immer noch aus seinem Führerhaus an – wahrscheinlich hatte er Angst, daß Stamper seine Pistole auf ihn richten würde, wenn er etwas Falsches tat. Stamper wußte, daß alle Angst vor ihm hatten. Die Crew, die aus Deutschen, Chinesen und zwei Vietnamesen bestand, befolgte jeden seiner Befehle.

Er genoß seine Rolle als starker Mann innerhalb der Organisation, und er liebte es, sich die Hände schmutzig zu machen. Sein Hang zur Gewalttätigkeit hatte ihm einst eine achtjährige Gefängnisstrafe eingetragen; eine Anklage wegen Vergewaltigung war verhandelt worden, als Stamper bereits im Gefängnis gesessen hatte. Er war zu weiteren zwanzig Jahren Haft verurteilt worden, und wenn der Boß ihm nicht geholfen hätte, würde er immer noch mit den Verlierern im Knast verrotten. Aber Stamper war kein Verlierer – er gewann jeden Kampf, auf den er sich einließ. Er konnte mit Leichtigkeit alle Schmerzen und Qualen wegstecken, die man ihm zufügte, und dann schlug er mit der Kraft eines Tigers zurück. Denn für ihn handelte es sich nicht um Schmerzen und Qualen, sondern um Ekstase.

In der Operationszentrale der *Devonshire* rasten die Männer inzwischen hin und her. Sie hatten die Sea-Vac auf dem Radar entdeckt, sie aber nicht korrekt identifiziert.

»Sir!« brüllte der diensthabende Offizier auf der Brücke, als Commander Day und Lieutenant Commander Hume in den Raum eilten. »Ein Torpedo in Position 114, Entfernung 8 000.«

»Kurs ändern!« antwortete Day.

Der Operationsoffizier wirkte verwirrt, während er den Radar beobachtete. »Auf der Meeresoberfläche ist nichts zu sehen, Sir.« Es stimmte – auf dem Radarschirm war innerhalb eines Umkreises von mehreren Kilometern nichts zu erkennen.

»Die MiGs müssen es abgesetzt haben«, vermutete Hume.

Die *Devonshire* vollführte ein scharfes Wendemanöver, aber die Sea-Vac änderte den Kurs in der gleichen Richtung wie die Fregatte. Sie schoß näher und näher auf den Rumpf des Schiffes zu.

»Das Torpedo hat gemeinsam mit uns den Kurs geändert!« berichtete der diensthabende Offizier auf der Brücke.

»Achtung Kollision!« brüllte der Operationsoffizier.

Für zwei Sekunden hielten alle den Atem an.

Dann rammte die Sea-Vac das Schiff. Die Kollision war auf dem ganzen Schiff zu spüren. Im darunter gelegenen Generatorenraum wurden die Maschinisten zu Boden geschleudert. Sie blickten hoch und sahen, wie die Wände bebten. Dann bemerkten sie ein kleines Loch, durch das ein Rinnsal sickerte, bevor die Sea-Vac einen Augenblick später, begleitet von einem Wasserschwall, in den Raum brach.

Während die Hauptstromversorgung in der Operationszentrale versagte, schaltete sich die Notbeleuchtung ein. »Die Generatoren sind ausgefallen, Sir«, berichtete Hume. »Das C-Deck ist überflutet.«

»Wir sinken mit dem Heck«, fügte der diensthabende Offizier hinzu.

Die gesamte Mannschaft war in Bewegung, um zu retten, was zu retten war. In der Messe schlossen die Soldaten die Luken, während andere Crewmitglieder auf ihre Posten eilten. Der kürzeste Weg führte durch die Messe, aber hier brach die Sea-Vac, gefolgt von einem Wasserschwall, durch den Boden.

Auf dem darüber gelegenen B-Deck beeilten sich die Crewmitglieder, die wasserdichten, den langen Korridor unterteilenden Luken zu schließen. Andere rannten die Treppen hinauf, während das Wasser auf sie zuschoß. Aber sie hatten keine Chance mehr – die Fluten trafen sie mit großer Wucht, rissen sie von den Füßen und schwemmten ihre Körper davon.

Stamper beobachtete die Ereignisse von der Brücke des Stealth-Schiffes aus und lächelte. Die chinesischen MiG-Flugzeuge kamen zurück, und er wartete, bis sie die richtige Position erreicht hatten.

»Erste Rakete abfeuern!« brüllte er. »Zweite Rakete abfeuern!«

Die beiden kleinen Raketen mit Infrarot-Sensor jagten vom Deck auf die beiden Flugzeuge zu. Die chinesischen Piloten gaben eine Botschaft an ihre Basis durch, als ihnen der Lärm der Raketenwarnung in den Ohren gellte. Sie versuchten ihr Bestes, um die Maschinen aus der Gefahrenzone zu manövrieren, aber die mit Infrarot-Sensoren ausgerüsteten Raketen trafen sie voll. Die beiden MiGs explodierten in der Luft, und zwei Feuerbälle stürzten auf die dunkle See hinab.

Die Operationszentrale der *Devonshire* war unterdessen von flackernden Lichtern, Alarmsirenen und drin-

James Bond (Pierce Brosnan) wird für die neue Mission von seinem alten Freund Q (Desmond Llewelyn) mit einem ganz besonderen Auto und anderen genialen Erfindungen ausgestattet.

genden Mitteilungen über die Bordsprechanlage erfüllt.

»Das Beschleunigungssystem hat versagt, Sir, und im Maschinenraum antwortet niemand«, sagte Hume.

»Sir, das Heck liegt 14 Grad im Wasser«, berichtete der diensthabende Offizier.

Commander Day benötigte nur zwei Sekunden, um seine Entscheidung zu treffen. »Okay. Alle Mann von Bord.«

Das Schiff schlingerte, aber Day hielt sich auf den Beinen. »Eine Botschaft an die Admiralität: ›Wir sind von zwei chinesischen MiGs torpediert worden und sinken.‹ Geben Sie unsere Position durch.«

Der Funkoffizier nickte. »Alles klar, Sir.«

Während seine Hände über die Tastatur glitten, brüllte Hume: »Wir gehen unter!«

Dann gingen die Lichter aus.

Das Heck der *Devonshire* versank, während sich ihr Bug über die Wasseroberfläche hob. Die Besatzungsmitglieder warfen sich in ihre Rettungswesten und sprangen ins kalte Wasser. Es blieb keine Zeit mehr, die Rettungsboote zu wassern, weil das Schiff schneller sank, als irgend jemand es sich in seinen schlimmsten Alpträumen hätte ausmalen können.

Commander Day beaufsichtigte das Manöver so lange wie möglich, zog dann selbst eine Rettungsweste an und folgte seiner Crew ins Meer.

Fünf Minuten später sah man auf der Wasseroberfläche nur noch einen Ölfleck und eine bedauernswert kleine Anzahl von Mitgliedern der Royal Navy, die hilflos im Wasser herumschwammen. Sie glaubten, daß sie völlig allein waren und – so weit vom Festland entfernt – wahrscheinlich bald sterben würden. Das Mondlicht beleuchtete ihre verzweifelten Gesichter, während ihnen ihr Schicksal klarwurde.

Als über ihren Köpfen ein schwarzer Schatten auftauchte und das Mondlicht verschluckte, wußten sie nicht, was sie davon halten sollten. Sie blickten auf und schnappten nach Luft, als sie den massigen, dunklen Umriß über sich sahen. Die *Sea Dolphin II* hatte ihre Position so gewählt, daß die Marinesoldaten zwischen den beiden Pontons schwammen.

Stamper stand auf einem der Pontons des Stealth-Schiffes und entsicherte ein Maschinengewehr. Neben ihm stand ein Crewmitglied mit einer Videokamera und filmte, wie sich die britischen Soldaten im Wasser abmühten. Der Deutsche nahm sich einen Augenblick Zeit, um die Vorfreude auszukosten, bevor er auf den Abzug drückte. Dann eröffnete er das Feuer. In weniger als einer Minute waren die hilflosen Navy-Soldaten abgeschlachtet worden. Der Mann mit der Videokamera hatte das Massaker auf Band festgehalten.

Wenn die von Kugeln durchsiebten Soldaten auf den Meeresboden hinabgesunken wären, wären sie den sechs Tauchern begegnet, die eben den Rumpf des Stealth-Schiffes verlassen hatten. Sie waren mit einer Reihe von Werkzeugen und Unterwasserlampen ausgerüstet, und ein Mann hatte eine Unterwasser-Videokamera dabei. Weil sie nicht mehr mit Gegenwehr rechneten, war nur einer der Taucher bewaffnet.

Sie schwammen entlang dem Kabel der Sea-Vac auf die *Devonshire* zu, die mit einem dumpfen Aufschlag in der Nähe einer Gesteinsspalte auf den Meeresboden geprallt war. Der völlig finstere Schiffsrumpf zeigte keinerlei Anzeichen von Lebensspuren – es hätte sich um einen Berg unter der Meeresoberfläche handeln können. Die Taucher schwammen gemeinsam durch das Loch in der Schiffswand. Das Kabel der Sea-Vac führte sie.

Sie tauchten durch das Chaos von Trümmern und Zerstörung, bis ihr Anführer die Hand hob. Er signalisierte den anderen, ihm durch eine Tür in einen Raum zu folgen, der mit großen, langen, dunklen Gegenständen angefüllt war. Der Anführer richtete seine Lampe darauf, nickte seinen Kameraden zu und gab einem von ihnen ein Zeichen. Der Taucher machte sich mit einem Schneidbrenner an den Befestigungen der Startrampen zu schaffen, die eine der sieben Boden-Boden-Raketen der *Devonshire* sicherten. Der Schneidbrenner hatte keine Mühe mit dem Metall.

Nach einer Viertelstunde war alles vorbei. Die sechs Taucher verließen das Wrack und schwammen mit der Cruise Missile auf ihr Schiff zu. Sobald sie ihr Ziel erreicht hatten, spannte sich das Kabel der Sea-Vac, und die Maschine bahnte sich langsam den Weg aus dem von Trümmern gesäumten Tunnel, den sie sich gegraben hatte. Das dunkle Schiff holte das ausgesandte Fahrzeug wieder ein. In den dunklen Gewässern unter dem nächtlichen Himmel von Südostasien hatte der ganze Zwischenfall wie eine Vergewaltigung gewirkt – ein brutaler Geschlechtsverkehr zwischen zwei gigantischen Kreaturen der Weltmeere.

Weil es in Hamburg jede Menge Lichtquellen gab, trug das Mondlicht nur wenig dazu bei, die Stadt zu erleuchten. Die strahlend illuminierten Häuser legten Zeugnis davon ab, daß Hamburg in den letzten fünfzig Jahren zu Deutschlands größter und aktivster Hafenstadt geworden war. Durch den Wiederaufbau nach dem Zweiten Weltkrieg hatte es sich zu einer modernen Kulturmetropole entwickelt, die längst ihren Ruf abgeschüttelt hatte, nur ein heißes Pflaster für Seeleute oder die Stadt zu sein, in der sich die Beatles in den späten fünfziger und frühen sechziger Jahren ihre ersten Sporen verdient hatten, bevor sie zu Superstars wurden. Hamburg liegt an den Flüssen Elbe und Alster und ist eine schöne und geschichtsträchtige Geschäftsmetropole. Da war es nur natürlich, daß das Carver Media Group Network sein Hauptquartier für die westliche Welt von London nach

Hamburg verlegt hatte. Die Zentrale in der östlichen Hemisphäre war nach Saigon übergesiedelt, nachdem Hongkong am 1. Juli 1997 wieder in den chinesischen Machtbereich zurückgekehrt war.

Das neue CMGN-Gebäude war für die Öffentlichkeit noch nicht zugänglich. Die große Eröffnungsfeier sollte am nächsten Abend stattfinden. Schon seit Tagen bemühten sich Arbeiter emsig, das Gebäude für die pompöse Einweihungsparty herzurichten. Neben Medienleuten aus der ganzen Welt wurden Prominente, Würdenträger und Mitglieder von Königshäusern erwartet. Immer noch wurde das Parkett gebohnert, trocknete die Farbe, wurden die Möbel an der richtigen Stelle plaziert. Schon jetzt kümmerte man sich um das Essen. Die feierliche Einweihung war ein wichtiges Ereignis, weil sich hinter der Fassade des halbkreisförmigen Backsteingebäudes ein riesiger Medienkomplex verbarg, das Hauptquartier und die Schaltzentrale des weltweit operierenden Kommunikationsnetzes der CMGN.

Da es schon kurz nach Mitternacht war, hatten viele Arbeiter Feierabend gemacht und waren nach Hause gegangen. Nur noch ein paar besonders engagierte Angestellte gingen in den verschiedenen Bereichen des Gebäudes ihrer Arbeit nach, aber keiner war sich der Tatsache bewußt, daß sich zwei Männer in dem riesigen, runden Studio aufhielten, das das Prunkstück des gesamten Gebäudekomplexes war. Das Nachrichtenzentrum war zum großen Teil dunkel – nur die Computer auf zwei Konsolen waren eingeschaltet. Quer durch den Raum spannte sich ein rotes Band, das Elliot Carver am nächsten Abend durchschneiden sollte, wenn er das neue Hauptquartier vor Hunderten von Gästen offiziell eröffnen würde.

Jetzt stand Carver an einer der Konsolen, von den zahllosen Vorbereitungsmaßnahmen genervt und erschöpft. Er hatte fast alles selbst erledigen müssen, weil er nur an wenige Leute Verantwortung delegieren wollte. Doch während er nun die Monitore betrachtete, wirkte er gespannt und hellwach.

Henry Gupta, der nur inoffiziell auf seiner Gehaltsliste stand, saß vor einer der Konsolen und bearbeitete die Tastatur. Bei Gupta hatte Carver keine Referenzen benötigt – sein Ruf eilte ihm voraus. Henry Gupta war der gewiefteste High-Tech-Terrorist der Welt, und im Bereich der Elektronik gab es nichts, was er nicht zustande gebracht hätte. Wenn Carver Gupta nicht schon für seine kriminellen Aktivitäten benötigt hätte, dann hätte er ihn im legalen Geschäftsbereich von CMGN angestellt. Aber so mußte er ihn gut und sicher hinter den Kulissen verstecken.

Elliot Carver, ein großer, vornehmer Mann, war kürzlich fünfzig Jahre alt geworden. Körperlich war er bemerkenswert fit, und seine Umgangsformen erinnerten an die Autorität eines Aristokraten. Er war dünn, und sein Haar begann sich zu lichten. Sein Charisma faszinierte alle, die mit ihm zu tun hatten. Er war dazu geboren, Befehle zu geben, und wenn er das Wort ergriff, hörten alle zu. Bevor ihm die schneeweißen Haare auszufallen begannen, hatte Carver als attraktiver Mann gegolten, doch er war immer noch eine imposante Erscheinung. In jungen Jahren hatten ihm sein gutes Aussehen und seine samtweiche Stimme zu einer Anstellung als Nachrichtensprecher verholfen. Sein Interesse an den Medien hatte stetig zugenommen, und jetzt, dreißig Jahre später, war er der Chef seines eigenen Unternehmens.

Carver war stolz darauf, wie er sein Glück gemacht hatte und berühmt geworden war, weil sein Leben vor einem halben Jahrhundert unter einem schlechten Stern begonnen hatte. Er war der uneheliche Sohn eines Lords, der ihn in seinem Testament anfangs nicht bedacht hatte. Seine deutsche Mutter, eine Prostituierte, hatte er nie kennengelernt, weil sie seine Geburt nicht überlebt hatte. Carver wuchs in einer armen Familie in Hongkong auf, und es war nur seiner skrupellosen Entschlossenheit zu verdanken, daß er seine armseligen Anfänge hinter sich lassen konnte, Fernsehmoderator in Hongkong wurde und sich schließlich selbst einen Namen in der Nachrichtenbranche machte. Am Ende hatte er das riesige Zeitungsimperium seines Vaters doch noch geerbt. Es hatte einige Spekulationen gegeben, daß es Verbindungen zwischen dem Selbstmord des Lords und Carvers Erbschaft gebe, aber für diese Behauptung hatte niemand Beweise auftreiben können.

Eines kam zum anderen, und Carver erwies sich als gewiefter Geschäftsmann und Unternehmer. Er war ein Visionär, investierte in das GPS, NAVSTARS Global Positioning System, und verdiente ein Vermögen, als dieses Verfahren zum Standard bei der satellitengestützten Navigationshilfe wurde. Seine Techniker entwickelten neue Technologien für Kommunikationssatelliten, und CMGN war unter den ersten, die Live-Reportagen vom Golfkrieg ausstrahlten. In wenigen Jahren hatte Elliot Carver ein weltumspannendes Imperium aufgebaut.

Und das war erst der Anfang.

Sein einziges körperliches Problem bestand seiner Ansicht nach darin, daß er unter nervösen, psychisch bedingten Zuckungen des Unterkiefers litt, die immer dann auftraten, wenn er angespannt war. Seine Kiefermuskeln schmerzten, und er hörte ein klickendes Geräusch und empfand ein unangenehmes Gefühl, wenn er den Mund weit öffnete oder kaute. Sein Arzt hatte ihm gesagt, das liege daran, daß er im Schlaf die Zähne zusammenbeiße oder mit ihnen knirsche – ein weiteres Streßsymptom. Der Arzt hatte ihm für den Schlaf einen Plastikschutz für die obere Zahnreihe verschrieben, aber Carver hatte sich davor geekelt. Und weil er immer schon ein kleiner Märtyrer gewesen war, suchte er den

Arzt nicht mehr auf, sondern fand sich mit den chronischen Schmerzen ab.

Henry Gupta drückte auf die Knöpfe unter den drei Monitoren. Auf einem Bildschirm erschien das Gesicht Stampers, des Deutschen. Er befand sich an Bord des Stealth-Schiffes im Südchinesischen Meer.

»Alles erledigt«, sagte Stamper. »Ich habe das Video selbst noch nicht gesehen, aber man hat mir gesagt, daß es dank des Viewfinders hervorragend sein soll.«

Auf dem zweiten Monitor waren sechs Taucher zu sehen, die auf das Wrack der *Devonshire* zuschwammen. Sogar Carver war von der Qualität des Videobands beeindruckt. Das Licht war exzellent, fast so, als ob ein Filmstudio die Aufnahme mit teurer Unterwasserausrüstung inszeniert hätte. Dann begann auf dem dritten Monitor jener Film, der den Tod der Seemänner zeigte, die im Meer mit Maschinengewehren ermordet worden waren.

»Bißchen grün vielleicht, aber man sieht alles«, fuhr Stamper fort. »Guckt euch den an – der will abhauen! Da, schon hab' ich ihn! Ha Ha Ha!«

Carver fand, daß Stamper seine Arbeit zu sehr genoß, aber er war ein wertvoller Mitarbeiter. Er und Gupta sahen sich die Filme auf den beiden Monitoren in ganzer Länge an. Sie beobachteten, wie die Taucher in das Wrack schwammen und eine der Cruise Missiles herausholten und wie die britischen Seeleute einer nach dem anderen starben. Das Ganze war perfekte Arbeit.

»Sie haben Ihren Job gut erledigt, Stamper«, sagte Carver in ein Mikrofon. »Wir haben alles mitbekommen. Versuchen Sie jetzt, ein bißchen zu schlafen – wenn Sie können.«

Stamper lachte. »Schlafen? Machen Sie Witze? Nach einer solchen Nacht hab' ich Lust auf eine Party! Ha Ha Ha!«

Carver erschauerte, als er sich vorstellte, was Stamper

unter einer ›Party‹ verstand. Man munkelte, daß nach solchen Partys verstümmelte Körper zurückblieben.

»Wollen Sie ein Video von der Party, Chef?« fragte Stamper.

»Nein, vielen Dank«, antwortete Carver.

Gupta ging zu einer anderen Konsole, auf der ›Satellite Uplink/Downlink‹ stand. Er setzte sich und zog vorsichtig die Kabel des kleinen, rechteckigen Geräts aus der Kontrolleinheit. Es war so winzig, daß es in seine Handfläche paßte. Dann verstaute er das Gerät sorgfältig in dem länglichen roten Kästchen, das er samt Inhalt auf dem Waffenmarkt am Khaiberpaß erstanden hatte. Er stand auf und ging zu Carver hinüber. Sein Boß starrte auf die erloschenen Monitore und dachte darüber nach, was er gerade gesehen hatte.

»He«, sagte Gupta jovial, »was hab' ich Ihnen gesagt? Bin ich ein Genie?«

Carver zeigte auf das rote Kästchen. »Bringen Sie das an einen sicheren Ort. Und machen Sie die Konsole sauber. Ich will nicht, daß irgendwas darauf hinweist, daß wir hier waren.« Gupta hatte eine Limonadendose und eine Chipstüte zurückgelassen. Carver wollte ihn ›Schmutzfink‹ titulieren, ließ es dann aber.

»Was ist los? Wenn irgend jemand das Recht hat, sich hier aufzuhalten ...«

Carver gebot ihm mit einem scharfen Blick Einhalt, den Gupta kannte. Unter Elliot Carvers Angestellten war dieser Blick berühmt-berüchtigt. Wenn jemand damit bedacht wurde, wurden *keine* Fragen mehr gestellt.

»Okay, okay«, sagte Gupta. »Ich bringe den Dreck weg.« Er war etwas beleidigt, tat aber, was sein Boß ihm aufgetragen hatte.

Carver griff zum Mikrofon und sprach erneut mit seinem Mann vor Ort. »Stamper! Spielen Sie das Band noch mal ab.«

Er beobachtete mit versteinertem Gesichtsausdruck,

wie das Maschinengewehr die Männer der Royal Navy tötete. Dann bat Carver Stamper, das ganze Videoband noch einmal und in Zeitlupe ablaufen zu lassen.

Erst dann wandte er sich zu Gupta um und sagte: »Sie *sind* ein Genie.«

Gupta lächelte. Sein Boß war zufrieden.

3
Wai Lin

Zwei Tage zuvor war ein Jeep vor dem Wächterhäuschen eines Militärstützpunktes etwas außerhalb von Peking vorgefahren. Ein Vertreter der chinesischen Militärpolizei checkte die Identität des Chauffeurs und der Beifahrerin. Da alles in Ordnung war, wurde der Jeep durchgewunken.

Wai Lin blinzelte, während der Wagen an den Barakken und Sportplätzen auf die Verwaltungsgebäude des Militärgeländes zufuhr. Die Sonne schien heute sehr grell, und sie griff in ihre Handtasche und setzte die Sonnenbrille auf.

Kurz darauf stoppte der Jeep vor dem wichtigsten Verwaltungsgebäude, und Wai Lin sagte auf Mandarin zu dem Fahrer, daß er warten solle. Sie beherrschte fast alle chinesischen Dialekte. Ihre Muttersprache war Kantonesisch, aber als ihre berufliche Karriere sie in den politischen und militärischen Bereich hineingeführt hatte, war Mandarin wichtiger geworden.

Sie stieg aus dem Jeep, und ein Vertreter der Militärpolizei bewunderte sie von der Eingangstür aus, während er zu salutieren vorgab. Wai Lin wußte, daß sie attraktiv war, selbst in der steifen Uniform der chinesischen Armee. Sie war klein wie die meisten Chinesinnen, schaffte es aber, in Uniform größer zu wirken. Vielleicht lag das an ihrer natürlichen Autorität, die ihr bei ihren besonderen Aufgaben zugute kam.

Sie hatte langes, in der Mitte gescheiteltes schwarzes Haar, das knapp bis unter ihre Schulterblätter reichte, und ein oval geschnittenes Gesicht, dessen mandelförmige braune Augen weit auseinanderstanden. Ihr

Mund wirkte klein und zart, doch ihr Lächeln konnte Herzen erweichen. Sie war dünn, aber wohlgebaut, der Körper unter ihrer Uniform muskulös und gut proportioniert. Ihre Brüste hatten die Größe kleiner Äpfel, waren fest und paßten gut zu ihrer übrigen körperlichen Erscheinung. Ihr ehemaliger Verlobter hatte immer gesagt, daß sie ›perfekt‹ seien.

Wai Lin hatte oft den Eindruck gewonnen, daß sie für Männer zu stark und bedrohlich sei. Ihr Liebesleben hatte darunter gelitten, daß sie der Typ von Frau war, der es genoß, den herrschenden Part zu spielen, und das war in China nicht ›normal‹. Man ging davon aus, daß Frauen unterwürfig und passiv sein sollten, aber das behagte Wai Lin ganz und gar nicht. Als sie es einem Mann zum letztenmal gestattet hatte, der dominante Partner zu sein, hatte das Ganze damit geendet, daß sie die Fassung verlor und ihren Freund demütigte. Er packte seine Sachen zusammen und verließ ihre kleine Wohnung in Shanghai, obwohl sie eigentlich in der Woche darauf heiraten wollten. Im nachhinein war sie froh, daß aus der Geschichte nichts geworden war. Jetzt konnte sich Wai Lin nicht mehr vorstellen, eine Ehefrau zu sein. Ihre Karriere war gut angelaufen, und sie fand in ihrer Arbeit mehr Befriedigung als in allem anderen, was sie in ihrem achtundzwanzigjährigen Leben auf dieser Erde bislang in Anspruch genommen hatte.

Wai Lin nahm die Sonnenbrille ab, erwiderte den Gruß des Militärpolizisten und betrat das Gebäude. Sie zeigte dem Offizier hinter dem Schalter ihren Paß, dann führte sie ein anderer Militärpolizist durch eine Tür und einen Korridor hinab.

Als sie durch eine weitere Tür schritten, wurde offenkundig, daß etwas geschehen war. Im nächsten Flur waren mehrere Militärpolizisten stationiert, und in dem Büro am Ende des Korridors bemerkte sie hektische Aktivitäten. Wai Lin wurde in den Raum geleitet, wo Soldaten das Mobiliar auseinandernahmen, Akten durchblätterten und Wände und Fenster untersuchten.

Der Militärpolizist näherte sich einem General, der in der Mitte des Raums stand und die ganze Operation überwachte. Der General drehte sich um und sah Wai Lin an. Sie salutierte, und der Militärpolizist stellte sie als ›Colonel Lin‹ vor. Der General hieß Koh.

»Willkommen, Colonel«, sagte der General auf Mandarin. »Schön, Sie wiederzusehen. Wir haben viel zu besprechen. Sie sehen, daß wir gerade das Büro des Verräters untersuchen. Bis jetzt haben wir noch nichts gefunden. Kommen Sie.«

Wai Lin folgte ihm durch den Flur in ein provisorisches Büro, und General Koh forderte sie auf, sich zu setzen.

»Sind Sie von Ihren Vorgesetzten in Peking informiert worden, Colonel?« fragte er.

»Natürlich, Sir.«

»Was wissen Sie?«

»Daß General Chang verschwunden ist. Man geht davon aus, daß er einige wichtige geheime Unterlagen mitgenommen hat.«

»Sind Sie sich dessen bewußt, was für geheime Informationen er unserer Ansicht nach gestohlen hat?«

»Ja. Es geht um die russische Radar-Technologie mit niedriger Emission.«

»Wissen Sie, was das ist?«

»Ein Radarsystem, dessen Wellen von so niedriger Frequenz sind, daß ein Stealth-Flugzeug es verwenden kann, ohne selbst bemerkt zu werden. Unsere Regierung konnte eines dieser Geräte vor einem Monat während einer Aufklärungsmission in Irkutsk sicherstellen. General Chang war dafür verantwortlich, daß es sicher aufbewahrt wurde.«

»Der Einsatz diese Radars in unseren Maschinen hätte unsere militärischen Möglichkeiten weit vorangebracht. Wir hätten das gleiche Niveau wie die Amerikaner und die Russen erreicht. Es ist wichtig, daß wir alles zurückbekommen.«

»Haben Sie eine Ahnung, wo General Chang jetzt sein könnte?«

»Noch nicht«, antwortete Koh. »Nach den Angaben seines Personals, die wir mit Gewalt aus ihnen rausquetschen mußten, hat General Chang die Militärbasis vor zwei Tagen verlassen und ist nach Vietnam geflohen. Es ist möglich, daß er sich noch dort aufhält, weil unsere Agenten den Flughafen und die Bahnhöfe überwachen. Vielleicht hat er sich verkleidet, oder er versteckt sich irgendwo, bis er glaubt, daß er ungefährdet flüchten kann.«

»Hatte er den Radar dabei, als er untertauchte?«

»Nein«, antwortete Koh. »Wir glauben, daß der Radar vor ihm verschwand, und wahrscheinlich nicht in die gleiche Richtung. Damit kann man nicht besonders gut reisen. Nach den Aussagen seines Stellvertreters war das Radarsystem in einer Lattenkiste verstaut. Vor zwei oder drei Wochen wurde die Ladung als Teelieferung deklariert. Wir versuchen jetzt herauszufinden, wie das Ganze verschifft worden ist.«

»Ich nehme an, Sie wollen, daß ich nach Vietnam reise und ihn suche?«

»Nein. Ich will, daß sie der Sache mit der Teelieferung nachgehen. General Chang ist nicht so wichtig wie das Radarsystem. Wenn wir es gefunden haben, werden wir uns mit dem Verräter befassen.«

General Koh plazierte einen Stapel Papiere am Rande seines Schreibtischs. »Hier sind alle wichtigen Informationen. Vielleicht können Sie sich mit Ihrem wachsamen Blick einen Reim darauf machen.«

Das war das erstemal, daß der General ihr ein Kompliment gemacht hatte.

»Ich werde mein Bestes tun.«

Der General lächelte. »Diese Uniform steht Ihnen gut, Colonel Lin. Vielleicht sollten Sie sich von der Abwehr verabschieden und in die Armee eintreten!«

Wai Lin blickte zu ihm auf. »Nein, danke, Sir. Ich bin ganz zufrieden, die Uniform nur aus Gründen der Tarnung zu tragen.«

»Nun, Sie sehen sehr natürlich darin aus, und das ist gut so. Wir wollen nicht, daß die Männer hier auf die Idee kommen, der chinesische Geheimdienst suche nach ihrem General. Das wäre nicht gut für die Moral der Truppe.«

»War das alles?« fragte sie.

»Fürs erste. Lassen Sie mich wissen, was Sie herausgefunden haben.« Mit diesen Worten verließ der General den Raum, und Wai Lin begann, die Dokumente durchzusehen.

Peking befindet sich in der Provinz Hebei, aber die Verwaltung der Stadt obliegt der Zentralregierung. Nach Shanghai ist Peking die zweitgrößte Stadt Chinas und das Zentrum des Landes, was Politik, Finanzen, Ausbildung und Verkehrswesen betrifft. Seit der Gründung der Volksrepublik hat es sich zu einer bedeutenden Industriestadt entwickelt. In den örtlichen Fabriken werden Waren aller Art hergestellt oder verarbeitet: Eisen und Stahl, Maschinen, Chemikalien, elektronische Geräte, veredeltes Öl und Textilien. Der Großteil dieser Industriegebiete befindet sich am Rand der Stadt, weit entfernt von den Touristenbezirken der Verbotenen Stadt – dem Platz des Himmlischen Friedens, der Nationalbibliothek und dem weltberühmten Zoo.

In einem dieser Industriegebiete fand Wai Lin das Xiang Warehouse. Sie stellte ihren unauffälligen Toyota Camry abseits des von Flutlichtern erhellten Parkplatzes ab und stieg aus dem Wagen. Jetzt trug sie Zivilkleidung – einen gut geschnittenen Anzug mit schwarzer Hose und roter Weste.

Es war schon spät und das Lagerhaus geschlossen. Die Arbeiter waren nach Hause gegangen, aber Wai Lin wollte kein Risiko eingehen. Vorsichtig schlich sie zur Rückseite des Gebäudes, wo sich eine Tür befand, auf der in chinesischer Schrift ›Bediensteteneingang‹ stand. Sie war natürlich abgeschlossen, aber das würde Wai Lin nicht aufhalten. Die Agentin blickte sich um, um sicher zu sein, daß sie von niemandem beobachtet wurde, und verschaffte sich dann mit einem Dietrich Eingang.

Das große Lagerhaus war dunkel und wurde nur von einer trüben Notbeleuchtung etwas erhellt, aber die reichte ihr, um zu sehen, wohin sie sich wenden mußte. Das Speicherhaus schien mit Autoersatzteilen und landwirtschaftlichen Produkten vollgestopft zu sein. Sie stahl sich vorsichtig an Stapeln von Lattenkisten und Kartons vorbei und näherte sich dem Hauptbüro. Als sie in der Ferne zwei Stimmen hörte, hielt sie inne – das waren wahrscheinlich die Sicherheitsbeamten.

Wai Lin spähte hinter einem Haufen von Autoreifen hervor und erblickte sie. Die Wachleute rauchten Zigaretten und standen vor dem Hauptbüro. Ihre chinesischen Waffen sahen wie Imitationen von Makarov-Pistolen aus. Durch das Glasfenster hinter den Sicherheitsbeamten konnte man sehen, daß das Licht im Büro eingeschaltet war.

Wai Lin wandte sich ab und ging durch den Gang zurück, um sich den Männern aus einer anderen Richtung zu nähern. Sie kam an einem weiteren Stapel von Autoreifen vorbei, als ihr ein Gedanke durch den Kopf schoß.

Die beiden Sicherheitsbeamten erzählten sich unzüchtige Witze und lachten. Sie würden in einer Million

Jahren nicht daran glauben, daß ihre Anwesenheit in dem Lagerhaus wirklich notwendig war – es war ein ruhiger, bequemer Job. Sie hatten ihre Pistolen noch nie benutzen müssen, und wahrscheinlich würde das auch so bleiben. Wer sollte hier, wo es nur vergammelte Autoersatzteile und verrottendes Gemüse gab, etwas stehlen wollen?

Das Gelächter ebbte ab, und einer der Männer seufzte, weil ihm kein neuer Witz mehr einfiel.

»Hast du noch 'ne Zigarette?« fragte sein Kollege.

Als der Mann in seine Tasche griff, hörten sie aus einem der dunklen Gänge ein Geräusch.

Sie stutzten und blickten einander an.

»Hast du das gehört?«

Der andere nickte. Beide standen regungslos da und lauschten.

Es war verrückt – ein einzelner Autoreifen rollte aus der Dunkelheit des Gangs auf sie zu. Die beiden Männer beobachteten erstaunt, wie der Reifen etwa sechs Meter von ihnen entfernt rotierend auf den Boden fiel wie eine Münze, die man herumgewirbelt hat.

Dann zogen sie ihre Pistolen und gingen auf den Autoreifen zu. Der eine bedeutete dem anderen, den Gang zu untersuchen.

Vorsichtig schlich der Mann den dunklen Gang hinab, an den gestapelten Lattenkisten und Autoreifen vorbei. In diesem Bereich des Lagerhauses war das Licht sehr trübe. Der Mann hielt seine Pistole zitternd in der Hand und fragte sich, wer ihnen wohl so einen Streich spielen könnte. Als er sich etwa acht Meter von seinem Kollegen und dem Büro entfernt hatte, gelangte er an eine Stelle, wo sich zwei Gänge kreuzten. Er blickte in beide Richtungen und ging dann weiter.

Wai Lin reagierte leise und schnell. Sie trat hinter einem Stapel von Autoreifen hervor und näherte sich dem Posten. Ein einziger, kräftiger Hieb mit der Handkante ins Genick genügte, um den Mann in die Knie zu zwingen. Mit der anderen Hand hielt sie ihm schnell den Mund zu, und dann versetzte sie ihm einen weiteren Schlag, um ihn auszuschalten.

»He! Hast du was gefunden?« rief der andere Sicherheitsbeamte.

Es war unnatürlich still.

»Was ist los? Antworte, du Idiot!«

Da keine Reaktion erfolgte, wurde der Mann unruhig. Mit gezückter Pistole schlich er den Gang hinab, um seinen Kollegen zu suchen.

Wenig später fand er den Bewußtlosen mit dem Gesicht nach unten auf dem Betonfußboden, wo Wai Lin ihn liegengelassen hatte. Er beugte sich hinab, um seinen Kameraden zu untersuchen, als er die kalte Mündung einer Pistole am Hinterkopf spürte.

»Lassen Sie die Waffe fallen«, sagte Wai Lin. Der Posten gehorchte. »Stehen Sie langsam auf, und kommen Sie bloß nicht auf dumme Gedanken.«

Der Sicherheitsbeamte richtete sich auf, doch unglücklicherweise kam er auf dumme Gedanken. Er versuchte sich umzudrehen, Wai Lins Pistole zu ergreifen und sie mit einer lächerlichen Karate-Einlage zu entwaffnen, aber sie war bei weitem erfahrener als er. Sie blockte seine Attacke nicht nur ab, sondern schleuderte ihn über ihren Kopf gegen den Stapel von Autoreifen, die auf den Boden fielen. Dann richtete sie erneut die Pistole auf ihn.

»Okay, wir werden es noch mal versuchen«, sagte sie. »Langsam aufstehen. Wenn Sie noch mal so einen Trick ausprobieren, werde ich mich nicht so nachsichtig verhalten.«

Der Sicherheitsbeamte nickte ergeben.

Sie zwang ihn, mit seinen Schlüsseln die Bürotür zu öffnen, und forderte ihn dann auf, ihr alle Schiffspapiere des letzten Monats auszuhändigen.

»Und nun seien Sie ein guter Junge und setzen Sie sich mit dem Gesicht zur Wand auf den Boden. Verschränken Sie die Arme hinter dem Kopf, während ich die Papiere durchsehe. Wenn Sie sich bewegen, werde ich Ihnen weh tun müssen. Und machen Sie sich keine Sorgen um ihren Kameraden. Er wird sich schon erholen. Ich habe ihn direkt am Nerv getroffen. Er wird eine Stunde lang weggetreten sein und dann mit fürchterlichen Kopfschmerzen aufwachen.«

Nachdem der Sicherheitsmann die vorgeschriebene Stellung eingenommen hatte, begann Wai Lin damit, die Geschäftsbücher zu studieren. Schließlich stieß sie auf eine Teelieferung, die das Warenhaus vor zweieinhalb Wochen verlassen hatte. Es gab einen Querverweis auf eine andere Akte, die bezeugen sollte, wohin der Tee geliefert worden war, doch so sehr sie auch suchte, sie konnte die Akte nicht finden.

»Wo ist das Kundenbuch?« fragte sie den Nachtwächter.

Der Mann erwiderte, das wisse er nicht.

Sie kam auf ihn zu und nahm sein rechtes Ohrläppchen zwischen Daumen und Zeigefinger. »Sind Sie da ganz sicher?«

Als er zögernd nickte, wußte Wai Lin, daß er gelogen hatte, und kniff zu. Der Mann jaulte und gab dann auf. »Schon gut! Schon gut! Der Manager, Mr. Deng, hat es. Er verwahrt es in seiner Wohnung.«

»Woher wissen Sie das?«

»Er hat es mir erzählt. Er sagt, daß er die wichtigsten Unterlagen zu Hause aufbewahrt.«

Wahrscheinlich, weil er in kriminelle Aktivitäten verstrickt ist, dachte Wai Lin.

»Na gut, und wo finde ich diesen Mr. Deng?«

»Jetzt? Er wird nicht zu Hause sein ...«

»Wo dann?«

»Nun ...«

Als der Nachtwächter es ihr erzählt hatte, lachte Wai Lin und schüttelte den Kopf.

Die schwarze Limousine fuhr durch eine geschäftige Straße, wo es jede Menge Nachtklubs und Prostituierte gab. Der Wagen bremste vor Wai Lin, die in einem langen, hautengen roten Kleid am Bordstein stand. Eines ihrer wohlgeformten Beine ragte verführerisch aus dem Schlitz des Kleides heraus. Die Fensterscheibe des Autos senkte sich automatisch, und der Chinese im Fond sprach sie an.

»Was kostet es, wenn wir die Nacht in meiner Wohnung verbringen?«

Wai Lin gab vor, das Angebot zu überdenken. »8 000 Yuan.« Der Mann hob die Augenbrauen.

»Ganz schön teuer!«

»Ich bin es wert«, sagte sie. »Sind Sie interessiert oder nicht?«

Der Mann musterte sie von Kopf bis Fuß. »Dreh dich um«, sagte er. Wai Lin vollführte eine würdevolle Pirouette, und als sie wieder vor ihm stand, hatte sie ihr Bein noch weiter entblößt.

»Okay«, sagte er. »Steig ein.« Die Tür öffnete sich, und sie setzte sich zu ihm in den Fond.

»Wie heißt du?« fragte er.

»Anita.«

»Und wie lautet dein chinesischer Name?«

Wai Lin schüttelte den Kopf. »Sagen Sie einfach Anita. Wie soll ich Sie nennen?«

»Du kannst Mr. Deng zu mir sagen.«

Der Wagen fuhr etwa zehn Kilometer in nördlicher Richtung und bremste dann in einer teuren Wohngegend. Sie stiegen in der Tiefgarage eines Wolkenkratzers aus, in dem privilegierte und zahlungskräftige Mieter wohnten.

Deng war ein übergewichtiger Mann Mitte Vierzig.

Wai Lin folgte ihm zu einem Aufzug, der sie in den sechzehnten Stock brachte. Er schloß die Wohnungstür auf und bat sie herein. Im hellen Licht des Flurs sah sie, daß er ein Toupet trug.

Die Wohnung war vornehm möbliert, aber offensichtlich das Zuhause eines Junggesellen. Sah man von einem Farbfernseher und einer teuren Stereoanlage ab, gab es kaum weitere Annehmlichkeiten. Deng bat Wai Lin, Platz zu nehmen, während er die Drinks mixte. Obwohl er in einem kommunistischen Land lebte, schien er sein Glück gemacht zu haben. Wai Lin schrieb das der Tatsache zu, daß er ein Krimineller war.

»Bevor wir weitermachen, möchte ich das Geld«, sagte sie.

»In Ordnung. Warte hier.« Er ging ins Schlafzimmer.

Wai Lin blickte sich im Zimmer um und bemerkte ein paar gerahmte Fotografien auf dem Bücherregal. Sie war nicht überrascht, als sie ein Bild sah, das Deng mit General Chang vor dem Tor zum Platz des Himmlischen Friedens zeigte. Erstaunlicher fand sie ein Foto des sogenannten ›Kronprinzen Hung‹. Durch den grellen Lidstrich, das pomadige schwarze Haar und den Lippenstift wirkte der Mann wie ein Rockstar – fast wie eine chinesische Ausgabe von Michael Jackson. Hung hatte vor ein paar Jahren einen Aufruhr verursacht, als er verkündet hatte, daß er der wahre Erbe der Ming-Dynastie sei. Er hatte sogar die dreiste ›Prophezeiung‹ gemacht, daß er eines Tages den Thron besteigen und China in die glorreichen Zeiten vor der Revolution zurückführen werde. Hung und seine Entourage lebten im Exil, nach den letzten Geheimdienstberichten, die Wai Lin gelesen hatte, in Zürich. Sie betrachtete das Foto genauer und bemerkte im Bildhintergrund einige Männer in Uniform. Man konnte unmöglich sagen, wo das Foto aufgenommen worden war, aber sie war sicher, hinter dem zweifelhaften Kronprinzen den grinsenden General Chang zu erkennen. Wai Lin fragte sich, was für eine Verbindung es zwischen Chang und Hung gab.

»Komm rein!« rief Deng aus dem Schlafzimmer.

Vorsichtig schlich Wai Lin auf die Tür zu und lauschte. Sie hörte den schweren Atem des Mannes hinter der Türe, der sie offenbar überraschen und unangenehme Dinge mit ihr anstellen wollte.

Brutal kickte sie ihm die Tür ins Gesicht. Deng heulte auf. Wai Lin stürmte in den Raum und entging einer Kugel aus Dengs Pistole nur knapp. Dann sprang sie auf ihn zu, packte seine rechte Hand und schickte ihn mit einem Schulterwurf zu Boden. Sie hob seine Pistole auf und zielte auf ihn.

»Warte, nicht schießen!« kreischte Deng. Er trug nur Boxershorts und wirkte auf lächerliche Weise mitleiderregend.

»Sie wollten mich damit verletzen und hatten gar nicht vor, mich zu bezahlen, oder?«

»Nein, nein ... Ich ... Ja ... Ich meine ...« Deng konnte nur noch stammeln.

»Gut«, sagte Wai Lin. Sie preßte ihm einen ihrer hohen Absätze gegen die Brust und entblößte dabei ihr Bein bis zum Oberschenkel. »Sagen Sie einfach, was ich wissen will, und dann werde ich die ganze Angelegenheit vergessen. Wo ist das Kundenbuch aus dem Lagerhaus?«

Deng wirkte überrascht. Er hatte geglaubt, daß diese Hure ihn ausrauben wollte.

»Da drüben, auf dem Schreibtisch!«

Er zeigte auf eine Ecke des Raums.

Wai Lin befahl ihm, sich nicht zu rühren, und ging zum Schreibtisch hinüber. Sie blätterte in dem Buch, bis sie die gesuchte Referenznummer gefunden hatte. Dort stand in ordentlicher chinesischer Schrift: »Drei Teelieferungen, Carver Media Group Network, Hamburg/ Deutschland.« Wai Lin kehrte zu dem jammernden Mann auf dem Fußboden zurück. »Wo ist General Chang?«

»Ich weiß es nicht.«

Sie zielte mit dem Revolver auf seine Stirn.

»Ehrlich!« kreischte Deng. »Ich habe ihn seit über zwei Wochen nicht gesehen.«

»Hat er einige Lattenkisten für Ihren Schiffstransport geliefert?«

»Ja! Tee!«

»Und dabei haben Sie ihn zum letztenmal gesehen?« Sie preßte ihm die Mündung der Pistole noch etwas härter gegen die Stirn.

»Ich schwöre es!«

Wai Lin war eine gute Menschenkennerin und hatte bei ihren Kursen über Verhörtaktiken ausgezeichnete Noten erhalten. Deng sagte die Wahrheit – er hatte viel zuviel Angst, um zu lügen.

»Gut«, sagte sie.

»Die Waffe werde ich behalten, und wenn ich gegangen bin, bleiben Sie noch zehn Minuten auf dem Boden liegen. Klar?«

»Sie werden mich nicht umbringen?« fragte Deng, während ihm der Schweiß die Stirn hinunterlief.

Wai Lin lächelte ihn nur süßlich an.

»Da wäre noch etwas«, sagte sie dann. »Wenn Sie irgend etwas von General Chang hören, müssen Sie die Polizei benachrichtigen. Wenn wir herauskriegen, daß Sie mit ihm geredet haben, werden Sie verhaftet. Haben wir uns verstanden?«

Deng nickte wütend. Langsam begann er zu verstehen. Dieses Mädchen war eine Art Polizistin!

Wai Lin stand auf und ging auf die Tür zu.

Deng hob den Kopf. »Heißt das, daß ich Sie nicht nackt sehen werde?«

Der Schuß fegte ihm das Toupet vom Kopf. Deng schrie und hielt sich den Kopf. Sein Gesichtsausdruck verriet Panik. Als er sich der Tatsache bewußt wurde, daß er noch lebte, blickte er Wai Lin entsetzt an.

»Vielleicht beim nächstenmal«, sagte sie. Sie blies den Rauch vom Pistolenlauf und verließ rasch die Wohnung.

4
Mission du jour

James Bond war immer ein schlechter Schüler gewesen, schon als kleiner Junge. Es war keineswegs so, daß er nicht intelligent genug gewesen wäre, um gute Noten zu erlangen – das Ganze langweilte ihn einfach. Bond gehörte zu den ruhelosen Seelen, die nicht stillsitzen konnten. Die tagtägliche Routine in der Schule wurde schnell langweilig. Er mußte sich bewegen. Er war ein Mann der Tat.

Seine Laufbahn in Eton war unbedeutend. Er verbrachte zwei Jahre dort, zeichnete sich hauptsächlich im Sport aus und ignorierte die anderen Fächer. Dann wurde er bei einer kleinen Unachtsamkeit ertappt – er vergnügte sich mit einem der Dienstmädchen der Jungs. Man legte ihm nahe, die Schule zu verlassen, und er war glücklich darüber. Nostalgische Erinnerungen an die Krawatte seiner alten Schuluniform waren seine Sache nicht.

Im Anschluß an Eton ging Bond nach Fettes, der alten Schule seines Vaters. Er interessierte sich für Sport, Geschichte und die militärische Ausbildung. Danach war seine normale schulische Ausbildung beendet. Er trat in sehr jungen Jahren in die Royal Navy ein und kam schließlich zum britischen Geheimdienst.

Früher hatte Bond die schlechte Angewohnheit gehabt, anderen zu erzählen, daß er in Cambridge studiert habe. Er erinnerte sich an seinen Versuch, Miß Moneypenny dadurch zu beeindrucken, daß er ihr erklärte, ein Studium der orientalischen Sprachen mit Auszeichnung absolviert zu haben, aber das war gelogen. Amüsiert dachte er, daß das die einzige Notlüge war, derer er sich je schuldig gemacht hatte. Als er jedoch einen zweiten Gedanken an das Thema verschwendete, fiel ihm ein, daß er hinsichtlich seines Alters geflunkert hatte, um in die Marine eintreten zu können. Nun, und dann waren da noch Dutzende von Ausflüchten, die er sich ausgedacht hatte, um M zu erklären, was er zu diesem oder jenem Zeitpunkt gemacht hatte ...

Seit er in den Geheimdienst eingetreten war, hatte Bond Wert darauf gelegt, sich als Autodidakt weiterzubilden. Deutsch und Französisch beherrschte er fließend, und er lernte aus eigenem Antrieb weitere Fremdsprachen. Deutsch hatte er als Junge gelernt, weil er den größten Teil seiner Kindheit in Deutschland verbracht hatte, bevor seine Eltern bei einem Bergunfall ums Leben gekommen waren. In Seminaren, die vom MI6 angeboten wurden, studierte er als junger Mann Chemie und Jura, und als er älter wurde, wurde ihm exzessive Lektüre zum Bedürfnis. Er saugte die Einzelheiten auf, die er für wichtig hielt, und vergaß den Rest. Es war für jeden Geheimagenten – speziell für einen 00-Agenten – wichtig, seinen Verstand fit zu halten. Man mußte permanent die neueste technologische Entwicklung studieren und analysieren, und es war von entscheidender Bedeutung, sich in der Weltpolitik und bei den aktuellen Ereignissen auszukennen. Und je mehr Fremdsprachen man beherrschte, desto besser.

Aus diesem Grund stand James Bond an diesem Tag früh auf, um mit seinem Aston Martin DB5 nach Oxford zu fahren, wo ihn eine Dozentin vom Balliol-College der Universität seit drei Monaten in der dänischen Sprache unterrichtete.

Sein Frühstück bestand aus sehr starkem Kaffee, der von De Bry in der New Oxford Street stammte, einem dreieindrittel Minuten lang gekochten braunen Ei, das eine französische Maran-Henne gelegt hatte, und zwei dicken Scheiben Weizentoast. Er kleidete sich an und verabschiedete sich von Mary, seiner älteren schottischen Haushälterin. Dann verließ er die Wohnung, in der er schon seit Jahren lebte. Er steuerte den Aston Martin auf die King's Road hinaus und fuhr in nördlicher Richtung davon.

Ihm war klar, daß es wahrscheinlich keine besonders gute Idee war, sich mit so einem klassischen Auto auf englische Autobahnen zu wagen, aber jeder, der einen solchen Wagen besaß, tat dies, und Bond fuhr ihn nach wie vor gern. Das Auto hatte jahrelang dem Geheimdienst gehört, aber als Q sich entschieden hatte, auch mit BMW und anderen Automobilherstellern zusammenzuarbeiten, waren einige der Aston Martins verkauft worden. Bond hatte Bill Tanner bei der Versteigerung um 5 000 Pfund überboten. Melvin Heckman, sein Automechaniker, hielt das Auto in perfektem Zustand und hatte es Bond auch gestattet, es in einer Privatgarage abzustellen.

Die Fahrt nach Oxford verlief wie immer zügiger als erwartet, und er überraschte die Professorin, da er schon eine Stunde vor der vereinbarten Zeit auftauchte. Sie war gerade von ihrer morgendlichen Vorlesung zurückgekehrt und trug noch den schwarzen Talar. Professorin Inga Bergstrom wußte die gewonnene Zeit wie üblich gut zu nutzen – sie wollte sicherstellen, daß ihr Lieblingsschüler seine Lektion lernte.

»Ich bin mit Ihren Fortschritten sehr zufrieden, Mr. Bond«, sagte sie nach zwei Stunden auf dänisch.

»Das ist nur Ihr Verdienst, Frau Professorin«, antwortete er in perfektem Dänisch, als käme er aus Kopenhagen.

»Sie haben von Natur aus eine begabte Zunge«, seufzte sie.

»Und Sie inspirieren mich, sie richtig einzusetzen«, erwiderte Bond und beugte sich vor, um sie zu küssen.

Bald hatte das Paar das Schlafsofa im Büro der Professorin in ein einziges Chaos verwandelt. Unter den gerahmten akademischen Diplomen, den ordentlich aufgestellten Büchern in den Regalen und den Fotos der wunderschönen, blonden blauäugigen Professorin in ihrem Talar waren die Laken auf dem Schlafsofa völlig verrutscht. Sie war eine starke Frau, und ihr Körper hatte die den Dänen eigene grobe Knochenstruktur. Bond bewunderte ihr außergewöhnlich wohlgeformtes Hinterteil. Die Kombination von Reife, Intellekt und Sinnlichkeit machte sie zu einer hochgradig stimulierenden Lehrerin. Das Sofa benutzte die Professorin nur bei schwierigen Lektionen. Da seit seinem letzten Besuch bereits zwei Wochen vergangen waren, hatte Bond jede Menge nachzuholen. Es gelang ihm, ihr zu beweisen, daß er ein schnell und gründlich lernender Schüler war.

Erschöpft zündete er dann zwei Zigaretten mit den charakteristischen drei Goldstreifen an und reichte Professor Bergstrom eine. Inga seufzte tief und gestattete es ihm, ihr die Zigarette zwischen die Lippen zu schieben. Mit der Rechten ergriff sie sein Handgelenk, während sie die Zigarette mit der Linken hielt. Sie führte seine Finger an ihren Mund und begann, sie zu küssen.

»Wenn du hungrig bist, sollten wir vielleicht zum Lunch gehen«, schlug er auf englisch vor.

»Dänisch, James, sprich dänisch. Du führst mich immer in diese lächerlichen Luxusrestaurants aus«, sagte sie in ihrer Muttersprache. »Warum soll ich uns nicht ein paar Sandwichs machen? Übrigens mag ich den Geschmack deiner Finger. Sie sind gute Appetitanreger.«

Bond schloß die Augen, während sie ihrer oralen Fixierung freien Lauf ließ, aber dann hörte er ein schwaches, summendes Geräusch, das aus dem Kleiderhaufen am anderen Ende des Raums kam.

»Da ist wieder dieses Geräusch«, sagte sie auf dänisch. »Hörst du es? Ich glaube, daß dort drüben eine Biene ist.«

Bond schüttelte den Kopf. »Verdammt. Wie lange läutet es schon?« Er schlüpfte unter dem Laken hervor und zog seine Unterhose an. Inga setzte sich mit gerunzelten Augenbrauen auf. Bond ging auf seinen Anzug zu und griff in die Jackentasche.

»Was ist das?« fragte Inga.

»Wie lautet das dänische Wort für ›Mobiltelefon‹?« fragte er sie in ihrer Sprache. Er zog die Antenne des Handys heraus und wechselte zur englischen Sprache über. »Hier spricht Bond. Ich nehme den abhörsicheren Kanal vier.«

Miß Moneypenny saß in der Schaltzentrale des Londoner Verteidigungsministeriums, wo sich bereits alle versammelt hatten. Die Stabsoffiziere lasen ihre Berichte vor. M und Bill Tanner standen hinter Miß Moneypenny und warteten ungeduldig auf Bond, damit sie beginnen konnten. Sie wollten die Zeit des Verteidigungsministers und des Marineministers nicht länger als nötig beanspruchen.

»Wo waren Sie?« flüsterte Miß Moneypenny, wobei sie ihr Ohr mit der Hand abschirmte, um Bond verstehen zu können. »Ich versuche seit einer Stunde, Sie zu erreichen! Hier herrscht Alarmstufe eins! Hatten Sie den Fernseher nicht eingeschaltet?«

Bond zuckte zusammen. Im Hintergrund hörte er die Stimmen der Stabsoffiziere. »Sir, das Schiff Ihrer Majestät *Invincible* ist von Gibraltar aus unterwegs ...« »Die *Defiant* folgt einem chinesischen U-Boot ...«

»Ich habe nicht ferngesehen«, antwortete Bond. »Ich bin zum Sprachunterricht in Oxford. Tatsächlich war ich gerade fast soweit, eine neue Sprache zu beherrschen.«

»Wenn Sie nicht unverzüglich kommen, wird man Sie entmannen«, drohte Moneypenny.

»James!« rief Professor Bergstrom etwas zu laut. »Komm wieder ins Bett.«

Bond konnte sich Moneypennys Grinsen vorstellen.

»Und das war dann wohl Ihre Professorin«, sagte sie gedämpft.

»Ja, mein Ehrenwort, sie ist meine Professorin.«

Moneypenny ging nicht weiter darauf ein. »Wir sind im Verteidigungsministerium. Schalten sie unterwegs das Funkgerät ein. Wir haben eine Riesenkrise und schicken die Flotte nach China. Sehen Sie zu, daß Sie in zehn Minuten hier sind.«

»Ich bin zwei Autostunden entfernt«, sagte Bond. »Eine Stunde werde ich schon brauchen.«

»Wo sind Sie?« fragte Moneypenny erneut.

»Wie ich gesagt habe – in Oxford, im Büro meiner Professorin.«

Nach einer kurzen Pause sagte Moneypenny: »Ich habe noch nie gehört, daß man das *so* nennt.« Sie wollte gerade über ihren Witz kichern, aber sie sah auf und begegnete Ms Blick. Sie wurde blaß und legte auf.

»Fragen Sie nichts«, sagte sie.

»Sagen Sie nichts«, erwiderte M.

Bond hatte mit seiner Behauptung, er könne das Verteidigungsministerium in Whitehall in einer Stunde erreichen, etwas übertrieben. Exakt eine Stunde und zwanzig Minuten, nachdem er das Gespräch mit Miß Moneypenny beendet hatte, glitt der Wagen in eine Seitengasse hinter dem Gebäude. Seine Zeit war nicht gut genug, um M zufriedenzustellen, aber er hatte sein Bestes gegeben. Eine weitere Minute brauchte er, um sich am bewachten Eingang von einem Wachtposten checken zu lassen. Er parkte hinter dem Rolls-Royce von M und stürmte durch einen unbeschrifteten Hintereingang, der von weiteren Posten bewacht wurde.

Das Treffen hatte ohne ihn begonnen. Der Geräuschpegel im Raum war hoch, weil die Stabsoffiziere Befehle durchgaben und Berichte empfingen. Die riesigen Videomonitore zeigten in Großaufnahmen, wie sich die

Royal Navy darauf vorbereitete, in Richtung Südchinesisches Meer auszulaufen. Auf einem Bildschirm sah man das Video, das Henry Gupta zeigte, der bei dem Terroristentreffen das rote Kästchen erstand. Bond war nicht überrascht, die hochdekorierten Männer durch den Raum paradieren zu sehen. Er erkannte fast jeden – den Marineminister und natürlich Admiral Roebuck, der sich gerade mitten in einem Streit mit M zu befinden schien. Und das war wahrscheinlich gut so, weil seine Verspätung deshalb nicht bemerkt wurde.

»Sie stellen sich gegen die Royal Navy auf die Seite der chinesischen Luftwaffe«, sagte Roebuck, dessen Gesicht vor Ärger rot anlief.

»Das ist doch absurd!« fuhr M ihn an. Wenn sie wollte, konnte sie extrem hart sein, und Bonds Bewunderung für diese Frau war im Laufe der Monate gewachsen.

»Die versenken eines unserer Schiffe, und Sie schlagen eine ›gemeinsame Untersuchung‹ des Vorfalls vor? Von all den feigen ...«

»Wenn Sie nicht wollen, müssen Sie meine Meinung nicht teilen – aber wenn Sie noch einmal das Wort ›feige‹ in den Mund nehmen, werde ich Sie bitten müssen, den Raum zu verlassen«, sagte M ruhig.

Bond blickte zu dem schweigenden Bill Tanner hinüber, als der Verteidigungsminister gerade noch rechtzeitig den Raum betrat, um die letzten Worte von M zu verstehen.

»Was ist denn hier los?« fragte er. »Das hörte sich fast so an, als ob Sie Admiral Roebuck zu einem Boxkampf herausfordern wollten, M.«

»Allerdings, Herr Minister«, antwortete sie.

»Wir haben keine Zeit für dieses Gezänk. Das ist eine nationale Krise! In zehn Minuten findet eine Dringlichkeitssitzung des Kabinetts statt – also, wie ist die Lage?«

»Konteradmiral Kelly hat dort inzwischen drei Fregatten zur Verfügung«, legte der Marineminister los. »Morgen werden drei weitere hinzukommen.«

»Es würde auch keine Rolle spielen, wenn wir morgen *fünfzig* Fregatten dort unten hätten, weil unsere Schiffe nur zehn Minuten vom größten Luftwaffenstützpunkt in China entfernt sind!« bemerkte M. »Und die Chinesen werden nicht zulassen, daß sich unsere Flotte direkt vor ihrer Nase aufhält. Das wäre in etwa so, als würde die chinesische Flotte im Ärmelkanal auftauchen.«

Admiral Roebuck warf die Hände in die Luft. »Wollen Sie damit sagen, daß wir es einfach hinnehmen sollen, daß sie eins unserer Schiffe versenkt haben?«

»Verdammt noch mal!« M warf ihm einen wilden Blick zu. »Das ist keine ...«

»Bitte!« rief der Minister. »Was wollen Sie sagen, M?«

Roebuck antwortete für sie. »Sie behauptet, daß die chinesischen Piloten mit ihrer Behauptung recht hatten, daß unser Schiff vom Kurs abgekommen war – trotz der modernsten Satelliten-Navigationssysteme!«

»Ich sage«, unterbrach M, »daß das GPS-System vielleicht manipuliert worden ist.«

»Ich dachte, das wäre unmöglich«, sagte der Minister.

»Tanner!« rief M.

Der Stabschef, ein langjähriger Freund Bonds, sprang in die Bresche, um ihr zu helfen. »Wie Sie wissen, Sir, sind Schiffe, Flugzeuge und sogar die Infanterie auf das Global Positioning System – kurz GPS – angewiesen. Ein Satelliten-Netzwerk des amerikanischen Verteidigungsministeriums sendet kontinuierlich Zeitsignale, die von an Land befindlichen Atomuhren geliefert werden.«

»Das weiß ich«, sagte der Minister. »Und mir bleiben noch fünf Minuten.«

Tanner war etwas nervös und sprach schneller. »Diese Signale sind kodiert, so daß der Empfänger weiß, welcher Satellit welches Signal sendet. Das Atomic Clock Signal Encoding System – das die Amerikaner ACSES nennen – ist eins der am besten gehüteten Geheimnisse der USA.«

Während Tanner sprach, war ein Stabsoffizier mit einem Stapel Zeitungen in den Raum geeilt, die er jetzt zu verteilen begann. Der Minister starrte entsetzt auf die Titelseite, während Tanner fortfuhr: »Es gibt weltweit nur zweiundzwanzig ACSES-Geräte.«

»Guter Gott!« sagte der Minister. »Das ist ja entsetzlich.« Er blickte M an und reichte ihr die Zeitung. »Entschuldigung, M. Die Spätausgabe des *Tomorrow*.«

Die reißerische Schlagzeile lautete: ›BRITISCHE MARINESOLDATEN ERMORDET – Siebzehn von Maschinengewehrkugeln durchsiebte Körper gefunden.‹

»›Ein vietnamesisches Fischerboot hat sie geborgen‹«, las der Minister vor. »›Einige der Männer waren erst achtzehn Jahre alt.‹«

Roebuck las weiter. »›Sie wurden von den gleichen Kugeln getroffen, die von chinesischen MiGs benutzt werden.‹«

Der Minister blickte den Stabschef an und sagte tonlos: »Fahren Sie fort, Tanner.«

»Es gab ein dreiundzwanzigstes ACSES-Gerät, und man glaubt, daß es bei der Explosion einer Transportmaschine der U.S. Air Force verlorengegangen ist.«

Bond bemerkte, daß Tanner seine Zuhörer mehr und mehr an die spektakulären Zeitungsschlagzeilen verlor. Er ging auf den Monitor zu, auf dem das Gupta-Video lief, und drückte auf einen Knopf. Das Standbild zeigte Gupta mit dem roten Kästchen.

»Da haben wir das vermißte ACSES-Gerät«, sagte Bond so laut, daß er die Aufmerksamkeit aller Anwesenden erregte. »Und damit kann ein Technologieprofi wie der Mann, der das Gerät in seinen Händen hält, einen gewöhnlichen Satelliten als GPS-Satelliten positionieren und ein Schiff von seinem Kurs abbringen.«

Roebuck blickte den Neuankömmling geringschätzig an. »Und wer sind Sie, Sir?«

»White Knight, und Sie sind Black King. Ich schulde Ihnen ein Schachbrett.«

»Verzeihung?« sagte der Minister, der sich keinen Reim auf Bonds Worte machen konnte.

»Hören Sie nicht auf ihn, Herr Minister«, bat M. »Reden Sie weiter, Tanner.«

»Einer der CMGN-Satelliten über China – ein Nachrichtensatellit, für den es nie eine Sendeerlaubnis gab – hat in der fraglichen Nacht ein Signal ausgestrahlt.«

»Und dieses Signal hat das Schiff von seinem Kurs abgebracht?« fragte der Minister

»M kann das nicht mit Sicherheit sagen«, fuhr Roebuck M an. »Oder?«

»Nein«, antwortete M kleinlaut. »Wir wissen nur, daß es möglich wäre.« Sie blickte Bond an, der ihr zu verstehen gab, daß er auf ihrer Seite war.

»Es gibt überhaupt keine Beweise«, sagte Roebuck. »Aber wenn unsere Flotte das Wrack der *Devonshire* findet, haben wir Beweise! Nur M ist der Meinung, daß wir die Flotte nicht auslaufen lassen, sondern statt dessen mit dem Hut in der Hand bei den Chinesen vorstellig werden und sie um eine ›gemeinsame Untersuchung‹ bitten sollten!«

»Stimmt das?« fragte der Minister.

»Das ist mein Vorschlag, auch wenn ich der Formulierung ›mit dem Hut in der Hand‹ nicht zustimme«, antwortete M.

»Das ist unmöglich, M«, sagte der Minister kopfschüttelnd. »Die Zeitungen lechzen nach Blut! Wenn wir das tun, lassen die Medien unsere Köpfe rollen.«

»Man hat mich zwar gerade der Feigheit bezichtigt«, sagte M. »Aber bevor ich mein Land in Gefahr bringe, trete ich mit Vergnügen vor die Medienvertreter und teile ihnen mit, daß sie sich alle zum Teufel scheren können.«

Der Blick des Ministers wurde streng. »Kommen Sie einen Moment zu mir, M.«

Er ging mit ihr in eine Ecke, wo die anderen sie nicht hören konnten. Bond und Tanner warfen sich Blicke zu und traten nebeneinander.

»Sie hat recht, aber diesmal ist sie zu weit gegangen«, flüsterte Tanner. »Vielleicht werden sie ihr den Rücktritt nahelegen.«

»Ich wette, daß sie das nicht können«, antwortete Bond.

»Kann ich Ihre Autoschlüssel haben?«

»Ich habe nicht gesagt, daß der Wagen mein Watteinsatz ist.«

»Nein, nein, ich werde dafür sorgen, daß sich jemand um ihn kümmert. Sie kommen mit uns.«

M hatte ihre Unterredung mit dem Minister beendet und schritt mit verkniffenem Gesichtsausdruck an den Admirälen und an Bond und Tanner vorbei. Die beiden warfen sich einen weiteren Blick zu und verließen dann zusammen mit ihr den Raum.

Eine Polizeieskorte geleitete den riesigen Rolls-Royce-Oldtimer aus den Toren des Hofs hinaus. M, Tanner und Bond hatten es sich bequem gemacht, während der Wagen Whitehall verließ und sich anschickte, aus London zu fahren. Bond saß gegenüber von M und ihrem Stabschef.

Er studierte Ms Gesichtsausdruck, während sie schweigend dahinfuhren. Er fand keinerlei Anzeichen dafür, daß M noch unter den Geschehnissen litt, die sich gerade vor ihrer versammelten Mannschaft abgespielt hatten. Sie blieb kühl und ruhig, weil sie zuversichtlich war, daß sie recht hatte. Bond war klar, daß sie Admiral

Roebuck einen erheblichen Gesichtsverlust zugefügt hätte, wenn dieser ihre Aufforderung akzeptiert hätte, den Raum zu verlassen.

Die Beziehung zwischen M und Bond hatte sich gefestigt, seit sie zur Chefin des MI6 ernannt worden war. Zuerst hatte ihr Verhältnis auf wackeligen Füßen gestanden, aber nachdem er sich vor Ort bewährt und ihr bewiesen hatte, daß sein Ruf keinesfalls eine Fiktion war, waren sie sehr gut miteinander ausgekommen. Genau wie ihr Vorgänger, Sir Miles Messervy, hatte auch M kein Faible für Bonds Frauengeschichten und seine Schuljungen-Streiche, aber sie erkannte einen guten Geheimagenten, wenn er ihr unter die Augen kam. Sie hatte gelernt, die Nachteile in Kauf zu nehmen und seine positiven Eigenschaften zu schätzen.

Tanner schenkte ihnen aus einer Kristallkaraffe Scotch ein, während M auf einen Knopf drückte. Neben Bond glitt ein Stück der Wandverkleidung zur Seite, und er sah ein Fach mit moderner Kommunikationstechnologie. Sie drückte auf einen weiteren Knopf, und die Trennscheibe hinter Bonds Kopf senkte sich nach unten. Neben dem Fahrer saß Moneypenny, die mit Telefonen und einem Laptop ausgerüstet war. M hatte nicht nur ein mobiles Büro, auch Moneypenny unterhielt eine mobile Außenstelle.

»Guten Abend, James«, sagte Moneypenny, deren rotes Haar im Sonnenlicht glänzte.

»Guten Abend, Moneypenny.« Bond hob sein Glas. »*Skôl*.«

»Lassen Sie eine Story an den *Express* durchsickern, Moneypenny«, sagte M. »Erzählen Sie ihnen, daß die Regierung mich gerne feuern würde, daß aber alle Angst haben, weil ich über jedes Regierungsmitglied Akten besitze.«

Sie wandte sich Bond und Tanner zu. »Das sollte uns zwei Tage Verschnaufpause verschaffen. Aber dann spielt es keine Rolle mehr, wer gefeuert wird, weil wir uns dann in einem Krieg befinden könnten, der wahrscheinlich nicht zu gewinnen ist. Die andere Seite ist sicher, daß sie recht hat, und verfügt über eine große Menge an Beweisen. Wir haben keine – nur zwei oder drei Vermutungen, die nicht zusammenpassen.«

Der Chauffeur des Rolls-Royce zwang den Wagen in die scharfe Kurve eines Kreisverkehrs. Obwohl der Wagen schaukelte, verhielt sich M, als ob er stillstehen würde.

»Tut mir leid, aber uns bleiben nur noch ein paar Minuten, um Sie nach Heathrow zu bringen«, sagte sie zu Bond.

Das waren Worte, die 007 gerne vernahm.

»Peking, M? Oder wieder Hongkong?«

»Nein. Hamburg. Ich glaube, Sie kennen die Ehefrau von Elliot Carver.«

Bond runzelte die Stirn. »Ja. Ich kannte sie früher sehr gut, als sie noch Paris McKenna hieß. Aber das wissen nur sehr wenige Leute.«

Er wandte sich um, und sein Blick traf den Moneypennys. »Für Königin und Vaterland, James«, sagte sie achselzuckend.

M blickte Bond prüfend an. »Sie haben mir in Whitehall einen Blick zugeworfen, als Tanner über den Satelliten sprach. Warum?«

»Er erwähnte den Satelliten des Carver Media Group Network, und da fiel mir plötzlich ein, daß der *Tomorrow* ebenfalls Elliot Carver gehört.«

»Genau.« M war befriedigt, daß seine Gedanken in die gleiche Richtung wie ihre gingen.

Das Stichwort war gefallen, und Tanner reichte Bond eine umfangreiche Akte. »Elliot Carver, geboren in Hongkong, offiziell als Waisenkind, inoffiziell als unehelicher Sohn von Lord Roverman, dem Pressemagnaten in Hongkong und London, und einer Deutschen, die seine Geburt nicht überlebte. Eine arme chinesische Familie hat den Jungen gegen eine einmalige Zahlung von fünfzig Pfund zu sich genommen. Dreißig Jahre später war Carver irgendwie in der Lage, die Roverman-Zeitungen zu erwerben, die dann im *Tomorrow* aufgingen. Sein leiblicher Vater beging Selbstmord.«

»Da soll noch einer sagen, daß die Familienwerte heutzutage eine immer geringere Rolle spielen würden«, witzelte Bond.

Der Rolls-Royce bog auf die Autobahn zum Flughafen ein. Sie würden in wenigen Minuten in Heathrow sein.

»Den Rest können Sie in der Akte nachlesen«, sagte M. »Eine faszinierende Geschichte.«

»Glauben Sie, daß Carver etwas mit der Sache zu tun hat?« fragte Bond.

»Unmittelbar bevor der CMGN-Satellit über Asien jenes unbekannte Signal sendete, wurde aus dem CMGM-Rundfunkzentrum in Hamburg, das erst heute abend eröffnet wird, ein weiteres unbekanntes Signal ausgestrahlt«, sagte Tanner. »Carver gibt dort heute einen großen Empfang.«

Moneypenny reichte Bond einen Umschlag.

»Ihr Flugticket, die Tarnidentität und die Reservierung für Ihren Mietwagen«, sagte sie. »Unterschreiben Sie bitte hier.«

Nachdem Bond die Schriftstücke offiziell angenommen hatte, ergriff M wieder das Wort. »Carver besitzt Satelliten, und Sie haben gesehen, wie der Terrorist Gupta ein Gerät gekauft hat, das nur im Zusammenhang mit einem Satelliten verwendet werden kann. Ihr Job besteht darin herauszufinden, ob es da eine Verbindung gibt. Bringen Sie Licht in die Angelegenheit mit Carver, und machen Sie von Ihrer Bekanntschaft mit seiner Frau Gebrauch.«

»Ich bezweifle, daß sie sich überhaupt an mich erinnert«, sagte Bond.

»Frischen Sie ihr Gedächtnis auf. Und dann quetschen Sie so viele Informationen wie möglich aus ihr heraus.«

Bond gab Moneypenny das unterschriebene Formular zurück, die flüsterte: »Wie weit Sie bei dem Ausquetschen gehen dürfen, müssen Sie selbst entscheiden.«

»Wenn das nur auch bei uns beiden der Fall wäre«, flüsterte er zurück.

Moneypenny lächelte lieblich und schloß die Trennscheibe.

M beugte sich zu Bond vor. »Wenn Sie diese Akte lesen, werden Sie den Eindruck haben, als müßten Sie einfach nur eine riesige Party besuchen. Aber wenn ich die Geschichte richtig einschätze, begeben Sie sich in große Gefahr.«

»Anders würde es mir auch nicht gefallen«, antwortete Bond.

Zu diesem Zeitpunkt hatte der Rolls-Royce das Sicherheitstor des Flughafens Heathrow passiert und fuhr direkt über das Rollfeld. Die Maschine der British Airways war startbereit, und die Angestellten holten die Gangway ein, während der Rolls-Royce vorfuhr und bremste.

»Seien Sie vorsichtig, 007«, sagte M noch, bevor Bond aus dem Wagen stieg.

5
Die Ohrfeige

Die 757 der British Airways landete pünktlich am Nachmittag auf dem Hamburger Flughafen Fuhlsbüttel. Das Terminal – mit einem einzigartigen Gang für die Passagiere und einem Dach in der Form einer gigantischen Flugzeugtragfläche – war ultramodern. In der Arkade gab es eine Vielzahl interessanter Läden und Boutiquen – darunter eine Filiale von Harrods – und diverse Restaurants.

Wegen der Kanäle in der Innenstadt vergleicht man Hamburg oft mit Venedig oder Amsterdam, doch man hat die Stadt aufgrund der berüchtigten Reeperbahn auch ›Sündenbabel Europas‹ genannt. Dennoch ist Hamburg eine Stadt mit großer Vergangenheit, die im Verlauf ihrer 1200jährigen Geschichte von Katastrophen heimgesucht und nach dem Zweiten Weltkrieg wiederaufgebaut wurde. Jetzt ist Hamburg eine große und schöne Metropole mit weitläufigen Parks, Hochhäusern und einflußreichen kulturellen Institutionen, außerdem die zweitgrößte Stadt Deutschlands und zugleich die grünste. 50 Prozent des Stadtgebiets bestehen aus Wasser, Feldern, Wäldern und etwa 1400 Gärten und Parks.

Bond mochte Hamburg. Er hatte hier einen Teil seiner Jugend verbracht und erinnerte sich gerne daran, wie er mit einigen seiner Kameraden aus der Royal Navy vor seinem Eintritt in den Geheimdienst die Reeperbahn besucht hatte. Er hatte vorher schon andere Rotlichtbezirke kennengelernt, besonders den in Amsterdam, aber das war alles nichts gegen das, was er auf der Großen Freiheit gesehen hatte. Die Herbertstraße, wo die Prostituierten hinter Schaufenstern saßen und die Seeleute hereinlockten, war eine Offenbarung gewesen.

Bond ging zur Avis-Vertretung, wo er von einem hübschen Mädchen freundlich begrüßt wurde. »Kann ich Ihnen helfen, Sir?« fragte sie auf deutsch.

»Allerdings«, antwortete Bond ebenfalls auf deutsch. »Mein Büro hat einen Wagen für mich reservieren lassen.« Er reichte ihr die Reservierungsunterlagen, die Moneypenny ihm gegeben hatte.

»Warten Sie bitte einen Augenblick«, sagte die Frau und verschwand.

Bond fragte sich, was für ein Auto ihn wohl erwarten würde. Er wußte, daß Q während der letzten Monate an einem Jaguar XK8 gearbeitet hatte, und war auf eine Testfahrt gespannt.

Dann meldete sich die Berufsroutine des Geheimagenten, und 007 beobachtete die Umgebung, ob ihm irgend etwas Außergewöhnliches auffiel. Nachdem er die Halle überprüft hatte, blieb sein Blick auf der Schlagzeile der *Tomorrow*-Ausgabe am Zeitungskiosk haften: ›CHINA WARNT DIE BRITISCHE MARINE‹.

»Wenn Sie bitte *hier* unterschreiben wollen, Mr. Bond«, sagte eine Stimme hinter ihm, die er sofort erkannte.

Er wandte sich um und sah den unnachahmlichen Q in einer roten Avis-Jacke. Er wirkte schlechtgelaunt. Bond hätte beinahe ihre Tarnung auffliegen lassen, weil er loslachen mußte.

Q knallte die Reservierungsunterlagen auf die Theke. »Hier sind die Formulare der Unfallversicherungen für Ihr *wunderschönes neues Auto*.«

Das Ganze begann Bond Spaß zu machen. Der gute Major Boothroyd, Chef der Abteilung Q und der offizielle Waffenmeister des Geheimdienstes, war wahrscheinlich der einzige Mensch, den er als Genie bezeichnen würde. Wenn er ihn nicht so geschätzt hätte, hätte er ihn auch nicht so gepeinigt. Q wurde älter, besaß aber immer noch jede Menge Einfallsreichtum. Bond hatte sich an ihre Art des Gesprächs genauso gewöhnt wie an seinen nicht gerührten, sondern geschüttelten Martini Dry mit Wodka.

Q stieß durch zusammengebissene Zähne Fragen hervor und hakte die Kästchen auf dem Formular ab, während Bond antwortete.

»Werden Sie eine Unfallversicherung brauchen?«
»Ja.«
»Eine gegen Feuer?«
»Wahrscheinlich.«
»Eine Haftpflichtversicherung?«
»Mit Sicherheit.«
»Müssen wir Ihre Gesundheit versichern?«
»Hoffentlich nicht. Aber Unfälle *kommen vor*.«

Dem Major fiel auf, daß einige der Zivilisten, die hinter ihnen in der Schlange warteten, ihr Gespräch mitgehört hatten. Er knurrte, reichte Bond einen Stift, und 007 unterschrieb.

»Nun gut, damit hätten wir Maßnahmen gegen die *gewöhnlichen* Schadensfälle getroffen«, sagte Bond. »Brauche ich noch irgendeinen anderen Schutz?«

Q kochte. »Nur den von mir bereitgestellten«, zischte er. Er vollführte eindringliche Bewegungen mit Kopf und Schulter und öffnete dann eine Tür hinter der Theke. Bond ging um die Theke herum und folgte ihm in den Innenraum.

Sie befanden sich in der Halle des Zolls. Auf dem Boden standen zwei große Lattenkisten.

»Passen Sie gut auf, 007«, sagte Q. »Zuerst Ihr neues Auto.«

Q drückte auf eine Klinke. Die Seitenwand der ersten Lattenkiste öffnete sich und gab den Blick auf einen zornigen Jaguar in einem Käfig frei.

Das Tier knurrte Bond laut an, der zu Tode erschrak.

Q lachte. »Eine Verwechslung. Tut mir leid.«

Bond entspannte sich und lachte ebenfalls.

Q ging auf die andere Lattenkiste zu, aber Bond zögerte und sah das Tier an, das sich unter seinem starren Blick sofort beruhigte.

Q lachte immer noch in sich hinein, während er Bond zu der anderen Lattenkiste führte. Er war sehr zufrieden, daß sein kleiner Streich gelungen war. Nur selten probierte er solche Witze bei Bond aus, aber wenn er es tat, war es immer ein denkwürdiges Ereignis.

»Sollen wir es noch mal versuchen?« Q drückte die Klinke der zweiten Lattenkiste, und alle vier Seitenwände fielen zu Boden. Der Anblick beeindruckte Bond.

»Der brandneue BMW 750. Mit all den üblichen Extras. Maschinengewehre, Raketen ...«

»Gibt es auch einen CD-Player?« fragte Bond.

Q schenkte seinem Einwurf keine Beachtung und fuhr fort. »Das Fahrzeug verfügt über ein Global-Positioning-Orientierungssystem, und hier« – er öffnete die Autotür – »haben wir noch etwas, worauf ich besonders stolz bin.«

Aus verborgenen Lautsprechern ertönte eine weibliche Stimme, die englisch sprach, zweifellos aber einer Deutschen gehörte: »*Willkommen bei dem neuen sprachunterstützten Navigationssystem von BMW.*«

Bond schloß die Wagentür, und die Stimme verstummte.

»Wir haben uns gedacht, daß sie einer Frauenstimme mehr Aufmerksamkeit schenken würden«, sagte Q.

»Sie kommt mir vertraut vor. Ich glaube, wir kennen uns.«

»An solchen Anekdoten habe ich keinerlei Interesse, 007.«

Das Auto schimmerte silbrig wie Espenlaub und war einfach prachtvoll. Bond war zufrieden.

»Geben Sie mir jetzt Ihre Pistole«, befahl der Major.

»Sie dürfen mich noch nicht umlegen«, protestierte Bond. »Bisher habe ich nichts verbrochen.«

»Wir geben Ihnen statt dessen diese Waffe.« Q öffnete ein Kästchen aus poliertem Holz, in dem auf schwarzem Samt eine Walther-P99-Pistole lag, die neue 9-mm-Parabellum, die von der Carl Walther GMBH als ›Waffe für das nächste Jahrhundert‹ beworben wurde.

»Ich glaube, sie wird Ihnen gefallen, 007«, sagte Q. Er nahm die Waffe in die Hand.

»Und was macht man damit?« fragte Bond.

Q wirkte verärgert und zeigte auf die Pistole. »Sie drücken hier drauf, man nennt das den ›Abzug‹. Und dann fliegen sogenannte ›Kugeln‹ aus dem Lauf!«

Bond schüttelte in spöttischem Unglauben den Kopf. »Wie kommen Sie nur an so gefährliche Sachen ran?«

»Das ist eine Pistole ohne Hahn, mit einzelner und doppelter Feuerfunktion. Sie wurde in strikter Übereinstimmung mit den technischen Anforderungen der deutschen Polizei entwickelt.«

Q gab Bond die Waffe, der mit beiden Händen ihr Gewicht testete, sie hochhob und zielte.

»Das Gehäuse und andere Teile bestehen aus hochwertigem Polymer. Das Magazin faßt sechzehn Kugeln, dazu kommt eine weitere in der Kammer.«

Bond gefiel die Pistole – sie war auf dem neuesten Stand der Technik.

»Hier haben wir etwas *ganz* Besonderes«, sagte Q. Er reichte Bond ein Mobiltelefon. »Und erinnern Sie sich freundlicherweise daran ...«

»... daß es sich nicht um ein Spielzeug handelt«, ergänzte Bond automatisch.

Q zeigte auf das Handy. »Hier sprechen, hier hören.«

»*Das* habe ich also immer falsch gemacht.«

Es war ein schwarzes Ericsson-Modell. »Das Handy hat verschiedene Extrafunktionen, die Sie vielleicht nützlich finden werden: einen Infrarot-Scanner für Fingerabdrücke, ein 20 000-Volt-Sicherheitssystem, eine abnehmbare Videokamera in der Antenne, Elektroschockfunktion. Es dient zugleich als Fernsteuerung für Ihren neuen Wagen.«

Q drückte einen Knopf, und das Handy öffnete sich wie ein Buch. »Wir haben uns bemüht, es benutzerfreundlicher zu machen, aber ich gebe zu, daß man viel Praxis braucht.« Er tippte auf den kleinen Touch Screen. »Zweimal drücken ...«

Hinter ihnen sprang der Motor an. Der BMW brachte den Motor zweimal auf eine hohe Umdrehungszahl und wartete dann im Leerlauf auf einen Befehl.

Q ließ seinen Finger mit extremer Vorsicht über den kleinen, berührungsempfindlichen Bildschirm gleiten. »Ziehen Sie Ihren Finger sehr behutsam über dieses Feld, um den Wagen zu steuern.« Er tat es, und der BMW legte den Rückwärtsgang ein und fuhr langsam los. Q bewegte seinen Finger in die entgegengesetzte Richtung. Der Gang wechselte, und der Wagen rollte vorwärts, wobei er ein paarmal ins Schlingern geriet. Der Major hob den Finger, und das Auto bremste. Er reichte Bond das Handy.

»Es ist ausgesprochen schwierig, das Auto mit der Fernsteuerung zu bedienen, aber mit etwas Übung ...«

»Lassen Sie uns mal sehen, wie das Gerät auf meine Berührungen reagiert«, sagte Bond.

Der BMW schoß mit quietschenden Reifen rückwärts los, raste im Kreis um eine Lattenkiste herum, vollführte dann ein halsbrecherisches Wendemanöver und schoß im Vorwärtsgang auf Bond und Q zu. Abrupt stoppte er – die Stoßstange befand sich nur Zentimeter von ihren Knien entfernt.

Bond schaltete den Motor ab und genoß den Augenblick. Q war bleich.

»Wie Sie bereits sagten, Q. Mit etwas Übung werde ich den Dreh schon rauskriegen.«

»Werden Sie endlich erwachsen, 007«, murmelte Q in Richtung Himmel.

Der Platz vor dem Gebäudekomplex des Carver Media Group Network wurde von Scheinwerfern erhellt. Eine lange Schlange von Autos und Limousinen kroch auf eine Reihe rot gekleideter Angestellter zu, die vor der halbmondförmigen Fassade des imposanten Backsteingebäudes standen, das aus Anlaß der Party spektakulär beleuchtet wurde. Es war eines dieser Feste, die die gesellschaftliche Elite, die Reichen und die Berühmten anziehen. Aus der ganzen Welt hatten sich Medienprofis, Diplomaten, Geschäftsleute und andere eingestellt, die auf irgendwelche Deals hofften. Auch Künstler und sogar Rockstars waren zugegen.
CMGN eröffnete das neue Hauptquartier in Hamburg.
Bond fuhr mit seinem BMW neben einem Angestellten vor, der den Schlag öffnete.
Bond stieg aus. »Lassen Sie sich von ihr nicht herumkommandieren«, sagte er auf deutsch.
Der verblüffte Diener stieg ins Auto und bereitete sich darauf vor, den Wagen in die Garage zu fahren.
»Bitte anschnallen!« befahl die weibliche Stimme.
Im Inneren des Gebäudes war die Party in vollem Gang. In seinem schwarzen Brioni-Smoking sah Bond sehr elegant aus. Er reichte seine Einladung einer Frau, die an der Tür kontrollierte.
»Willkommen Mr. Bond. Gestatten Sie, daß ich ...«
Sie geleitete ihn in das Atrium, das aus Anlaß des Festes mit Transparenten geschmückt war. Das auf der linken Seite zeigte das Logo von *Tomorrow*, das auf der rechten das von CMGN. Am wichtigsten bei beiden Transparenten war das Porträt von Elliot Carver. Wo Bond auch hinblickte, überall sah er Elliot Carvers Gesicht. Der Raum verband zwei ältere Gebäude durch eine Reihe von Stahlbrücken. Das Ganze war sehr eindrucksvoll,

aber Bond dachte, daß diese Art von architektonischem Design auf Selbstgefälligkeit schließen ließ. Elliot Carver genoß seinen Reichtum und stellte ihn mit Freude zur Schau.

Die Frau führte Bond zu einem Mann, der offensichtlich ihr Vorgesetzter war. Er trug eines jener charakteristischen beigefarbenen Jacketts, dem offensichtlich alle Leute aus dem Public-Relations-Geschäft den Vorzug gaben. Der Mann unterhielt sich mit einer überwältigenden Chinesin in einem langen, eleganten silbernen Kleid. Ihre braunen Augen erblickten Bond, bevor die Public-Relations-Angestellte dem Mann Bonds Einladung überreichen konnte. Die Chinesin war so schön, daß es einem den Atem verschlug.

»Willkommen in Hamburg, Mr. Bond«, sagte der Mann, nachdem er sich die Einladungskarte angesehen hatte. »Jack Trenton. Ich bin der Vizepräsident der Public-Relations-Abteilung.« Sein Händedruck war fest und stark. Bond nahm an, daß er nicht nur ein Public-Relations-Angestellter, sondern auch eine Art Leibwächter war.

»Und ich wette, daß Sie sich bereits kennen, weil Sie Konkurrenten sind«, fuhr Trenton fort.

»Nein, ich hatte noch nicht das Vergnügen«, sagte Bond. Er blickte die Chinesin an und lächelte. »Mein Name ist Bond. James Bond.«

Sie schüttelten sich die Hand.

»Und mein Name ist Lin. Wai Lin. Ich arbeite für die Bank of Hongkong. Und Sie …«

»Für die Bank of England«, antwortete er. Das war eine ziemlich sichere Tarnung, weil Bond zufällig kürzlich ein starkes persönliches Interesse für die Welt der Finanzen entwickelt hatte. Wenn es um Geld ging, wäre er in der Lage, sich bei jeder Unterhaltung durchzuschwindeln.

Bond betrachtete die Frau. Obwohl sie klein war, verriet ihr Benehmen Autorität und Selbstvertrauen. Sie schien Ende Zwanzig oder Anfang Dreißig zu sein. Bond fand sie für eine Bankerin zu exotisch und attraktiv. Sie strahlte etwas Gefährliches aus, aber er war neugierig und interessiert.

Wai Lin beobachtete Bond und kam gleichfalls zu der spontanen Schlußfolgerung, daß er nicht der Mann war, der zu sein er vorgab. Seine blauen Augen hatten einen Anflug von Kälte und Bedrohlichkeit. Sein schwarzes Haar war ordentlich geschnitten und an den Schläfen etwas grau. Eine kurze Haarsträhne hing unbekümmert über seiner rechten Augenbraue. Auf der rechten Wange sah man schwache Spuren einer Narbe, und er hatte einen grausamen – wenn auch begehrenswerten – Mund. Er war zu attraktiv, zu cool und zu selbstbewußt, als daß er jemals einen so gewöhnlichen Job wie den eines Bankers ergriffen hätte. Sie glaubte, daß James Bond irgend etwas mit der Polizei oder dem Geheimdienst zu tun hatte.

»Erlauben Sie, daß ich Sie zu Mr. Carver begleite«, sagte Trenton. »Er wartet schon darauf, Sie zu begrüßen.« Er geleitete sie durch Trauben von Gästen über Treppen in den Zwischenstock des Atriums. Während sie weiter in das Innere des Gebäudes eindrangen, bemerkte Bond immer mehr kräftige Männer in den charakteristischen roten Jacketts, die angeblich zum ›Sicherheitspersonal‹ gehörten, aber ihm war klar, daß es sich um Leibwächter oder noch schlimmere Zeitgenossen handelte.

»Ist es nicht großartig? Vorher war alles getrennt: Das vordere Bürogebäude hinter uns, die Zeitungsabteilung links und das Satelliten-Netzwerk rechts. Durch dieses Atrium haben wir den gesamten Gebäudekomplex unter einem Dach vereint.«

»Selbst wenn dieses eine Dach nur ein Zeltdach ist«, witzelte Bond.

»Ja, aber ein mit einem Architekturpreis gekröntes Zeltdach«, antwortete Trenton gutmütig.

Sie kamen in den Zwischenstock, wo Elliot Carver von Gästen umringt war. Er trug eine schwarze, von Kenzo entworfene Tunika mit hohem Kragen, die an ein Mandarin-Design denken ließ, und spielte den perfekten Gastgeber – charmant, geistreich und distinguiert. Bond konnte sich nur schwer vorstellen, daß dieser Mann vielleicht für den Mord an den britischen Marinesoldaten verantwortlich war.

»Mr. Carver«, unterbrach Trenton höflich. »Hier sind Mr. Bond und Miß Linn.

Carver drehte sich zu ihnen um und lächelte herzlich. »Ah, die neuen Banker!« Er wandte sich wieder seinen Gästen zu und scherzte: »Davon gehören mir Hunderte.« Die Anwesenden lachten peinlich berührt.

»Sind Sie zusammen gekommen?« fragte der Gastgeber. Er wandte sich wieder Bond zu und reichte ihm die Hand.

»Leider nicht«, antwortete Bond. »Wir sind uns unten begegnet.« Er registrierte Carvers festen und zugleich feuchtkalten Händedruck.

»Klären Sie mich auf, Mr. Bond. Wie reagiert der Markt denn *tatsächlich* auf die Krise?«

»Die Währungen geben nach, aber Ihre Aktien steigen«, antwortete Bond.

Eine würdevolle und wunderschöne Amerikanerin Anfang Dreißig gesellte sich zu ihnen. Sie hatte schulterlanges, dunkelbraunes Haar, bezaubernde braune Augen und volle Lippen. Ihre Figur war atemberaubend, und sie trug ihr spektakuläres, legeres Kleid auf dieselbe elegante Weise wie Wai Lin ihr vornehmes. Ihr fantastisches Dekolleté wurde durch eine funkelnde Halskette aus Diamanten betont.

Jack Trenton lächelte und verließ die Gruppe, um sich wieder seinen Pflichten zuzuwenden.

»Ah, Darling«, sagte Carver zu der Frau. »Komm doch herüber und begrüße unsere neuen Freunde. Dies ist Wai Lin von der Bank of Hongkong ...« Wai Lin schüttelte der Frau die Hand. Carver wandte sich Bond zu, aber bevor er ihn seiner Gattin vorstellen konnte, hörte man das Geräusch einer schallenden Ohrfeige.

Alle in der unmittelbaren Umgebung verstummten und wandten sich um. Paris Carver starrte Bond mit haßerfülltem Blick an. Verlegen betastete Bond seine linke Wange.

»Sie kennen meine Frau bereits, Mr. Bond?« fragte der konsternierte Carver. Er suchte nach einer Erklärung und blickte Bond und Paris an.

»Mach dir keine Sorgen, Darling«, sagte Paris. »Das mit James und mir war schon längst verjährt, als ich dich kennenlernte.« Sie wandte sich Wai Lin zu. »Tut mir leid, daß ich ihn geohrfeigt habe, ohne Sie vorher zu fragen, aber wenn Sie James länger als zehn Minuten kennen, verstehen Sie mich.«

»Ich kenne ihn noch keine zehn Minuten«, sagte Wai Lin, die jetzt noch mehr von dem Engländer fasziniert war.

»Dann habe ich Ihnen ein paar Geschichten zu erzählen, meine Liebste.« Mrs. Carver wandte sich den Männern zu. »Wir werden uns mal kurz die Nasen pudern.« Sie ergriff Wai Lins Arm und geleitete sie durch die Menge.

Carver beobachtete Bond und sagte: »Meine Gattin ist temperamentvoll.«

»Und sie hat eine ziemlich gute Rechte«, erwiderte Bond.

»Ich war sehr traurig, als ich von Winton Beavens Krankheit hörte.«

»Es geht ihm schon viel besser«, log Bond. »Er hat mich gebeten, Ihnen zu sagen, daß Sie sich keine Sorgen um die Gerüchte machen sollen.«

»Gerüchte?«

»Nur das übliche Geschwätz in der City. Das Ganze hat nichts zu sagen. Kümmern Sie sich nicht darum.«

»Ich bin neugierig.«

»Nun, das ist eine komische Geschichte«, begann Bond nonchalant. »Man sagt, daß Sie die Millionen für den Umzug von London nach Hamburg und von Hongkong nach Saigon nicht aus wirtschaftlichen Erwägungen ausgegeben haben, sondern weil Sie die Chinesen hassen, da sie Hongkong zurückerhalten haben, und die Briten, da sie es zugelassen haben.«

»Lächerlich.«

»Und dann sagt man noch, daß Sie mit ihrem Satelliten-System so viel Geld verlieren, daß Sie aus dem Nachrichtengeschäft ausscheren und sich auch auf dem Gebiet der Satelliten-Navigation engagieren würden.«

»Navigation?« Carver spürte den Adrenalinstoß. Wovon redete dieser Kerl?

»Ich weiß, das Ganze ist Unsinn«, sagte Bond. »Auf dem Gebiet ist kein Geld zu machen, oder?«

»Keine Ahnung«, antwortete Carver. »Sonst noch irgendwelche Gerüchte, Mr. Bond?«

»Dieses ist wirklich das absurdeste ... Man behauptet, daß Sie London in Wahrheit aus dem Grund verlassen haben, weil Sie wollten, daß man Sie zum Baron ernannte, Ihnen aber nicht einmal den Titel ›Sir‹ verlieh.«

Carver starrte Bond an. Seine Kiefermuskeln begannen zu schmerzen. Zum Teufel, wofür hielt ihn dieser Mann? »Ich sehe, daß Sie einer von denen sind.«

»Von ›denen‹?«

»Einer dieser englischen Gehaltsempfänger und ehemaligen Internatszöglinge, die daran glauben, daß ihr armseliges kleines Land immer noch so lange eine Rolle spielt, wie sie auf Leute herabblicken können, die nicht von Geburt an so privilegiert waren.«

»Auf mich trifft das nicht zu«, sagte Bond. »Ich bin in Eton rausgeflogen. Ich würde mich glücklich schätzen, Sie ›Lord Carver‹ nennen zu dürfen, wenn Sie sich dann besser fühlen würden. Sagen Sie, Elliot, ich habe mir gerade Gedanken über Ihre Satelliten und darüber gemacht, wie Sie diese weltweit führende Position erlangt haben.«

Carver wurde dieser Unterhaltung allmählich überdrüssig. »Bei den Satelliten geht es lediglich um Information, Mr. Bond.«

»Oder um Desinformation? Sagen Sie, könnten Sie den Kurs von Regierungen, Völkern oder sogar eines Schiffes manipulieren?« fragte Bond mit völlig ungerührtem Gesichtsausdruck.

»Interessant, Mr. Bond«, stieß Carver durch die zusammengebissenen Zähne hervor. Er war wütend und kämpfte darum, vor seinen Gästen die Selbstbeherrschung zu wahren. »Für einen Banker haben Sie eine lebhafte Fantasie. Vielleicht sollte ich Sie beauftragen, einen Roman zu schreiben.«

»Ich habe Angst, daß ich auf dem Meer verlorengehen könnte«, antwortete Bond.

Carvers Augen verengten sich zu Schlitzen. Was wußte dieser Mann?

Neben ihnen tauchte Jack Trenton auf, dem die Spannungen zwischen den beiden Männern offenkundig nicht entgangen waren. Er setzte sein strahlendstes Lächeln auf. »Tut mir leid, daß ich Sie entführen muß, Mr. Carver. Wir müssen Sie nach oben bringen.«

Trenton wollte Carver von Bond wegführen, aber der Blick des Medienmagnaten haftete immer noch auf dem Mann, der es gewagt hatte, ihn zu beleidigen.

»Da sind Sie ja, Mrs. Carver«, rief Trenton Paris Carver zu, die gerade mit Wai Lin zurückkehrte. »Darf ich Sie und Mr. Carver ...«

»Erinnern Sie sich an Mark Twains Worte, Mr.

Bond?« sagte Carver, als er sich gemeinsam mit seiner Frau und Trenton in Bewegung setzte. »›Laß dich nie auf einen Streit mit einem Mann ein, der die Druckerschwärze tonnenweise einkauft.‹«

Als Paris Carver bemerkte, daß irgend etwas zwischen Bond und ihrem Mann nicht stimmte, blickte sie beide nervös an, ließ es aber zu, daß man sie wegführte. Bond stand wieder neben Wai Lin.

»Ich hoffe, daß für meine Bank auch noch etwas übriggeblieben ist.«

»Es gibt genug zu verteilen. War die Unterhaltung in der Damentoilette nett?«

»Faszinierend, Mr. Bond.«

»Wirklich?«

»Ich würde nicht im Traum daran denken, Ihnen davon zu erzählen.«

»Sie beherrschen die englische Sprache sehr gut. Und Ihr Akzent ... nördliches China?«

»Shanghai.«

»Welche Sprachen können Sie noch?«

»Viele, Mr. Bond. Französisch, Deutsch, Russisch, Italienisch, Japanisch und ein paar unterschiedliche chinesische Dialekte. Ich kann sogar Dänisch.«

»Dänisch?« fragte Bond. »Ich spreche auch Dänisch.«

»Tatsächlich?«

»Wir sollten uns mal auf ein Smörrebröd treffen.«

In diesem Augenblick wurde das Licht gedämpft, und ein Scheinwerfer beleuchtete die höchste, zentrale Brücke des Atriums, wo Elliot Carver und seine Frau standen und den Gästen zuwinkten. Alle Anwesenden applaudierten und jubelten. Sie hatten keine Ahnung, daß das Ehepaar sich verstohlen unterhielt.

»Dieser Bond, war er auch schon im Bankwesen, als du ihn kennengelernt hast?« fragte Carver.

»Ja.« Paris zögerte einen Sekundenbruchteil lang, aber das reichte, um Carver zweifeln zu lassen.

»Du bist eine gräßliche Lügnerin, meine Liebe. Und warum hast du ihm die Ohrfeige verpaßt?«
»Ich hatte noch eine Rechnung mit ihm offen.«
»Nun, jetzt habe ich noch eine Rechnung mit ihm offen.«

Jack Trenton gab Carver ein Zeichen, vor das Mikrofon zu treten, das auf der Brücke aufgestellt worden war. Paris trat zurück, und Carver hatte das Rampenlicht für sich.

Er schüttelte die unangenehmen Gefühle ab, die sich seiner bemächtigt hatten, und gewann sein Selbstvertrauen und seine Autorität zurück. Seine elektronisch verstärkte Stimme hallte durch das Atrium, und Bond mußte zugeben, daß die Stimme dieses Mannes eine magnetisierende Wirkung hatte, die alle aufhorchen ließ.

»Vielleicht haben Sie schon den Slogan von der ›Brücke ins einundzwanzigste Jahrhundert‹ gehört. Nun, das ist nicht nur ein amerikanischer Wahlkampfspruch, sondern die Wirklichkeit: Ich stehe auf dieser Brücke! Zu meiner Rechten befinden sich die Druckmaschinen, die vierundzwanzig Stunden am Tag aktiv sind und die erste weltweit verbreitete Zeitung herstellen. Zu meiner Linken werden wir gleich das Sendezentrum des ersten echten globalen Satelliten-Netzwerkes einweihen. Ich lade Sie ein, einen Blick auf die Technik des achtzehnten Jahrhunderts zu werfen, bevor Sie mir über diese Brücke in das einundzwanzigste Jahrhundert folgen werden!«

Die Menge applaudierte, und dann schlängelte sich eine Reihe von Partygästen aus dem Atrium auf eine Art Balkon zu, von dem aus man den Produktionsraum für die Zeitungen übersehen konnte. Unten sah man eine Reihe gigantischer Druckmaschinen. Bond und Wai Lin bahnten sich ihren Weg durch die Gäste und blickten auf den riesigen Raum hinab.

»Banker lernen so interessante Orte kennen«, sagte Wai Lin sarkastisch.

»Und wie gehen die Geldgeschäfte in Hongkong?« fragte Bond.

»Unter chinesischer Herrschaft? Besser als je zuvor!« antwortete sie stolz.

Sie folgten den anderen Gästen auf ihrem Weg zur obersten Ebene des Atriums und standen jetzt auf jener Plattform, die Elliot Carver als ›Brücke ins einundzwanzigste Jahrhundert‹ bezeichnet hatte.

»Stehen Sie schon lange auf Carvers Gehaltsliste?« fragte Wai Lin vorsichtig.

»Nein, ich bin erst heute losgeflogen. Mein Vorgänger hatte Probleme mit Gallensteinen.«

»Das ist ja interessant. Mein Flugzeug ging gestern. Und *mein* Vorgänger litt an Nierensteinen.«

»Nun, solche Krankheiten sind weitverbreitet«, sagte Bond.

Sie blickten sich an und waren sich jetzt sicherer als je zuvor, daß beide wußten, daß der andere etwas verbarg.

Sie folgten der Menge ins verglaste Foyer des CMGM-Nachrichtenzentrums. Kellner boten Champagner an, während das Public-Relations-Personal die Gäste an einem großen Satellitenmodell vorbei durch die Doppeltüren drängte. Bond holte zwei Gläser Champagner und reichte eines davon Wai Lin.

Er stieß mit ihr an. »Auf die Geldgeschäfte, Miß Lin.«

»Auf die Geldgeschäfte, Mr. Bond.«

Sie folgten den anderen in das Nachrichtenzentrum von CMGN, das als Prunkstück der Party ausersehen worden war. In dem mit modernster Technologie vollgestopften Raum sah man noch das rote Band wie in der vorhergehenden Nacht, als sich Carver und Gupta heimlich die Filmaufnahmen des *Devonshire*-Massakers angesehen hatten. Um Elliot Carver, der in der Mitte des Raums stand, wurden die Fernsehkameras aufgebaut.

Während er sich darauf vorbereitete, weltweit auf Sendung zu gehen, wurde er von einer Visagistin geschminkt. Paris stand abseits und beobachtete, wie Carver Bond und Wai Lin eintreten sah. Er gab dem Deutschen Stamper einen Wink, zu ihm herüberzukommen. Paris mochte Stamper nicht – bei seinem Anblick lief es ihr kalt den Rücken hinunter.

Carver flüsterte Stamper etwas zu, und der Blick des Deutschen konzentrierte sich auf Bond. Er nickte diskret und entfernte sich. Auch das entging Paris nicht.

Aus der Kabine ertönte durch das tadellose Lautsprechersystem eine Stimme. »Ladys and Gentlemen, ich bitte um Ruhe. Wir gehen in dreißig Sekunden auf Sendung.«

Paris behielt Stamper im Blick, der in sein Walkie-talkie sprach. Ein elegant gekleideter Sicherheitsbeamter neben ihr führte plötzlich seine Hand ans Ohr. »Ja, Mr. Stamper«, hörte sie ihn sagen. »Ich sehe ihn. Schwarzer Smoking ... Bond, verstanden ... Ja, Sir, wir werden uns um die Sache kümmern.«

Paris setzte sich in Bewegung, nickte anderen Gästen zu und ging auf ihren alten ›Bekannten‹ zu. Ein Raunen ging durch den Raum, als plötzlich auf allen Monitoren Carvers Bild erschien.

»Noch zehn Sekunden«, sagte die Stimme aus der Kabine. »Ich bitte um äußerste Ruhe. Fünf, vier, drei, zwei, eins ...«

Bond wandte sich um, weil er mit Wai Lin reden wollte, aber sie stand nicht mehr neben ihm. Er sah sich schnell um und registrierte, daß sie durch die Doppeltüren schlüpfte.

»Guten Abend«, sagte der Medientycoon. »Mein Name ist Elliot Carver. Heute abend feiern wir die Eröffnung unseres neuen, hochmodernen Sendezentrums für die westliche Hemisphäre. Bei uns sind unsere Gäste hier in Hamburg ...«

Auf einem der Bildschirme sah man eine Aufnahme der Partygäste, und Bond erkannte sich selbst auf einem der Monitore.

»... und zugleich sind unsere Freunde in unserem Saigoner Hauptquartier für die östliche Welt und in unseren Studios in Los Angeles, Nairobi, Buenos Aires, Tel Aviv, Moskau und Neu-Delhi zugeschaltet ...«

Während Carver diese Städte erwähnte, sah man auf verschiedenen Monitoren Bilder der dortigen Feiern.

Paris schlich auf Bond zu und flüsterte: »Was, zum Teufel, hast du gesagt, um meinen Mann so in Rage zu bringen? Mach dich sofort aus dem Staub!«

»Aber es ist doch so eine nette Party.«

»Ich meine es ernst. Du verstehst mich nicht. Er wird dich zusammenschlagen lassen. Irgend etwas in der Art, Gott weiß was. In seiner Umgebung gibt es ein paar sehr merkwürdige Typen. Siehst du den netten Deutschen da in der Ecke? Er ist etwas verrückt.«

Stamper war Bond schon vorher aufgefallen. Der Mann wirkte bedrohlich, und sein Verhalten ließ auf geistige Defekte schließen.

»Es ist möglich, daß dein Mann in ein schreckliches Verbrechen verstrickt ist«, flüsterte Bond zurück. »Wenn er mich verprügeln läßt, beweist das, daß der Verdacht wahr ist.«

»Von was für einer Art Verbrechen redest du? Verdammt – du solltest längst verschwunden sein!«

Ein Mann vom Sicherheitspersonal näherte sich ihnen.

Carver fuhr wortgewandt mit seiner Rede fort, während er gleichzeitig Bond und seine Frau beobachtete. »Wir waren von dem sich entwickelnden Konflikt gefesselt. Die Briten behaupten, daß die *Devonshire* im Südchinesischen Meer von zwei chinesischen MiGs versenkt wurde, und wir begrüßen ihre Entscheidung, ihre Flotte auslaufen zu lassen, um sich Gewißheit über den

Untergang zu verschaffen. Was könnten sie anderes tun, wenn sie ihre Selbstachtung bewahren wollen? Zur gleichen Zeit behaupten aber die Chinesen, daß zwei ihrer MiGs von der *Devonshire* abgeschossen wurden, so daß wir auch Chinas trotzige Warnungen verstehen, daß es die britische Flotte so nah an seiner Küste nicht dulden werde …«

»Entschuldigen Sie, Mr. Bond«, sagte der Mann vom Sicherheitspersonal. »Sie werden am Telefon verlangt.«

Paris antwortete zuerst. »Ich bin mir sicher, daß Mr. Bond im Augenblick nicht gestört werden will.«

»Tut mir leid, gnädige Frau. Der Anrufer sagte, es sei dringend.«

Paris ergriff Bonds Unterarm. »Geh nicht. Das hört sich nach schlechten Nachrichten an.«

»Darauf würde ich wetten«, sagte er. »Aber andererseits gibt es immer schlechte Nachrichten, wenn ich mit dir zusammen bin.« Er drückte ihre Hand, um sie zu beruhigen, und folgte dann dem Sicherheitsbeamten zur Tür.

»Das Ganze ist natürlich eine schreckliche Tragödie, aber auch eine großartige Nachrichtenstory«, fuhr Carver fort. »Ich bin stolz darauf, daß unsere Berichterstattung über die Krise die der Konkurrenz übertroffen hat, weil wir über jede einzelne wichtige Entwicklung informiert haben. Die Welt sieht zu, und sie sieht CMGN!«

Erneut brandete Applaus auf. Carver genoß den Beifall, besonders nachdem er gesehen hatte, daß Bond von dem Sicherheitsbeamten aus dem Raum geführt worden war. »Wir müssen zugeben, daß wir durch diese Geschichte einen riesigen, unerwarteten Gewinn gemacht haben. Wir sind jetzt schon fünf Jahre weiter, als wir es uns in unseren optimistischsten Vorstellungen ausgemalt hätten. Aber es geht uns nicht ums Geld. Nein. Wir sind wegen der Macht im Geschäft. Der Macht, etwas Gutes zu tun, zu informieren, zu erziehen und einen Beitrag zum Weltgeschehen zu leisten. Wir bleiben unserem Ziel treu, Ihnen die Nachrichten von morgen schon heute zu bringen!«

Im Publikum brach ein Beifallssturm aus.

Vor dem Nachrichtenzentrum folgte Bond dem Mann vom Sicherheitspersonal über die Brücke, die zum Pressezentrum führte.

»Gibt's da hinten keine Telefone?« fragte er unschuldig.

Der Sicherheitsbeamte zog seine Pistole, eine halbautomatische 9-mm-Browning. »Wir dachten, daß Sie es hier im Büro bequemer finden würden.«

6
Partyschreck

Der Sicherheitsbeamte schubste Bond in ein Büro, auf dessen Tür ›Pressechef‹ stand. Es lag direkt hinter dem Balkon, von dem aus man den Raum mit den Druckmaschinen übersah. 007 blieb gerade noch Zeit, einen Blick auf einen zweiten Leibwächter zu erhaschen, der ihn mit einem Camcorder filmte, als ein dritter Mann einen Schlagstock wie einen Baseballschläger hin- und herschwang und ihn Bond gegen den Bauch knallte. Der erste Leibwächter, der hinter Bond stand, trat ihn und schickte ihn zu Boden. Um die Brutalität durch Demütigung zu ergänzen, kickte ihn ein vierter Mann, der sich in einer Ecke versteckt hatte, in die Rippen.

»Mr. Carver glaubt nicht, daß Sie wirklich Banker sind«, sagte er. »Und dieser Kerl hier denkt, daß er Sie mit seinem Schlagstock zum Reden bringen kann.«

Der zweite Leibwächter – der mit dem Camcorder – kam näher und richtete die Kamera direkt auf Bond. Bumm! Der Schlagstock knallte erneut brutal auf Bonds Bauch.

»Vielleicht hat er recht ... Womöglich komme ich gar nicht dazu, meine Zange zu benutzen.« Alle lachten.

Der Schmerz war unerträglich, aber Bond riß sich zusammen, um die Situation einzuschätzen. Er registrierte, daß der Raum klein war: Es gab ein Sofa, einen Glasschreibtisch, zwei Stühle und ein paar Aktenschränke. Vier Männer. Eine gezückte Pistole. In zwei Sekunden hatte er sich einen Plan zurechtgelegt.

»Also, sind Sie nun Banker?« fragte der Leibwächter.

Bond fühlte immer noch das Brennen in seinem Unterleib. Mühsam antwortete er. »Nein, Astronaut.«

Der vierte Leibwächter wollte erneut zutreten, aber diesmal war Bond vorbereitet. Er bewegte sich mit der Schnelligkeit einer Schlange, die ihre Beute erledigt, packte den Fuß des Angreifers und preßte ihn gegen seine Seite. Dann schoß sein Fuß hoch. Er rammte ihn gegen den Camcorder des zweiten Leibwächters. Der Mann schrie auf, ließ die Kamera fallen und betastete das Auge, in das sich das Okular gebohrt hatte. Bond fing die Kamera mitten im Flug auf und knallte sie dem ersten Leibwächter ins Gesicht. Der Mann ließ die Waffe fallen und sank bewußtlos zu Boden.

Jetzt war Bond ein einladendes Ziel für den Mann mit dem Schlagstock. Der verlor keine Zeit. Schon schoß der Schlagstock auf Bonds Gesicht zu, aber 007 rollte sich auf die linke Körperseite und brachte so den vierten Leibwächter, dessen Bein er immer noch festgehalten hatte, unter den Schlagstock. Die Waffe traf den Mann mit voller Wucht. Er brach zusammen und landete auf Bonds Körper.

Weil seine drei Kollegen außer Gefecht gesetzt waren, ließ der dritte Leibwächter den Schlagstock fallen und griff nach seiner Pistole. Bond stieß den auf ihm liegenden Körper des Bewußtlosen zur Seite und richtete die Walther P99 auf das Gesicht des dritten Leibwächters. Der Mann erstarrte.

»Glauben Sie nicht, daß Mr. Carver verärgert wäre, wenn seine Party durch Pistolenschüsse verdorben würde? Andererseits wären Sie dann ohnehin tot, und deshalb nehme ich an, daß es Sie nicht weiter kümmert.«

Der Mann stand immer noch wie erstarrt da.

»Bedeutet das, daß es Sie *doch* kümmert? Dann werfen Sie die Pistole auf das Sofa.«

Der Leibwächter gehorchte. Bond hielt die Pistole jetzt mit der linken Hand und streckte die Rechte aus.

»Haben Sie eine Vorstellung, was es für ein Gefühl

ist, wenn einem ein Schlagstock in den Magen gerammt wird? Helfen Sie mir hoch.«

Der Leibwächter streckte die Hand aus. Bond packte seinen Arm, hob die Beine an und riß den Mann auf seine Schuhsohlen hinab. Dann schickte er ihn in die Luft. Der Ganove überschlug sich und landete mit dem Rücken auf dem Glasschreibtisch, der unter seinem Körpergewicht förmlich explodierte. Bond rappelte sich langsam hoch. Er spürte immer noch einen fürchterlichen Schmerz in der Magengegend, versuchte aber, sich nichts anmerken zu lassen. Sein Gegner lag stöhnend zwischen den Überresten des Glasschreibtischs.

»Ich komme mir ein bißchen wie ein Partyschreck vor«, sagte Bond.

Er ging auf die Tür zu, am ersten Leibwächter vorbei, der gerade wieder das Bewußtsein zurückerlangte. Der Mann versuchte mühsam, seine Waffe zu ziehen, aber Bond trat ihm ins Gesicht, und die Pistole flog quer durch den Raum. Der Mann prallte zurück und ging in die Knie. Bond holte zu einem weiteren Tritt aus, aber diesmal blockte der Mann seine Attacke ab. Er stieß Bond brutal gegen die Tür. Das verschaffte dem Gangster Zeit zum Aufstehen. Mit erhobenen Fäusten kam er auf Bond zu und traf ihn zweimal, aber Bond rammte ihm das Knie in den Unterleib. Als der Leibwächter sich vornüberbeugte, riß Bond ihn hoch. Sein Hieb ließ ihn quer durch den Raum segeln – mitten in die Glasscherben des zerstörten Schreibtischs. Der Mann war erneut außer Gefecht gesetzt. Bond beugte sich vorsichtig vor und hob die Waffe auf. Er steckte sie ein und zog den Kopfhörerstecker aus dem Walkie-talkie am Gürtel seines Gegners, so daß er das Geplapper laut mithören konnte. Es hörte sich alles völlig routinemäßig an, die Kerle hatten keine Kollegen alarmiert.

Bond stand auf und öffnete die Tür. Wai Lin, die direkt davor stand und das Kartenschloß zu manipulieren versuchte, fiel förmlich in den Raum.

»Nun, wie sind Ihre Bankgeschäfte ausgegangen?« fragte Bond.

Wai Lin riß die Augen auf, als sie die über den Boden verstreuten Männer sah. »Weniger interessant als Ihre.«

»Security an das Büro des Pressechefs«, tönte es aus dem Walkie-talkie.

Bond riß Wai Lin ganz in das Büro und schloß die Tür.

»Sehen Sie, was Sie angerichtet haben?«

»Was *ich* angerichtet habe?«

Bond führte sie quer durch den Raum zu einer Verbindungstür und nahm sich gerade noch die Zeit, aus den Scherben des zerstörten Schreibtischs eine Zigarrenkiste hervorzuziehen. Im Nachbarraum steckte er sich mit seinem Feuerzeug eine Zigarre an.

»Eine gute Idee«, sagte Wai Lin. »Sie rauchen, während ich überlege, wie wir hier rauskommen.«

»Ich denke, daß wir uns unter die Menge mischen sollten, wenn die Gäste gehen.«

»Das wird noch Stunden dauern.«

»Vielleicht. Vielleicht auch nicht.«

Bond hielt seine Zigarre unter einen Rauchdetektor und wartete.

Im CMGM-Nachrichtenzentrum stand vor den laufenden Kameras neben Elliot Carver unterdessen eine umwerfende Frau, die ihre Schönheit – Voraussetzung ihres Jobs als Star-Moderatorin – einem plastischen Chirurgen in Beverly Hills verdankte.

»Miß Tamara Kelly, unsere Chefsprecherin für Europa, wird jetzt die Ehre haben, unser neues Nachrichtenzentrum zu eröffnen«, sagte Carver.

Tamara trat vor, eine Schere in der Hand. Sie war eine große und attraktive Brünette mit strahlendweißen Zähnen und funkelnden grünen Augen. Lächelnd winkte sie den Gästen zu. Es wurde still im Raum – dies war ein dramatischer Augenblick. Carver stand die Vorfreude ins Gesicht geschrieben, als Miß Kelly die Schere an das rote Band setzte und es dann durchschnitt. Doch gleichzeitig wurde Feueralarm ausgelöst, und von der Decke rieselten weiße Puderwolken herab.

Manche Anwesenden hielten den Atem an, andere schrien, und auf sämtlichen Monitoren im Nachrichtenzentrum erlosch das Bild, bis einen Augenblick später die Aufforderung ›Bitte warten Sie‹ aufflackerte. Carver sah sich wütend um, während die Alarmsirene von der Stimme auf einer vorab aufgezeichneten Tonbandaufnahme abgelöst wurde: »Das automatische System für Feueralarm ist ausgelöst worden. Begeben Sie sich bitte zum nächsten Ausgang mit einem roten Zeichen. Vielleicht werden Sie feuerresistenten Puder bemerken. Keine Grund zur Aufregung, für Menschen, Haustiere und elektronische Geräte ist der Puder harmlos.« Dann wurde die gleiche Botschaft auf deutsch wiederholt.

Zornig blickte Carver auf das ihn umgebende Chaos. Der feuerresistente Puder wirbelte um seine Gäste herum, die gehorsam auf die Türen zugingen. Er erhaschte einen Blick auf seine Frau, die auf der anderen Seite des Raums stand. Paris versuchte, ein Lächeln zu unterdrücken.

Bond und Wai Lin hörten die Geräusche der Gäste jenseits der Bürotür.

»Lassen Sie uns abhauen«, sagte er.

Während die Menschenmenge den Zwischenstock und die Treppen verstopfte, mischten sich James Bond und Wai Lin unter die anderen Gäste. Der Puder sickerte immer noch herab, und die Tonbandaufnahme lief weiter.

Bond bemerkte mehrere Sicherheitsbeamte, die sich auf allen Ebenen des Atriums umsahen. Stamper gab ihnen Anweisungen. Bond glaubte nicht, daß sie ihn aus der Menge herausholen konnten, aber möglich war es. Er ergriff die Revers seiner Smokingjacke, zog sie über seinen Kopf und gab so vor, sein Haar vor dem Puder zu schützen.

Sie kamen an einem Mann von der Security vorbei, der die Gesichter der Gäste überprüfte. Als er Bond einen eingehenden Blick zuwarf, sagte Wai Lin: »Mein Mann ist gegen diesen fürchterlichen Puder allergisch. Sie sollten Mr. Carver raten, sich etwas anderes einfallen zu lassen.«

Der Mann nickte und beobachtete weiterhin die Gesichter der vorbeiströmenden Gäste. Bond und Wai Lin schafften es, den Gebäudekomplex zu verlassen.

Draußen hatten die Leute von der Public-Relations-Abteilung alle Hände voll zu tun. Sie versuchten, den Gästen zu erklären, daß die Party noch nicht vorbei sei und daß es sich nur um einen falschen Alarm gehandelt habe, aber die meisten waren genervt, da der weiße Puder ihre teuren Kleidungsstücke verschmutzt hatte. Sie standen in der Schlange und warteten auf ihre Autos. Die Party hatte in einem Desaster geendet.

Elliot Carver bahnte sich den Weg nach draußen, ging von Gast zu Gast und flehte die Leute an, noch zu bleiben. »Keine Spur von dem Kerl, Sir«, sagte Stamper, der neben ihm aufgetaucht war. »Wir suchen überall nach ihm.«

Carver nickte. Er war zu wütend, um sprechen zu können, und massierte seinen schmerzenden Unterkiefer. Da sah er, daß sich seine Frau mit einer Reihe von Gästen unterhielt. Er ging zu ihr hinüber und zog sie abrupt hinter eine Säule. Sein Griff umklammerte brutal ihren Ellbogen.

»Bist du sicher, daß Mr. Bond ein Banker ist?« fauchte er.

»Ja. Ich habe es dir doch gesagt. Hör auf damit!«

Auf der Party des Medienmoguls Carver trifft James Bond Paris (Teri Hatcher) wieder, die er einmal geliebt hat – und die nun mit Carver verheiratet ist.

Elliot Carvers Sicherheitschef Stamper (Götz Otto).

Carver ließ sie los. Paris blickte ihn kalt an und rieb sich den Arm.

»Warum glaube ich dir nicht?« fragte er.

»Du kannst glauben, was du willst. Das machst du doch immer so.«

Er hätte ihr beinahe eine Ohrfeige verabreicht, schaffte es aber, sich vor seinen Gästen zu beherrschen.

»Was ist aus dir geworden, Elliot?« fragte sie. »Wie kannst du dich mit Typen wie Stamper und all diesen Ganoven umgeben?«

Carver atmete tief durch. »Weil sie sehr, sehr loyal sind, und Loyalität geht mir über alles. Das solltest du dir merken.«

Er wandte sich ab, um die Suche nach Bond fortzusetzen. Paris Carver starrte ihm nach und fragte sich, wie es möglich war, daß ihr Mann sich in so kurzer Zeit so verändert hatte. Mittlerweile schien er es zu genießen, ihr weh zu tun. Der Ellbogenkniff war nichts gegen das, was er ihr antun konnte und auch schon angetan hatte. Bond hatte erwähnt, daß er womöglich in kriminelle Machenschaften verstrickt war. Sie hätte gerne geglaubt, daß ihr Mann unmöglich etwas mit illegalen Aktivitäten zu tun haben konnte, aber ihr Gefühl sagte ihr, daß irgend etwas tatsächlich nicht in Ordnung war. Überall um sich herum sah sie Beweise – diese fürchterlichen Typen, die er als Bodyguards angeheuert hatte, dieser Gangster Stamper ... Was ging hier vor sich? Wie auch immer – Elliot Carver würde ihr nicht noch einmal weh tun.

Das war der Wendepunkt. In diesem kurzen Augenblick traf Paris Carver einen Entschluß, über den sie schon lange nachgedacht hatte.

Wai Lin blieb an Bonds Seite, bis sie vor dem Gebäudekomplex standen. Dann duckte sie sich flink und verschwand in der Menge. Sie schlängelte sich schnell durch die Gästeschar hindurch, und hoffte, daß der britische ›Banker‹ ihr nicht folgte. Hinter der Ecke des Gebäudes hielt sie inne. Sie spähte aus ihrem Versteck zurück und bemerkte Bonds konsternierten Gesichtsausdruck. Wahrscheinlich war er nicht daran gewöhnt, daß ihm jemand so leicht entwischte. Aber andererseits war Wai Lin auch die beste Schülerin während ihrer Ausbildung zur Geheimagentin gewesen.

Schnell entfernte sie sich vom Gebäudekomplex von CMGM, ging über die Straße und betrat das Treppenhaus eines Parkhauses. Sie nahm zwei Stufen auf einmal, bis sie im dritten Stock angekommen war. Dort schloß sie die Tür eines roten Ferrari-F550-Coupés auf und stieg ein.

Sie betätigte einen Schalter auf dem Armaturenbrett über dem Handschuhfach. Ein Teil der Verkleidung glitt zur Seite, und man sah einen Computermonitor und ein Faxgerät. Dann kam eine Tastatur zum Vorschein, und Wai Lin bootete den Computer. Sie fand das benötigte Suchprogramm und gab ›James Bond‹ und ›Vereinigtes Königreich‹ für seine Staatsangehörigkeit ein. In das Feld ›Besondere Kennzeichen‹ setzte sie grinsend das Wort ›attraktiv‹.

Während auf dem Bildschirm die Suchmeldung erschien, erstellte sie einen Bericht an ihre Vorgesetzten. Ihr war klar, daß sie sich in das CMGN-Hauptquartier einschleichen mußte, wenn alle gegangen waren. Das Radargerät mit niedriger Emission mußte irgendwo in dem Gebäudekomplex versteckt sein, und je länger sie über Carver nachdachte, desto mehr verdächtigte sie ihn, daß er etwas mit der Sache zu tun hatte. Der Mann verströmte einen falschen Charme, und wenn sie irgend etwas nicht ausstehen konnte, dann waren es Schwindler.

Die Suche des Computerprogramms endete erfolglos, und Wai Lin runzelte die Stirn. Wenn Bond ein britischer Agent war, war seine Tarnung ziemlich gut. Sie würde es später, wenn sie über mehr Informationen verfügte, noch einmal versuchen. Irgendwie hatte sie das Gefühl, daß sie diesem Mann noch einmal begegnen würde.

Wai Lin schaltete den Computer aus und schloß das Geheimfach. Dann ließ sie den Motor an, fuhr aus dem Parkhaus und an der Vorderseite des CMGN-Gebäudekomplexes vorbei, wo jetzt zwei Feuerwehrautos, ein Polizeiwagen und Dutzende von zuschauenden Gästen standen.

James Bond konnte sie nirgendwo in der Menge entdecken.

Das Kempinski-Hotel Atlantik ist eines der wenigen Gebäude in seinem Viertel, das den Zerstörungen entgangen war, die der Zweite Weltkrieg Hamburg gebracht hatte. Es gehört zu den besten Luxushotels in ganz Europa und liegt an einem landschaftlich reizvollen Ort nahe der Außenalster, umgeben von Bäumen und eleganten Villen. Bei der architektonischen Gestaltung waren maritime Motive der Jahrhundertwende ausschlaggebend gewesen, die zugleich seltsam und stilvoll waren. Bond mochte das Hotel besonders wegen des Restaurants Atlantik, wo es seiner Ansicht nach das beste Essen in ganz Norddeutschland gab. Zehn der fünfundfünfzig Köche kannte er persönlich, und sie sorgten immer dafür, daß er gut bedient wurde.

Gutes Essen war jetzt allerdings so ziemlich das letzte, was er im Sinn hatte, während er Eiswürfel in ein Badetuch kippte und es dann zusammenwickelte, um eine provisorische Eispackung herzustellen. Er stand im Badezimmer seiner Suite und untersuchte den schillernden blauen Flecken, den der Schlagstock auf seinem Bauch zurückgelassen hatte. Hemd, Krawatte und Jakkett lagen zusammengeknüllt auf dem Fußboden.

Er preßte das kalte, nasse Badetuch gegen seinen Bauch und zuckte zusammen. Der Schmerz war höllisch, aber er war sich ziemlich sicher, daß keine inneren Organe verletzt waren. Doch die Muskeln schmerzten, und an Fitneßübungen war in den nächsten paar Tagen nicht zu denken.

Es war einfach genug gewesen, aus dem CMGN-Gebäudekomplex zu entkommen, aber als sie es erst einmal geschafft hatten, unerkannt die Straße zu erreichen, hatte Bond Wai Lin aus den Augen verloren. Sie war wortlos verschwunden, beinahe, als ob sie es so geplant hätte. Bond vermutete, daß das auch der Fall war, aber er glaubte nicht, daß er Wai Lin zum letztenmal gesehen hatte.

Er wollte den Zimmerservice benachrichtigen, essen und dann zu Bett gehen. Es war ein langer Tag gewesen, und ihm war klar, daß die Schmerzen in seinem Bauch am nächsten Morgen schlimmer sein würden. Als er mit dem an seinen Nabel gepreßten, eisgefüllten Handtuch aus dem Badezimmer trat, hörte er ein Kratzen an der Eingangstür der Suite. Er ließ das Handtuch fallen und zog die Walther P99 aus dem Holster, das über der Stuhllehne hing. Dann schaltete er das Licht aus und schlich sich in das verdunkelte Wohnzimmer. Dort versteckte er sich in einem Alkoven in der Nähe der Tür und horchte wartend. Die Klinke wurde niedergedrückt, und die Tür öffnete sich. Bond hörte ein klapperndes Geräusch, während jemand die Hotelsuite betrat. Er sprang aus seinem Versteck hervor und preßte dem Eindringling den Lauf der Walther in den Rücken.

»Behandelst du die Leute vom Zimmerservice immer so, James?« fragte Paris Carver.

Bond schaltete das Licht ein. Paris stand neben einem mit Champagner bestückten Servierwagen. Sie trug noch dasselbe Kleid wie auf der Party.

»Danke für den Tip«, sagte sie.

Bond steckte die Pistole ein und schloß die Tür.

Da bemerkte Paris den blauen Flecken auf seinem Bauch. »James!«

Bond berührte die Stelle an seiner Wange, wo sie ihn geohrfeigt hatte. »Das hier ist schlimmer. Ich habe mich immer gefragt, wie ich wohl empfinden würde, wenn ich dich je wiedersehen sollte. Jetzt weiß ich es. Habe ich etwas Falsches gesagt?«

»Wie wär's mit ›Ich bin gleich zurück‹?« fragte sie vorwurfsvoll.

Er zuckte die Achseln. »Es kam etwas dazwischen.«

»Bei dir kommt *immer* etwas dazwischen«, sagte sie schmollend. »Ich schuldete dir diese Ohrfeige, seit der Zeit, als ich dir deine sexuellen Eigenarten nachgesehen habe.«

»Du hattest auch ein paar ziemlich merkwürdige Vorlieben.«

»Tatsächlich? Jetzt, da ich verheiratet bin, kann ich mich kaum noch daran erinnern.« Sie trat ein und machte sich mit der Umgebung vertraut. Bond schloß die Tür und drehte den Schlüssel herum.

»Ich habe ihn geliebt«, sagte sie, während sie auf dem Sofa Platz nahm. »Er war hart und ehrgeizig, aber auf eine gute Art. Im Laufe der Jahre hat er sich zu einem Ungeheuer entwickelt. Bist du zu schwer verletzt, um die Champagnerflasche zu öffnen?«

»Ich werd's schon schaffen. Was gibt es denn zu feiern?«

»Meine Freiheit. Ich habe ihn verlassen. Er hat sich schon vorher brutal benommen, aber meistens nur gegenüber Fremden. Ich konnte mich selbst davon überzeugen, daß sie es verdient hatten. Doch heute nacht ist er zu weit gegangen.«

»Es könnte gefährlich sein, ihn zu verlassen.« Der Korken knallte, und Bond füllte zwei Gläser.

»Sehr gefährlich. Aber ich habe außer den Kleidungsstücken, die ich am Leibe trage, und meinem alten Paß nichts mitgenommen. Meine Schwester aus New York läßt ein im voraus bezahltes Ticket am Flughafen zurück.«

Bond reichte ihr ein Glas, und sie stießen an.

»Nun denn, auf deine Freiheit«, sagte er.

»Heute nacht warst du also ein Banker«, sagte sie, nachdem sie einen tiefen Schluck genommen hatte. »Schläfst du immer noch mit der Pistole unter dem Kopfkissen, James?«

»Das hat einen kleinen Vorteil.«

»Tatsächlich?«

»Ja. Man kann einen Schalldämpfer draufschrauben.«

Paris grinste und nahm einen weiteren Schluck. »Also, was hast du hier zu suchen? Was stellt Elliot an? Du hast was von Verbrechen erwähnt. Ich glaube nicht, daß dies ein rein gesellschaftlicher Besuch ist.«

»Dein Mann könnte in Schwierigkeiten stecken.«

Paris zuckte die Achseln, als teilte er ihr damit nichts Neues mit. »Der König des Fernsehens?« fragte sie. »Wenn du glaubst, daß du ihn drankriegst, wirst du derjenige sein, der in Schwierigkeiten steckt.«

»Vielleicht. Aber es geht entweder um ihn oder um jemanden in seiner Organisation.«

Da dämmerte es ihr. »Langsam verstehe ich ... Du hast geglaubt, daß du mit deinem Charme den Dreck aus mir herauspressen könntest.«

»Nein. Das war nicht meine Absicht.«

Sie wußte, daß er log, aber es machte ihr nichts aus. »Nun dann, Mr. Banker ...« Sie beugte sich vor und küßte ihn, zunächst zögernd, aber dann öffnete sie ihre Lippen und küßte ihn leidenschaftlich. »Ich hoffe, daß du dir in den letzten Jahren weitere sexuelle Abarten hast einfallen lassen«, flüsterte sie. »Ich habe vor, dir *alles* nachzusehen.«

Bond zog sie näher an sich heran und küßte sie erneut. »Ich glaube schon, daß ich dir etwas bieten kann«, sagte er, während er in ihre braunen Augen blickte.

Er zog den Reißverschluß ihres Kleides am Rücken auf und küßte sie zärtlich auf die bloßen Schultern. Sie stöhnte sanft und zog ihn dann eng an sich heran. Das hatte sie schon seit langer Zeit entbehrt.

Während sie sich die Nacht hindurch liebten, fielen Paris wieder alle Bilder und Erinnerungen ihrer Eskapaden mit Bond ein, und sie fragte sich, warum sie es zugelassen hatte, daß ihre Beziehung endete. Sie hatte vergessen, wie es war, von einem Mann geliebt zu werden, der wirklich an ihr interessiert war ... Von einem Mann, der wußte, wie man eine Frau berührte, der – ganz einfach – ein richtiger Mann war.

Im CMGN-Gebäudekomplex hatten die hektischen Aktivitäten nachgelassen. Die Feuerwehr hatte alles überprüft und Fehlalarm vermeldet. Alle Gäste waren gegangen. Ein Großteil des Essens und des Champagners war nicht angerührt worden, und der Raum war mit dem feuerresistenten weißen Puder bedeckt. Die Transparente mit Elliot Carvers Porträt und den Firmenlogos hingen immer noch an den Wänden, aber die Ecke eines Posters hatte sich gelöst und bewegte sich jetzt mitleiderregend über einer der Brücken im Atrium.

Der wütende Elliot Carver saß oben im verdunkelten Nachrichtenzentrum an einer Konsole. Auf dem Monitor beobachtete er ein Video, das eine Kamera während der Party von seinen Gästen aufgezeichnet hatte. In extremer Zeitlupe sah er sich eine Passage an, die Paris mit dem Mann namens James Bond zeigte. Sie schien ihm zu vertrauen. Was verband die beiden miteinander?

Carver ertappte sich dabei, daß er mit den Zähnen knirschte. Wütend öffnete er eine Schreibtischschublade und zog ein Fläschchen mit einem Schmerzmittel hervor. Er steckte sich drei Tabletten in den Mund und schluckte sie ohne Wasser hinunter.

Stamper sprach auf deutsch in das Telefon am anderen Ende des Raums. Nur sie beide befanden sich in dem riesigen Nachrichtenzentrum. Stamper legte den Hörer auf und kam zu Carver hinüber.

»Ich habe ein paar Sachen herausgefunden«, verkündete er.

»Tatsächlich?«

»Mr. Bond hat etwas mit dem britischen Außenministerium zu tun.«

»Mit anderen Worten, er ist ein Spion«, sagte Carver. »Erzählen Sie weiter.«

»Es wird Ihnen nicht gefallen.«

»Meine Frau hat mich verlassen.«

Stamper war überrascht, daß er Bescheid wußte, aber andererseits war sein Chef immer einen Schritt weiter als er, und deshalb war er ja auch der Boß.

»Sie hat mich angelogen und betrogen. Seinetwegen.« Carver wies mit dem Kopf auf den Monitor und blickte auf den attraktiven Mann, der in dem Bildausschnitt mit seiner Frau sichtbar war. »Schicken Sie unsere Jungs raus. Sie sollen jeden Träger am Flughafen und alle Hotelangestellten in dieser Stadt bestechen.«

»Keine Sorgen, Sir. Wir werden sie finden.«

»Wir suchen Bond. Wenn wir ihn finden, werden wir sie auch haben.«

»Und Sie wünschen, daß ich ...«

»Wir sprechen von meiner Frau«, sagte Carver ernst. Er dachte einen Moment lang nach. »Holen Sie den Arzt.«

7
Die Druckmaschinen stehen still

Sie wußte, daß die Morgendämmerung kommen würde, aber als es soweit war, war sie nicht darauf vorbereitet. Paris Carver liebte das Gefühl der Bettlaken auf ihrer nackten Haut. Sie drehte sich um, um sich an den Mann zu schmiegen, der sie während dieser wenigen Nachtstunden so befriedigt hatte, mußte aber feststellen, daß seine Seite des Betts leer war.

Plötzlich erinnerte sie sich an jene Zeit, als sie ihn zum letztenmal gesehen hatte – in Paris, vor sieben Jahren. Damals hieß sie noch Paris McKenna und war einer der stahlenden neuen Sterne am Himmel der Modewelt. Sie war die Tochter eines wohlhabenden Aktienmaklers aus Neuengland, und so gab es damals keine Probleme, als sie nach ihrem Abschluß nach Frankreich reisen wollte. Sie hatte keinerlei Interesse daran weiterzustudieren – sie hatte das College nur besucht, um den Wünschen ihrer Eltern nachzukommen. Eigentlich hatte sie immer nur Model werden wollen.

Sie begegnete James Bond auf einer Cocktailparty. Er war mit einer anderen Frau da, und das hätte sie warnen sollen. Trotzdem begannen sie ein Gespräch. Bond faszinierte sie, und er fand sie offensichtlich ebenfalls anziehend, weil er sie am nächsten Abend anrief. Ihre stürmische Affäre dauerte zwei Monate, und als sie ihren Höhepunkt erreichte, glaubte Paris, daß sie vielleicht sogar heiraten würden. Sie war rasend in ihn verliebt. Doch eines Morgens verließ er sie ohne jede Erklärung. Vielleicht lag das daran, daß ihn die Publicity störte, wenn die Paparazzi während der Modeshows Fotos von ihnen schossen. Er mochte es nicht, wenn sein Konterfei in den Zeitungen auftauchte ...

Paris hatte damals geglaubt, daß sie ihm nie verzeihen würde, aber jetzt, nach der letzten Nacht, schien sie ihm vergeben zu haben.

Vier Jahre nach der Affäre mit Bond war sie Elliot Carver begegnet, und auch dieses schicksalhafte Treffen hatte auf einer Cocktailparty stattgefunden. Carver war damals schon ein Prominenter, einer der reichsten Männer der Welt und auf seine Art attraktiv. Er machte ihr den Hof, und sie erlag seinem Charme. Drei Monate später heirateten sie, und Paris betrat nie wieder einen Laufsteg.

Bond stand am anderen Ende des Raums und kleidete sich an. Paris schlüpfte aus dem Bett und tauchte hinter ihm auf. Zärtlich schlang sie die Arme um seinen Bauch.

»Ich glaubte, daß deine Schmerzen zu stark wären, als daß du aufstehen könntest.«

»Nach alldem? Natürlich tut's weh.«

»Ich meinte den blauen Fleck, wo sie dich mit dem Schlagstock getroffen haben.«

»Ach, das ist schon in Ordnung.« Er wandte sich lächelnd um und küßte sie zärtlich auf die Wange.

Dann legte er sein Schulterhalfter an, überprüfte die Patronen seiner Pistole und steckte ein paar weitere in seine Jackettasche.

»Ich kenne nicht viele Banker, die eine Waffe dabeihaben«, sagte sie.

»Heutzutage ist das ein gefährliches Geschäft – man kann gar nicht vorsichtig genug sein.«

»O James, warum falle ich nur auf Männer wie dich herein? Du hast große Ähnlichkeit mit meinem Mann – du bist skrupellos, unzugänglich und irgendwie mysteriös ...«

»Du meinst *mystisch*, nicht mysteriös, oder?«

»Du weißt schon, was ich meine.« Sie seufzte. »Aber wenigstens hast du auch liebevolle und zärtliche Charakterzüge, die ab und zu zum Vorschein kommen. Wo willst du hin?«

»Ich will mich mal in dem Gebäudekomplex deines Mannes umsehen. In einem Zeitungsunternehmen ist am frühen Morgen viel los – das ist jetzt die beste Zeit.«

»Du kannst da nicht einfach so herumlaufen, dort wimmelt es von Sicherheitsbeamten.«

Bond gab vor, über ihren Einwand nachzudenken. Dann schüttelte er den Kopf. »Wie auch immer, die Sache muß erledigt werden.«

»Du versuchst, mir Schuldgefühle zu machen, damit ich dir sage, was du hören willst, auch wenn es dich das Leben kosten könnte.«

»Nicht wirklich. Ich muß sowieso gehen.«

»Erinnerst du dich an das Foyer direkt vor dem Nachrichtenzentrum, wo das große Modell des Satelliten steht?«

»Ja.«

»Da waren Büros dahinter, aber sie haben sie zugemauert. Dort muß sich irgendeine Art von Labor oder etwas Ähnliches befinden. Aber ich weiß nicht, wie man da reinkommt. Ich erinnere mich, daß sich die Büros direkt unter dem Atrium befanden. Es gab eine Treppe, die die beiden Ebenen verband.«

Bond küßte sie.

Paris ließ das Laken fallen und entblößte ihren nackten Körper. Sie umarmte ihn und drückte ihn fest an sich. »Bist du sicher, daß ich dich nicht überreden kann zu bleiben?« flüsterte sie.

Bond massierte ihre Schulterblätter und ihren Rükken, dann küßte er langsam jeden Zentimeter ihres Halses. Paris schloß die Augen und stöhnte leicht. Ihre Umarmung dauerte eine volle Minute.

»Ich bin gleich zurück«, sagte er schließlich. Dann wandte er sich um und verließ das Hotelzimmer.

»Das hast du beim letztenmal auch gesagt«, sagte sie zärtlich, nachdem er gegangen war.

Wenn man davon absah, daß überall Sicherheitspersonal postiert zu sein schien, hatte der Tag wie jeder andere Werktag begonnen. Die angestellten CMGN-Korrespondenten schickten ihre Berichte an die neuen Hauptquartiere. Die Druckmaschinen arbeiteten, die Monitore liefen, und die Satelliten übertrugen. Der einzige Unterschied zu anderen Tagen bestand darin, daß überall Wachtposten zu sehen waren. Unter den Angestellten kursierten Spekulationen, daß es sich bei dem falschen Alarm am vorhergehenden Abend um irgendeinen feindlichen Akt gegen Elliot Carver gehandelt habe.

Auf allen Ebenen des Gebäudes waren Posten stationiert, die in den jeweiligen Stockwerken alle zehn Minuten routinemäßige Patrouillen gingen. Sie hatten allerdings nicht daran gedacht, daß ein ungebetener Gast auch über das Dach in das Gebäude einsteigen konnte. Eine solche Patrouille überquerte vom Druckzentrum aus eine der Brücken, die sich quer durch das Atrium spannten, und bemerkte nicht, daß jemand über das Glasdach ging. Ein Sicherheitsbeamter blieb stehen und zündete sich eine Zigarette an, während James Bond über ihm vorsichtig um die große Glaskuppel schlich.

Der Aufstieg aufs Dach war einfacher gewesen, als Bond ursprünglich gedacht hatte. Da an vielen Stellen des Gebäudes noch Bauarbeiten vorgenommen wurden, gab es an einer Seite des Komplexes einen Außenaufzug für die Arbeiter. Er hatte sich einen Schutzhelm aufgesetzt und die Rolle eines Bauführers gespielt, der die Arbeit seiner Leute inspizierte – er war einfach in den Lift gestiegen und so weit wie möglich nach oben gefahren. Von dort hatte er nur noch über einen kleinen Balkon klettern und eine kurze Leiter zum Dach des Gebäudes hinaufsteigen müssen.

Eine weitere Leiter führte vom Glasdach in das Druckzentrum und den oberen Kontrollraum hinab. Bond stieg die Leiter hinunter, und kam dann an einer verdeckten Tür vorbei. Die Kontrollknöpfe zum Öffnen der Tür befanden sich unter einem verschlossenen Schutzdeckel. Er kramte sein Handy aus der Tasche und zog die Antenne aus, an deren Ende sich eine Vorrichtung befand, die als Dietrich diente. Es kostete ihn nur sieben Sekunden, den Schutzdeckel zu öffnen. Er drückte auf einen grünen Knopf, und die Tür öffnete sich. Eine Treppe führte in das Gebäudeinnere hinab. Paris Carver hatte ein gutes Gedächtnis.

Bond stieg die Stufen hinunter und kam in einen Raum, der jenes Laboratorium zu sein schien, das Paris erwähnt hatte. Es gab Tische für technische Zeichner und Computerarbeitsplätze, die zu dieser Tageszeit alle nicht besetzt waren, und in der Mitte des Raums stand ein Duplikat der anderen Carver-Satelliten. Eine Tür führte in ein Privatbüro.

Bond blickte sich rasch im Raum um und studierte dann den Satellit. Er mußte als Testmodell für Experimente gedient haben. Eben wollte sich Bond das Bord mit den Schaltkreisen ansehen, als er das Geräusch sich nähernder Schritte hörte. Genau in dem Augenblick, als sich die Tür des Privatbüros öffnete, duckte er sich hinter den Satelliten.

Henry Gupta trat ein, gefolgt von den drei Leibwächtern, die ihn auch in Afghanistan begleitet hatten. Bond spähte durch eine Lücke zwischen den Solarflügeln des Satelliten und beobachtete Gupta, der nur ein paar Meter von ihm entfernt stehenblieb.

»Wir sind fertig, bringt den Satelliten zum Startgelände«, sagte Gupta zu seinen Leuten. »Wie kommt es, daß es hier nie was zu essen gibt? Na, ich werde jetzt erst mal frühstücken.« Knurrend schritt er mit den Ganoven im Schlepptau durch die große Stahltür im Hintergrund des Raums.

Bond trat hinter dem Satelliten hervor und ging auf die Tür des Privatbüros zu, die durch ein elektronisches Kartenschloß gesichert war. Erneut zog er das Handy hervor. Er klappte die Unterseite auf, legte sie an das Kartenschloß an und betätigte einen Knopf. Man hörte ein lautes Schnappen. Die Anzeige auf dem Schloß flackerte kurz grün auf und erlosch dann. Bond versuchte, die Tür zu öffnen, doch ohne Erfolg. Dann lehnte er sich dagegen und drückte, und die Tür sprang auf.

Guptas Privatbüro war menschenleer und sauber, wenngleich der Papierkorb von Limonadendosen und Kartoffelchipstüten überquoll. Auf einem Schreibtisch stand ein Computer, und es gab ein paar Aktenschränke. Bond war erfahren genug, um einen Raum sehr schnell zu untersuchen. Er öffnete eine Schublade und sah Boxen mit Disketten und Computersoftware. In einer anderen Schublade fand er jede Menge schriftliches Material über Satelliten und dicke technische Bücher, von denen sich viele mit globaler Positionierung, Radarsystemen oder der Technik der Kunstharzzusammensetzung befaßten. Bond durchwühlte sie, fand aber nichts Interessantes. Er schloß die Schubladen und bemerkte, daß an der Wand ein großes Foto in einem Stahlrahmen hing, das einen von Carvers Satelliten im Weltraum zeigte. Es entging seinem wachsamen Blick nicht, daß die eine Seite des Rahmens etwas dicker als die andere war. Er strich mit den Fingern über den Rand und fand einen verborgenen Schalter. Als er ihn betätigte, schwang der Rahmen nach vorne.

Der beeindruckende Wandsafe hinter dem Rahmen war durch einen Scanner für Daumenabdrücke gesichert, und Bond nahm an, daß der Safe nur durch Guptas Fingerabdrücke geöffnet werden konnte – er brauchte also eine Reproduktion von Guptas Daumenabdruck.

Bond aktivierte den in sein Mobiltelefon integrierten Laser und scannte damit das Fenster des Safes, auf das man normalerweise seinen Daumen drückte. Auf dem LCD-Display des Handys erschien ein Bild von Guptas Daumenabdruck. Q hatte sich vorgestellt, daß diese spezielle Funktion dazu dienen sollte, das Archiv des MI6 anzurufen, um so Informationen über jeden eingescannten Fingerabdruck erhalten zu können. Für Bond war es Kennzeichen eines raffinierten technischen Geräts, wenn der Benutzer improvisieren und eine völlig andere Anwendungsmethode als die ursprünglich vorgesehene finden konnte.

Er drehte das Handy um und plazierte es so, daß sich das LCD-Display vor dem Fenster für die Fingerabdrükke befand. Dann drückte er auf den Knopf, unter dem ›Speichern‹ stand. Das elektronische Auge hinter dem Fenster las den eingescannten Fingerabdruck, und der Safe öffnete sich automatisch. Bond steckte das Handy ein, blickte in den Safe – und sah das rote Kästchen, das Gupta in Afghanistan gekauft hatte. Er nahm es und öffnete es. Er hatte den Jackpot gewonnen – in dem Kästchen lag das vermißte ACSES-Gerät. Rasch schloß Bond das Kästchen, verstaute es in einer seiner tiefen Taschen und machte den Safe zu.

Anschließend verließ er das Privatbüro und kehrte in das Laboratorium zurück. So weit, so gut. Er ging auf die große schwarze Stahltür zu, durch die man in die übrigen Abteilungen des Gebäudes gelangte. Dann legte er ein Ohr an die Tür und horchte. Alles schien still zu sein. Vorsichtig öffnete er die Tür.

Direkt vor der Tür stand in gebückter Haltung Wai Lin. Sie war von Kopf bis Fuß schwarz gekleidet und hatte versucht, die Tür aufzubrechen. Die Alarmanlage begann zu heulen.

»Sehen Sie nur, was Sie angerichtet haben!« rief sie aus.

»Was *ich* angerichtet habe?«

Sie verschwand in dem Schacht mit der Leiter und entkam so den Wachtposten, die in den Korridor zu strömen begannen. Bond hatte kaum noch Zeit, die Stahltür zu schließen und sie zu verriegeln. Der Krach der Brechstangen, mit denen gegen die Tür gehämmert wurde, war ohrenbetäubend.

Paris Carver war mit dem Haarewaschen fertig, wickelte sich ein Handtuch um den Kopf und schlüpfte in einen jener Frotteebademäntel, die das Hotel seinen Gästen zur Verfügung stellte. Jetzt tat es ihr leid, daß sie Bond vor den Augen ihres Mannes geohrfeigt hatte. Diese Tat allein hatte Elliots Verdacht geweckt und würde ihn weiter jenen Weg der Gewalttätigkeit beschreiten lassen, den er schon eingeschlagen hatte. Wenn James zurückkam, würde sie ihren Fehler wiedergutmachen.

Sie ging ins Wohnzimmer und wollte sich gerade setzen und einen Blick in die Zeitung werfen, als sie ein leises Klopfen an der Tür hörte. Sie lächelte, lief zur Türe und öffnete. »Nun, das hat ja ...«

Ihr Herzschlag setzte aus. Draußen standen Elliot Carver und Stamper. Paris versuchte sofort, ihnen die Tür ins Gesicht zu knallen, aber Stampers Hand kam dazwischen. Sie klemmte ihm die Finger ein, aber dieser Mann schien keine Schmerzen zu kennen. Er drückte die Tür auf und stieß Paris zu Boden. Sie wollte nach dem Telefon greifen, aber der Deutsche packte sie, bevor sie es erreichen konnte. Jetzt betrat auch Carver den Raum und schloß leise die Tür. Stamper hielt Paris mühelos mit einer Hand fest und untersuchte neugierig seine verletzten Finger. Er leckte die Blutstropfen von seinen Fingern – wie ein Kind, das starrköpfig Schokoladensoße nascht.

Carver kam auf Paris zu und nahm ihr Kinn in die Hand.

»Bitte, Elliot«, sagte sie erschrocken. »Du verstehst nicht ... Es ist nicht so, wie du denkst.«

»Wirklich nicht? Dann nehme ich an, daß du mir erzählen wirst, wie es ist.«

»Du hast mich während der letzten Nacht verängstigt. Ich bin einfach hierher geflüchtet.«

»Was habe ich gestern zu dir gesagt? Wie hieß die einzige Eigenschaft, die ich mehr als alles andere schätze?«

Paris schluckte schwer.

»Loyalität, Darling«, sagte er. »Loyalität.«

Die Stahltür hinter Bond flog krachend auf, während er auf die Treppe zurannte. Die Wachposten drangen schießend in den Raum ein. 007 wartete lange genug, um mit einem Fußtritt den Satelliten umstürzen und so den Wachtposten den Weg versperren zu können. Dann jagte er die Stufen hoch, erreichte das Dach und schleuderte den Schutzdeckel des Türschlosses auf die Verfolger. Er rannte zu der Leiter, bemerkte aber, daß oben ein bewaffneter Mann auf ihn wartete. Kugeln durchschnitten die Luft, und Bond war gezwungen, an einer als Notausgang dienenden, feuerfesten Tür Zuflucht zu suchen, die in den Medienbereich führte. Es blieb ihm keine andere Wahl – er trat die Tür ein.

Er befand sich in einem Korridor, der zum Atrium führte. Schnell durchquerte er ihn und rannte dann über die oberste Brücke im Atrium. Wai Lin stand – mit dem Rücken an die Wand gelehnt – am anderen Ende. Sie war offensichtlich bemüht, von niemandem entdeckt zu werden. Ihr Blick verriet ihm, daß er sich in Gefahr befand. Er konnte gerade noch rechtzeitig zur Seite springen, als auch schon Kugeln von dem Metallgitter abprallten, auf dem er stand. Die Wachtposten unten im Atrium schossen auf ihn.

Während sich die Männer auf Bond konzentrierten, zog Wai Lin aus einem Armband an ihrem Handgelenk einen Draht hervor und befestigte ihn am Geländer. Als sie sprang, spulte sich hinter ihr der Draht ab. Bond beobachtete das Ganze erstaunt, während sie ihm verstohlen zuwinkte. Langsam glitt sie auf den Boden hinter den Wachtposten hinab, die immer noch auf ihn schossen. Dann war Wai Lin verschwunden.

Bond dachte, daß er Q auch einmal eine solche Idee vorschlagen sollte.

Er rollte sich ab, sprang auf und lief über die Brücke. Die Kugeln pfiffen ihm um die Ohren, als er durch die Tür in das riesige Druckzentrum stürmte. Die Druckerpressen arbeiteten, und der gigantische Lärm verschaffte Bond einen Vorteil. Er rannte quer über den Balkon, mehrere Gangster im Schlepptau, bog um eine Ecke und sah sich weiteren Männern Carvers gegenüber. Bond fackelte nicht lange, sondern sprang über das Balkongeländer und landete auf einem riesigen Deckenkran.

Die Füße des zweiarmigen Krans waren an in die Decke eingelassenen Schienen befestigt. Bond sprang von einem Arm auf den anderen, während ihm ein Wachtposten vom Balkon auf den Kran folgte.

Der Lärm der Druckmaschinen war ohrenbetäubend, so daß die Arbeiter unten das Gebrüll der Sicherheitsleute nicht zur Kenntnis nahmen. Direkt unter dem Kran stand eine der Druckmaschinen, über die gerade weißes Papier dahinglitt.

Der Wachtposten sprang auf den zweiten Arm des Krans und stand Bond gegenüber. Er holte aus, aber Bond blockte den Hieb mit einer *Kake-te*-Bewegung ab. Bonds rechte Faust schoß vor und traf das Kinn seines Gegners, aber der war hart im Nehmen. Er überraschte

Bond, indem er mit dem Fuß ausholte und Bonds Brustkasten mit einem *Ushirogeri* traf. Der Mann hatte offensichtlich auch ein bißchen Ahnung von Karate. Fast hätte Bond das Gleichgewicht verloren, doch es gelang ihm, auf dem schmalen Metallstreifen stehenzubleiben – eine extrem gefährliche Position.

Der Wachtposten kam auf ihn zu. Bond sprang los und rammte ihm den Kopf in den Magen. Gleichzeitig riß er die Knie seines Gegners nach vorn, und der Mann fiel auf den Rücken, stürzte aber nicht vom Kran, wie Bond gehofft hatte. Statt dessen stieß er Bonds linkes Bein unter seinem Körper weg, und Bond fiel auf den Mann, der ihn sofort zu würgen begann. Bond versuchte, mit den Händen durch die Unterarme seines Gegners zu stoßen, um dem Würgegriff zu entkommen. Der Wachtposten wollte ihn vom Kran stürzen, aber Bond hielt sich an der Seite des stählernen Arms fest. Dann rammte er dem Mann seinen linken Ellbogen gegen die Kehle, und der Gangster ließ ihn sofort los, nach Luft schnappend.

Mit einer eleganten Bewegung zog Bond die Pistole aus dem Holster des Mannes und stieß ihn vom Kran. Der Krach der Druckmaschinen erstickte den Schrei des Gangsters, der durch das weiße Papier in die Druckerpresse fiel und sofort verschluckt wurde. Eine Sekunde später flatterte rot beflecktes Papier durch den Raum.

»Heutzutage drucken sie aber auch wirklich alles«, murmelte Bond.

Er stieß sich vom Kran ab und landete auf der darunterliegenden Ebene. Dann sprang er mit der Geschicklichkeit eines Leichtathleten noch zwei Ebenen weiter nach unten.

Jetzt befand er sich im unteren Bereich des Druckzentrums, wo die riesigen Maschinen standen. Jede war mit drei jeweils eine Tonne schweren Papierrollen beladen, die die darüberliegenden Druckerpressen kontinuierlich mit Papier versorgten. Bond duckte sich zwischen zwei der Maschinen, während die Wachtposten den Raum betraten und nach ihm zu suchen begannen.

Ein Laufband, das ungefähr dreißig Zentimeter breit war, zog sich quer durch den Raum. Es war ein langsames, aber kraftvolles Transportmittel, das die schweren Papierrollen beförderte. Bond versteckte sich hinter einer der großen Rollen und betete, daß die Wachtposten ihn nicht bemerkten, während sich das Fließband mit der Geschwindigkeit von Beerdigungsgästen vorwärtsbewegte.

»Im Druckraum ist er nicht«, ertönte eine Stimme aus einem Walkie-talkie hinter sich. »Kontrolliert den Raum mit den Druckplatten.«

Ein statisches Rauschen genügte Bond. Bevor der Mann ein Wort herausbringen konnte, wirbelte er herum und feuerte in die Richtung, wo er das Walkie-talkie vermutete. Er sah einen Mann mit gezückter Pistole. Die Kugel traf ihn in die Brust. Der Gangster feuerte im Fallen noch einen Schuß ab, aber die Kugel prallte hinter Bond von einer Papierrolle ab. Wie gut, dachte Bond, daß der Idiot nicht den Kopfhörer benutzt hat.

Die Schüsse alarmierten die anderen Wachtposten, die herbeigerannt kamen. Bond sprang vom Fließband, stürzte auf eine große Doppeltür zu und floh hindurch, während die Kugeln hinter ihm herpfiffen.

Er schlüpfte in das Innere eines Lagerhauses von der Größe einer Flugzeughalle, in der je fünf Zeitungspapierrollen wie riesige Klopapierrollen aufeinandergestapelt waren. Bond fühlte sich in dieser Umgebung wie ein Zwerg, während er den Kugeln der ihm folgenden Posten auswich.

In dem Lagerhaus fuhren mehrere Arbeiter mit schnellen Hyster-350-Gabelstaplern umher. Als sie die Schüsse hörten, beschlossen sie, daß die Zeit für eine

Kaffeepause gekommen war. Sie sprangen von ihren Gabelstaplern und rannten auf den Ausgang zu.

Bond ergriff die Gelegenheit und sprang auf einen der Gabelstapler auf. Der Fahrer hatte gerade eine riesige Papierrolle vom oberen Ende eines Stapels aufgeladen. Bond startete und fuhr so schnell wie möglich um eine Ecke, während die Wachtposten seinem Beispiel folgten und auf die anderen verlassenen Gabelstapler zujagten.

Bond steuerte eben um einen Riesenstapel von Papierrollen herum, als ihm eine Idee kam. Zuerst wendete er den Gabelstapler um hundertachtzig Grad und setzte dann zurück, um Platz zu gewinnen. Schließlich beschleunigte er den Gabelstapler mit voller Kraft. Er knallte die Papierrollen auf seinem Gabelstapler gegen einen der aufgetürmten Stapel, und die Rollen fielen wie Dominosteine um.

Auf der anderen Seite des Stapels versuchten seine Verfolger auf den Gabelstaplern und die, die zu Fuß unterwegs waren, verzweifelt, den herabstürzenden Papierrollen auszuweichen. Die je eine Tonne schweren Rollen erschütterten das Gebäude in seinen Grundfesten, sprangen auf und ab und brachen dann wie wild in alle Richtungen aus. Eine zermalmte einen Wachtposten wie eine Dampframme, die Beton plattwalzte. Ein Gabelstapler wurde umgeworfen, und ein anderer schoß führerlos durch den Raum, weil der Fahrer zu Fuß zu entkommen versuchte. Das Fahrzeug jagte in einen anderen der riesigen Papierrollenstapel hinein.

Der Stapel kippte in Bonds Richtung, und die Rollen krachten mit einem hallenden Geräusch auf den Boden. Bond blickte sich um und sah, daß die hüpfenden Rollen auf ihn zukamen. Er beschleunigte den Gabelstapler, der aber nicht schnell genug war. Unmittelbar bevor die Papierrollen das Fahrzeug überwältigten, sprang Bond aus dem Führerhaus und hielt sich an einem Stahlträger fest. Er klammerte sich daran wie an eine Palme im Hurrikan, während die Papierrollen den Gabelstapler zermalmten. Eine letzte Papierrolle kam mit gemäßigter Geschwindigkeit daher, und Bond sprang darauf und hielt sich oben, während sie ihn in Richtung des Ausgangs trug.

Draußen sprang er ab, während die Papierrolle auf eine Laderampe zurollte, vor der ein parkender Lastwagen stand. Rasch schlüpfte Bond in den Laderaum. Schon fuhr der Lastwagen an und brachte ihm Sicherheit und Freiheit zurück.

Wai Lin beobachtete den CMGN-Gebäudekomplex von der anderen Straßenseite aus. Sie sah, wie Bond floh, und lächelte. Während des Tumults hatte sie das Gebäude unbemerkt verlassen.

Ihre Reise nach Hamburg war ein Erfolg gewesen. Sie hatte das fehlende Radargerät zwar nicht gefunden, wußte aber, wie es eingesetzt wurde. Doch bevor sie mit dem Finger auf Carver und CMGN zeigen konnte, benötigte sie weitere Beweise.

Als sie in ihrem Hotelzimmer in Sicherheit war, nahm sie Kontakt zu General Koh auf und erstattete ihm Bericht. Er gab ihr einige neue Anweisungen und vertrauliche Informationen, die nur dem chinesischen Militär bekannt waren. Die britische Flotte näherte sich der chinesischen Küste, und die Zeit wurde knapp.

Wai Lin packte ihre Sachen zusammen und fuhr mit einem Taxi zum Hamburger Flughafen. Während sie ein Flugzeug mit Ziel Ferner Osten bestieg, dachte sie noch einmal an James Bond. Es gehörte zum chinesischen Wesen, daß man daran glaubte, daß das Schicksal eines Menschen vorherbestimmt ist. Sie konnte sich nicht helfen, aber sie fühlte, daß ihr Schicksal mit dem Bonds verknüpft war.

8
Tod einer Freundin

Stamper stand auf dem Dach eines Gebäudes direkt gegenüber dem Kempinski-Hotel Atlantik. Wenn der Engländer ein Narr war, würde er zurückkommen und seine neue Freundin abholen. Stamper hatte gerade sein Gespräch mit dem Mann beendet, der als Verantwortlicher für die Sicherheit im CMGN-Gebäudekomplex stationiert war. Bond war geflohen und jetzt wahrscheinlich auf dem Rückweg zum Hotel.

Stamper blickte durch sein Fernglas und suchte erneut die Straße ab. Immer noch nichts. Vielleicht war dieser Spion doch nicht so ein Gentleman, wie Carver glaubte, und würde Paris den Geiern überlassen ...

Doch da kam er – der BMW fuhr in das sechsstöckige Parkhaus des Hotels. Stamper gab auf deutsch rasch eine Reihe von Befehlen durch sein Walkie-talkie durch.

Der BMW fuhr im Inneren des Gebäudes die Rampen hoch und parkte schließlich in einer Lücke auf dem Dach.

James Bond öffnete im Wagen ein in der Seitentür untergebrachtes Geheimfach, in dem sich ein Safe mit Zahlenschloß befand. Schnell stellte er eine Kombination ein, öffnete den Safe und verstaute das rote Kästchen darin. Dann schloß er ihn wieder, verstellte die Zahlenkombination und machte das Geheimfach zu.

Anschließend stieg er mit dem Handy in der Hand aus dem Wagen. Er drückte sieben Tasten, und aus dem Auto antworteten ihm sieben verschiedene Pieptöne. Gelassen ging Bond aus dem Parkhaus auf das Hotel zu. Jetzt mußte er nur noch schnell einen Bericht nach London übermitteln, etwas Zeit mit Paris verbringen und dann aus Deutschland verschwinden, bevor Carvers Ganoven ihn fanden.

Stamper beobachtete ihn durch sein Fernglas und blickte dann zu seinen Männern hinüber, die auf der anderen Seite gegenüber dem Parkhaus postiert waren. Heute trugen sie nicht ihre charakteristischen roten Jacketts, sondern Zivil. Die Männer sprangen auf einen Schleppzug mit niedriger Ladefläche und fuhren los. Stamper gab weitere Befehle mit dem Walkie-talkie durch, und wie aufs Stichwort erschienen weitere Gruppen des CMGN-Sicherheitspersonals an verschiedenen Stellen rund um das Hotel, das jetzt komplett umstellt war.

Bond ging zu seiner Hotelsuite hinauf. Im Inneren hörte er eine Stimme, die er aber nicht identifizieren konnte. Er zog seine Walther und öffnete vorsichtig die Tür.

Im Wohnzimmer war der Fernseher eingeschaltet – das war also die Stimme, die er gehört hatte. Tamara Kelly, die CMGN-Top-Moderatorin, saß an ihrem Schreibtisch im Studio und verkündete: »Die Appelle des Weltsicherheitsrats hatten weder in London noch in Peking eine beruhigende Wirkung. Hier noch die letzte Meldung ...«

»Paris?« rief Bond.

Er wollte den Fernseher gerade ausschalten, als Tamara Kelly sagte: »Die Hamburger Polizei hat in einer Hotelsuite die nur teilweise bekleidete Leiche von Paris Carver gefunden. Sie war die Gattin des Präsidenten der Carver Media Group und Besitzer dieses Senders. Offenbar wurde Paris Carver ermordet.«

Bonds Herz schlug wie rasend. Er ging ins Schlafzimmer, wo auf einem zweiten Fernseher ebenfalls die Nachrichten liefen. Der Ton hallte durch die ganze Suite.

Paris lag reglos auf dem Bett. Er trat näher heran, um

sich zu vergewissern, daß sie tot war – man hatte sie erwürgt. Schock, Trauer und Zorn überwältigten Bond.

Er hätte Carver nicht unterschätzen dürfen. Bevor sie sich zum erstenmal begegnet waren, hatte Bond ihn nur verdächtigt. Aber nach ihrer ersten persönlichen Begegnung, als Carver vor Zorn gekocht hatte, nachdem er das Thema der Satellitennavigation angeschnitten hatte, war er sich absolut sicher gewesen, daß Carver das GPS-System manipuliert hatte und für den Untergang der *Devonshire* verantwortlich war. Die Niedertracht dieses Mannes hatte da schon ihre häßliche Fratze gezeigt, aber nichts hätte Bond auf die Grausamkeit vorbereiten können, die Carver jetzt offenbart hatte.

Er verfluchte sich selbst, daß er Paris in die Sache hineingezogen hatte. Er hatte sie angelogen, als sie ihn gefragt hatte, ob er sie nur verführen wolle, um die Geheimnisse ihres Mannes aus ihr rauszupressen – genau das war von Anfang an sein Plan gewesen. Er hatte Paris Carver gut genug gekannt, um voraussagen zu können, daß sie erneut von ihm fasziniert sein und sich ihm hingeben würde. Allerdings hatte er nicht eingeplant, daß ihre Ehe ruiniert war, und er hatte nicht davon ausgehen können, daß sein Auftauchen der Auslöser dafür sein würde, daß Paris Carver ihren Mann verließ.

»Ich habe Ihren Kopf genau im Visier«, sagte eine sanfte Stimme aus der Richtung des Badezimmers. »Lassen Sie bitte langsam Ihre Waffe fallen.« Der Mann hatte einen deutschen Akzent.

Bond gehorchte.

»Jetzt legen Sie sich neben Mrs. Carver aufs Bett und gucken Sie die Nachrichten.«

Bond tat es und blickte finster auf den Bildschirm.

Die Moderatorin sagte eben: »Ein Sprecher von Elliot Carver – der auf dem Weg zum CMGN-Zentrum in Saigon ist – sagte, Carver stehe unter Schock.«

»Mein Name ist Dr. Kaufman«, sagte der Mann im

Badezimmer. »Ich bin ein exzellenter Pistolenschütze, darauf gebe ich Ihnen mein Wort.«

Bond blieb keine andere Wahl, als ihm zu glauben. Aus den Augenwinkeln sah er, daß Dr. Kaufmann auf einem der Stühle aus dem Schlafzimmer saß und eine Waffe in den Händen hielt, bei der es sich um eine Heckler & Koch-Pistole vom Typ P7 K3 mit Schalldämpfer zu handeln schien. Kaufman schien in den Vierzigern zu sein und trug eine Brille. Er war groß und schlank, und sein Haar lichtete sich. Seine Augenlider hingen herab, und das verlieh ihm einen eindringlichen, unheimlichen Blick, der nahelegte, daß es sich bei ihm um einen psychopathischen Mörder handelte, der zu allem fähig war. Für einen Sekundenbruchteil dachte Bond, daß der Mann seinem Londoner Zahnarzt ähnelte.

Kaufman hatte Paris getötet, und er gehörte wahrscheinlich zu der Sorte von Psychopathen, die ihre Taten genossen. Bond schwor sich, daß dieser Mann das Hotel nicht lebend verlassen würde. Während er die Fernsehnachrichten verfolgte, nutzte er die Zeit, alle Möglichkeiten zu bedenken. Wie ein Schachspieler erwog er alle denkbaren Züge und Gegenzüge. Im richtigen Moment würde er handeln.

Die Männer vom CMGN-Sicherheitspersonal standen um Bonds BMW herum, der Schleppzug parkte in der Nähe. Aber es gab ein Problem. Wann immer einer der Männer den Wagen berührte, bekam er einen heftigen elektrischen Schlag.

Stamper beobachtete sie vom Dach des gegenüberliegenden Hauses und fragte sich, warum, zum Teufel, die Kerle so lange brauchten. Dann richtete er sein Fernglas auf den Haupteingang des Hotels und sah, daß zwei Hamburger Polizisten mit zweien seiner Männer sprachen, die er dort postiert hatte. Verdammt, die Bullen waren zu schnell am Hotel angekommen! Seine Männer mußten den BMW aufbrechen, bevor die Polizisten in der Hotelsuite waren.

Stamper brüllte Befehle in sein Walkie-talkie.

Einer der Männer neben dem BMW befolgte seine Anweisungen. Er holte einen Hammer aus dem Schleppzug und knallte ihn gegen das Seitenfenster des Autos, das aber völlig intakt blieb. Der Mann gab einem anderen einen Befehl, der daraufhin seine Pistole zog und auf das Fenster schoß. Die Kugeln prallten ab, und die Querschläger hätten sie fast selbst getroffen.

Fasziniert sah Bond sich die Nachrichtensendung an. Sie brachte eine vollständige Story, in der Details von Ereignissen präsentiert wurden, die noch gar nicht stattgefunden hatten.

»Die Polizei hat außerdem die Leiche eines Mannes gefunden, von dem sie annimmt, daß er der Bewohner der Hotelsuite war«, verkündete Tamara. »Er hat sich selbst erschossen. Die Polizei weigert sich, Spekulationen über das Motiv für den Mord und den Selbstmord anzustellen. Alle CMGN-Mitarbeiter möchten ihre tiefsten ...«

Dr. Kaufman schaltete den Fernseher aus. »In einer Stunde wird dieser Beitrag gesendet. Die Polizei ist bereits auf dem Weg zum Hotel.«

»Die Nachrichten von morgen – schon heute«, sagte Bond.

Er zwang sich zum Nachdenken und blickte sich im Zimmer um. Der gute Dr. Kaufman war zu weit entfernt, um ihn zu attackieren. Und wenn der Mann ein so guter Schütze war, wie er behauptete ...

»Sie schien doch ziemlich intelligent zu sein«, sagte Dr. Kaufman. »Aber sie hat ihre Schwester in New York angerufen. Wußte sie denn nicht, daß der Satellit, über den die Telefongespräche nach Übersee vermittelt werden, ihrem Mann gehört?«

»Wenn Sie mich von da erschießen, wird das Ganze nicht nach einem Selbstmord aussehen.« Bond brauchte mehr Zeit zum Überlegen. Vielleicht konnte er den Mann in ein Gespräch verwickeln.

»Ich bin Professor, und mein Spezialgebiet ist die Gerichtsmedizin. Glauben Sie mir, ich kann Sie von hier aus erschießen und die richtigen Pulverspuren und die Versengungen um die Wunde herum später anbringen.«

»Das ist also Ihr Hobby.«

»Mit Sicherheit nicht.« Dr. Kaufman schien beleidigt zu sein. »Ich werde sehr gut bezahlt und arbeite auf der ganzen Welt. Meine Spezialität besteht darin, Prominenten eine Überdosis zu verpassen. Nun ... Mr. Stamper! Hören Sie auf, mir ins Ohr zu bellen!«

Bond brauchte eine Sekunde, um zu begreifen, daß Stamper in Kaufmans Kopfhörer-Walkie-talkie sprach.

»Sie scherzen wohl?« fragte Dr. Kaufman. »Natürlich nicht ... Okay, ich werde ihn fragen.« Sein Gesichtsausdruck verriet, daß die Welt voller Idioten und er der einzige Mensch mit Verstand war. »Diese Sache ist wirklich unangenehm«, sagte er zu Bond. »Sieht ganz so aus, als ob man ein rotes Kästchen aus Ihrem Auto braucht, aber man schafft es nicht, die Alarmanlage des Wagens abzustellen. Sie wollen, daß ich dafür sorge, daß Sie sie ausschalten. Ich weiß nicht, was ich sagen soll, ich komme mir wie ein Idiot vor. Eine Alarmanlage!«

Perfekt! dachte Bond. »Um aufrichtig zu sein, das Ganze ist ein bißchen kompliziert«, sagte er.

»Ich werde Sie foltern, wenn Sie nicht gehorchen.«

»Haben Sie auf diesem Gebiet auch einen Doktor gemacht?«

»Nein.« Kaufman grinste breit. »*Das* ist ein Hobby. Aber ich bin sehr talentiert.«

»Ich glaube Ihnen. Die Alarmanlage wird über mein

Handy gesteuert. Ich werde ...« Bond griff nach seinem Jackett, das auf dem Boden lag.

»Nein, nein«, sagte Kaufman und richtete die Waffe auf ihn. »Ich werde das selbst erledigen.«

Vorsichtig wahrte Kaufman die Distanz zu Bond, hob das Jackett auf und zog das Handy hervor.

»Also gut, was muß ich machen?« fragte er. »Und keine Tricks.«

»Drücken Sie die Tasten ›Recall‹, ›Drei‹ und ›Senden‹«, sagte Bond.

Dr. Kaufman blickte Bond an und beschloß, daß sich der Befehl harmlos genug anhörte. Langsam drückte er die drei Tasten – und die in das Handy eingebaute Elektroschockfunktion wurde aktiviert. Kaufman ächzte und ließ das Handy fallen, während Bond vom Bett hochschoß. Er packte die Hand, in der Kaufmann die Waffe hielt. Sie fielen auf den Boden und rollten hin und her. Kaufmann war drahtig und schnell und hinderte Bond daran, als erster auf die Füße zu kommen. Bond attackierte ihn, und sein Gegner fiel auf das Bett zurück. Schnell sprang Bond auf ihn und ergriff erneut die Hand mit der Pistole, aber diesmal hielt er sie fest. Er war stärker und drehte Kaufmans Hand unerbittlich herum, bis die Mündung der Waffe auf Kaufmanns Kopf zeigte.

»Warten Sie«, flehte Kaufman. »Tun Sie es nicht. Ich erledige doch nur meinen Job.«

»Ich auch«, sagte Bond.

Der Schuß krachte, und Kaufmanns Kopf war nur noch eine blutige Masse.

Bond stand auf. In der Regel tötete er nur ungern. Er war einige Male dazu gezwungen gewesen, und es hatte auch ein paar Fälle gegeben, wo man ihm die Weisung erteilt hatte, jemanden kaltblütig zu liquidieren. Bond erledigte seine Pflicht immer effizient und effektiv, aber das Töten machte ihm keinen Spaß. Nur einige wenige Male während seiner legendären Karriere hatte er sich wirklich gut gefühlt, wenn er jemanden umgebracht hatte, nämlich dann, wenn er das Gefühl hatte, daß das Opfer den Tod wirklich verdiente – und dies war so ein Fall. Seine Tat würde Paris nicht wieder lebendig machen, aber er hatte die Rechnung wenigstens teilweise beglichen.

Er ließ die Waffe fallen und wischte sich mit Kaufmans Jackett das Blut vom Gesicht. Dann sah er Paris ein letztesmal an, beugte sich traurig über sie und küßte zärtlich ihre Lippen.

Da hörte er ein lautes Klopfen an der Tür der Hotelsuite. Draußen standen die beiden Hamburger Polizisten, die ihn auf deutsch anbrüllten, die Tür zu öffnen, aber als sie sie aufgebrochen hatten, war außer den beiden Leichen niemand mehr da.

Bond war auf den Balkon hinausgeschlüpft. Der Abstand zu einem darunter gelegenen Balkon war nicht groß, und nach einem weiteren Sprung befand er sich auf dem Dach des Parkhauses hinter dem Hotel.

Stamper beobachtete Bonds Flucht durch sein Fernglas und rief Befehle in sein Walkie-talkie.

Bond sprintete die Treppe hinab und rannte dann über die Rampe auf seinen Wagen zu. Er hielt inne, als er sah, daß die Männer vom Sicherheitspersonal immer noch versuchten, den BMW aufzubrechen. Er zog sein Handy hervor und drückte eine Taste.

Aus dem BMW entwich eine dichte Tränengaswolke, die die Männer einhüllte. Würgend und keuchend entfernten sie sich von dem Auto. Doch einige andere Gangster, die etwas weiter entfernt standen, bemerkten Bond und zogen ihre Waffen. Bond drückte eine andere Taste seines Mobiltelefons, und der Motor des Wagens sprang an.

Mit eingeschalteten Scheinwerfern glitt der Wagen im Rückwärtsgang aus der Parklücke und trieb die würgenden Männer auseinander. Dann wurde automatisch der Gang gewechselt, und das Auto schoß genau in dem Moment auf Bond zu, als die Männer zu schießen begannen. Bond kauerte sich hinter der kugelsicheren Karosserie des Wagens nieder.

Eine weitere Kugel prallte gefährlich nah neben ihm ab. Bond wandte sich um und sah einen Wachtposten, der hinter ihm die Auffahrt hinabkam. Er öffnete die Tür und kroch in den Fond, während die Kugeln gegen die Außenwand des Wagens hagelten.

Bond aktivierte die Fernsteuerungsfunktion seines Handys. Auf dem kleinen Monitor des Geräts sah er den vorderen Teil des Autos. Er legte den Gang ein und fuhr die Auffahrt hinab, während er weiter auf dem Rücksitz lag.

Die Wachtposten waren gezwungen, zur Seite zu springen, als der BMW hinunterschoß, und Bond nutzte die Gelegenheit, während der Fahrt auf den Vordersitz zu klettern. Er schaltete den GPS-Bildschirm am Armaturenbrett ein, der sofort den Weg des Autos durch das Parkhaus anzeigte. Durch die Unterstützung dieses Geräts konnte er Kurven und Hindernisse orten, bevor er sie sah. Er erkannte auf der elektronischen Karte, daß sich hinter ihm ein Fahrzeug befand, daß ihn mit großer Geschwindigkeit verfolgte. Ein paar Sekunden später sah Bond die schwarze Limousine im Rückspiegel. Auf beiden Seiten lehnten Männer aus den Fenstern und feuerten mit ihren Pistolen auf ihn. Einer von ihnen hatte eine MP5K-9 mm-Maschinenpistole und schoß damit wie wild auf den BMW.

Bond jagte um eine Kurve, streckte die Hand aus und betätigte einen Schalter am Armaturenbrett. An der Rückseite des Wagens öffnete sich eine kleine Luke, aus der sich ein Schwall von Metallnägeln ergoß.

Die Limousine nahm die Kurve und fuhr über die Nägel. Alle vier Reifen wurden sofort durchbohrt, und der Wagen raste gegen die Wand. Die Köpfe der Wachtposten knallten gegen die Windschutzscheibe, die zerbrach und wie ein Spinnennetz aussah.

Erleichtert fuhr Bond weiter. Die 5,4-Liter-Maschine mit 322 PS vom Typ SOHC V-12 erlaubte es ihm, den BMW in 6,6 Sekunden von null auf einhundert Kilometer pro Stunde zu beschleunigen. Neben den speziellen Veränderungen, die Q vorgenommen hatte, war das Auto mit Spezialreifen, Halogenscheinwerfern, Ledersitzen und zwei Airbags ausgerüstet.

Der BMW jagte auf die nächste untere Ebene zu, als ein Wagen aus der Richtung der Kurve vor ihm auf ihn zuraste. Bond betätigte einen weiteren Schalter am Armaturenbrett.

Eine Rakete schoß aus der Frontseite des Autos hervor. Sie warf den Wagen von der Fahrbahn. Er knallte gegen die Decke und landete mit der Unterseite nach oben auf den geparkten Autos.

Bond erreichte das Erdgeschoß des Parkhauses und fuhr auf die Ausfahrt zu. Plötzlich begannen sich die Stahlrolläden zu senken – gleich würde der Ausgang versperrt sein.

Bond beschleunigte und drückte erneut auf den Schalter am Armaturenbrett. Eine weitere Rakete traf die Stahlrolläden, beulte sie aber lediglich ein.

Er trat auf die Bremse und riß das Steuer herum. Der Wagen drehte sich einmal um die eigene Achse und kam mit der Rückseite unmittelbar vor den Stahlrolläden zum Stehen. Das war knapp gewesen. Jetzt blieb ihm keine andere Wahl, als die Auffahrt des Parkhauses wieder hochzurasen.

Carvers Männer sammelten sich hinter den Nägeln, die Bond ausgestreut hatte. Sie waren sicher, daß sie ihn jetzt kriegen würden, und brachten ihre Waffen in Anschlag, als sie hörten, daß sich der BMW näherte.

Das Auto tauchte mit großer Geschwindigkeit auf der Ebene des Parkhauses auf, wo sie auf ihn warteten, und Bond jagte direkt über die Nägel. Die Reifen verloren Luft, aber der Wagen fuhr weiter, während sie sich automatisch wieder aufpumpten. Erneut hatte ihm eine von Q's Erfindungen das Leben gerettet. Die Männer sahen ungläubig zu und eröffneten dann hinter ihm das Feuer.

Der BMW fuhr die Auffahrt hoch und zwang die Wachtposten, zur Seite zu springen.

Als Stamper hörte, was in dem Parkhaus geschah, brüllte er in sein Walkie-talkie. Ein Mann auf der vierten Ebene folgte seinem Befehl und öffnete eine große Stahlkiste. Er zog einen tragbaren Raketenwerfer hervor, lud ihn und baute sich direkt unter der Rampe auf, die ins fünfte Stockwerk hinaufführte. Dann richtete er den Raketenwerfer auf das hintere Ende des Bodens, bereit, sofort auf den Abzug zu drücken, wenn er Bonds Wagen sah. Der BMW kam die Rampe hinaufgeschossen und fuhr auf ihn zu. Der Gangster zielte genau und feuerte die Rakete ab.

Bond sah den Mann am anderen Ende des Stockwerks, während er die Auffahrt hinaufjagte. Das GPS-Gerät auf dem Armaturenbrett blinkte, und die elektronische deutsche Stimme verkündete: »Raketenangriff. Steuern Sie bitte nach rechts.«

Bond riß das Lenkrad in einem Reflex nach rechts herum. Die Rakete flog an dem Wagen vorbei und demolierte einen geparkten Jaguar, während Bonds Wagen auf der Rampe vor dem Schützen verschwand.

Die Wachtposten zwängten sich in zwei weitere Wagen und rasten hinter ihm her.

Sobald Bond im fünften Stockwerk angekommen war, wo sich niemand von seinen Gegnern aufhielt, verlangsamte er das Tempo und öffnete die Tür. Er drehte den Knopf des Kombinationsschlosses, zog die Tür des Safes auf und nahm das rote Kästchen heraus. Dann sprang er aus dem Wagen, rollte sich ab und ging zwischen zwei Autos in Deckung. Mit der Fernsteuerung lenkte er den Wagen weiter die Rampe hinauf. Die Verfolger rasten an Bond vorbei und fuhren dem BMW hinterher, ohne zu bemerken, daß Bond nicht mehr im Wagen saß.

Er drückte eine Taste der Fernbedienung und feuerte magnetische Blitzgranaten ab, die aus der Rückseite des BMW hervorschossen. Der erste Wagen explodierte, und der zweite schoß mit einem ohrenbetäubenden Krach in ihn.

Der BMW fuhr aufs Dach und direkt auf das Geländer zu. Bond beschleunigte und sah dann, wie die Anzeige des Monitors auf seinem Handy erlosch.

Mit voller Geschwindigkeit durchbrach der Wagen das Geländer und stürzte vom Dach des Parkhauses. Er schwebte durch die Luft und krachte sechs Stockwerke tiefer ins Schaufenster eines Avis-Autoverleihs.

Die Straße war plötzlich äußerst belebt – Fußgänger rannten umher und schrien, die Autos hielten auf der Straße, und in der Ferne hörte man Polizeisirenen.

Auf dem Dach des Parkhauses sprangen Bonds Gegner aus ihren Limousinen und rannten auf das durchbrochene Geländer zu. Sie starrten auf das BMW-Wrack hinab. Wo war der Fahrer? Was, zum Teufel, war geschehen?

Bond klappte sein Handy zu, steckte es neben das rote Kästchen in die Tasche und schlich vorsichtig die Treppen des Parkhauses hinab. Er erreichte die Straße, als eben die Polizei eintraf und sich die Neugierigen um das Autowrack zu versammeln begannen. Unter ihnen war eine Frau in einem Avis-Jackett.

Bond ging auf sie zu und zog den Vertrag für seinen Mietwagen aus der Jackentasche. »Ich habe die Schlüssel im Auto gelassen«, sagte er.

Die Frau starrte ihn verdutzt an, während er sich entfernte. Stamper beobachtete vom Dach des Gebäudes auf der gegenüberliegenden Straßenseite durch sein Fernglas, wie Bond davonspazierte. Er konnte es nicht verhindern – keiner seiner Männer antwortete, wenn er ins Walkie-talkie sprach.

Zum Teufel, er haßte es, seinem Boß schlechte Nachrichten überbringen zu müssen.

9
Carver

Elliot Carver nahm sechshundert Milligramm seines Schmerzmittels ein und spülte die Tabletten mit einem Schluck Gin hinunter. Sein Problem beim Fliegen bestand darin, daß er gerne gähnte und Kaugummi kaute, um gegen den Druck auf die Ohren anzukämpfen, und beides verschlimmerte seine Kieferbeschwerden. Er schloß die Augen und massierte sich die Wangen mit den Händen. Seine Kiefermuskeln waren angespannt und hart wie Nägel.

Carver und seine engsten Mitarbeiter saßen in einem Privatjet vom Typ British Aerospace 125 Corporate 800B, der für die Flüge zwischen Deutschland und Saigon benutzt wurde. Die Reise war unangenehm, aber Carver hatte sie schon viele Male zurücklegen müssen. Gewöhnlich befahl er dem Piloten, in Bombay einen Zwischenstopp für eine Atempause einzulegen. Das Flugzeug hatte gerade den indischen Luftraum erreicht.

Während er durch das Fenster auf die Wolken blickte, die vor dem Hintergrund des strahlendblauen Himmels dahintrieben, versuchte Carver, ein paar melancholische Gefühle heraufzubeschwören. Paris lebte nicht mehr, seine Frau war tot. Es war merkwürdig, daß er nicht mehr Trauer empfand, sosehr er sich auch bemühte. Vielleicht war er ihrer wirklich überdrüssig geworden. Die Entscheidung, sie von Stamper beseitigen zu lassen, war ihm nicht so schwergefallen, wie er gedacht hatte.

Und überhaupt, sie war eine verlogene, untreue Hure gewesen, die es mit dem Feind getrieben hatte.

Kaltblütig strich Carver Paris aus seinen Gedanken und Gefühlen. Sie war wundervoll gewesen, solange es gut lief, aber es war nicht lange gutgegangen. Er hatte sie geheiratet, weil sie gut aussah und sie sich sexuell verstanden. Er würde andere Frauen finden, die an ihre Stelle traten. Elliot Carver konnte sie sich aussuchen – schließlich war er auf dem besten Wege, der mächtigste Mann der Welt zu werden.

Wenn ihn sein Vater jetzt sehen könnte, dachte er. Lord Rovermann, der schlimmste aller Bastarde ... Ach, sollte er doch in der Hölle verschmoren ...

Vor vielen Jahren hatte ein auf Kinder spezialisierter Psychologe Carver erklärt, daß er an einem ›Vaterkomplex‹ leide und sich deshalb in der Schule danebenbenehme und jüngere Kinder tyrannisiere. Er hungere danach, Aufmerksamkeit zu erregen. Damals verstand Carver nicht, was das mit seinem Vater zu tun hatte, weil er ihn ja nie sah. Sein Vater tat so, als ob sein Sohn nicht existieren würde. Carver hatte den alten Mann zwingen müssen, ihm Aufmerksamkeit zu schenken, aber das hatte er erst viele Jahre später erreicht.

Heute verstand Carver die Diagnose des Psychiaters. Jetzt war er ein erwachsener, erfahrener Mann und konnte die Probleme auf einer intellektuellen Ebene durchdenken. Ihm war klar, daß die Tatsache, daß er seine leibliche Mutter nie kennengelernt hatte, weil sie bei seiner Geburt gestorben war, einen Einfluß auf seine gefühlsmäßige Entwicklung gehabt haben konnte. Jetzt verstand er, daß seine Gier nach Macht, Ruhm und Geld in Wirklichkeit sein Weg war, zu einem Vater zurückzufinden, der ihn zuerst in die Welt gesetzt und dann verlassen hatte.

Um Himmels willen, dachte Carver, dieser Mann hat mich als kleines Kind einer armen chinesischen Familie überlassen und ihr fünfzig Pfund gezahlt, damit sie das nutzlose, ungewollte Kind aufnahm. Und seine Frau –

seine *verstorbene* Frau – hatte ihn oft gefragt, warum er immer so ›verbittert‹ sei!

»Warum bist du immer so ein Nörgler?« hatte sie mit ihrem Neuengland-Akzent gefragt.

»Und warum benimmst du dich immer wie eine Hure?« hatte er dann erwidern wollen. In einer Nacht, als er die Beherrschung verloren hatte, hatte er diese Worte schließlich ausgesprochen. Damals hatte er sie zum erstenmal geschlagen. Sie hatte ihn nie wieder ›Nörgler‹ genannt.

Er gab seinem Vater die Schuld für alles. Und warum auch nicht? Er war ein geeigneter Sündenbock. Zum erstenmal seit etlichen Jahren beschäftigte sich Elliot Carver in Gedanken mit den schicksalhaften Ereignissen des Jahres 1974.

Elliot Carver war damals ein erfolgreicher Fernsehmoderator in Hongkong gewesen und in der Kronkolonie zu einer Art Berühmtheit geworden. Man hielt ihn für sehr attraktiv und hatte ihm den Spitznamen ›König des Fernsehens‹ verliehen. Vier Jahre vor seinem dreißigsten Geburtstag hatte er jene chinesische Familie, die ihn aufgezogen hatte, längst verlassen und versuchte es auf eigene Faust. Er lebte bescheiden in einer Wohnung im Wanchai-Bezirk der Insel.

Frauen waren kein Problem für ihn, wenn er auch feststellen mußte, daß sie ihn nach einer Weile langweilten. Er hatte nie eine feste Freundin und verspürte nicht den Wunsch zu heiraten, aber seine elegante Bildschirmpräsenz und sein Prominentenstatus sorgten dafür, daß er sich die Frauen immer aussuchen konnte. Er nutzte sie aus und war manchmal nicht besonders nett zu ihnen. Einmal befand er sich in einer schwierigen Situation, als ihn eines der Mädchen aus dem Sekretariat des Fernsehsenders der sexuellen Belästigung beschuldigte, aber das war lange vor der Zeit geschehen, als man solche Vorwürfe ernst nahm. Man hatte der Frau nahegelegt, die Anklage fallenzulassen oder sich einen anderen Arbeitsplatz zu suchen. Schließlich hatte sie Hongkong verlassen.

Erst mit vierzehn Jahren hatte Carver etwas über seine leiblichen Eltern erfahren. Seine Pflegeeltern hatten das Thema nie angeschnitten, aber eines Tages hatte er sie gefragt. Schließlich war er nicht Chinese wie sie. Also erzählten sie ihm, daß seine Mutter bei seiner Geburt gestorben war und daß sein Vater, der nicht in der Lage gewesen war, ihn selbst großzuziehen, sie gebeten hatte, Elliot zu adoptieren. Ein paar Jahre später fand Carver die volle Wahrheit heraus. Als sein Pflegevater im Sterben lag, verlangte er, daß er ihm alles erzählte, und der alte Mann tat es. Er berichtete, daß seine Frau und er nur fünfzig Pfund erhalten hatten, eine Summe, die sie zu dieser Zeit dringend benötigt hatten. Außerdem hatte Elliots leiblicher Vater sie zu dem Versprechen genötigt, seine Identität nicht preiszugeben.

»Wie heißt er?« wollte Carver wissen.

Lord Roverman. *Der* Lord Roverman, der ein Dutzend englischer Zeitungen besaß. Er und seine Frau hatten zwei erwachsene Töchter. Lord Roverman war ein wohlhabender Konservativer.

Weitere Untersuchungen über das Schicksal seiner Mutter ergaben, daß sie eine Prostituierte deutscher Herkunft gewesen war, die in demselben Wanchai-Bezirk gearbeitet hatte, wo Carver später wohnte. Die arme Frau war während seiner Geburt eines schmerzvollen Todes gestorben. Lord Roverman hatte offenkundig versucht, sein Zeitungsimperium nach Hongkong auszudehnen, und über ein Jahre in der Kronkolonie gearbeitet. Er hatte seine Frau mit einer Prostituierten betrogen, die schwanger geworden war. Bei der Geburt war Roverman dabei. Nachdem seine Geliebte gestorben war, hatte er Vorbereitungen getroffen, für Elliots Adoption zu zahlen.

Als er all dies erfahren hatte, war Carver in einem Abgrund von Depressionen versunken. Er wurde immer schwieriger und wurde in der Schule für ›ungebärdig‹ gehalten. Danach geriet er unausweichlich mit dem Gesetz in Konflikt, und man zwang ihn, sich einem Jugendgericht zu stellen. Die Depression begleitete ihn, bis er einundzwanzig Jahre alt wurde. Dann absolvierte er zu seiner eigenen Überraschung erfolgreich einen College-Kurs, der sich mit dem Medium Fernsehen befaßte. Er sprach bei einem Sender wegen eines Jobs vor und wurde für den Wetterbericht eingestellt, aber nach weniger als einem Jahr war er der Top-Moderator.

Elliot Carver hatte den Beruf gefunden, für den er geschaffen war. Die ersten Jahre waren finanziell lukrativ, aber er wurde ruhelos, weil er nicht zufrieden war. Er dachte oft an seinen Vater, an dessen gigantischen Reichtum und die geschäftlichen Möglichkeiten, die eigentlich ihm zugestanden hätten. Warum sollte er nicht am Imperium seines Vaters teilhaben? Was hätte er, Elliot Carver, mit einer solchen Macht nicht alles anfangen können? Er könnte weitermachen und etwas Größeres, Einflußreicheres und Wichtigeres aufbauen.

Er war besessen von der Idee, seinen Vater zu besuchen und ihm die Erfolgsgeschichte seines vergessenen Sohnes zu erzählen. So reiste er im Jahr 1974 nach England, ohne den alten Mann, mit dem er nie gesprochen hatte, von seiner Ankunft zu informieren.

Elliot kannte einen Deutschen namens Hans Kriegler, der in Hongkong lebte. Er war ein dünner und drahtiger Mann, der in einer schäbigen Bar arbeitete, die vor allem von Soldaten und Seeleuten, aber auch von Kriminellen besucht wurde. Elliot ging aus verschiedenen Gründen dorthin – hauptsächlich wegen der Frauen, aber auch auf einen gelegentlichen Drink. Dort lernte er Kriegler kennen, dessen Job darin bestand, für ›Sicherheit‹ zu sorgen. Tatsächlich war er ein Verbrecher. Er gab freimütig zu, daß er ein bewundernswert geschickter Dieb und Schmuggler war, aber mit größter Wahrscheinlichkeit war er auch ein Killer. Letzteres gestand er zwar nie ein, aber er gab verschmitzt zu verstehen, daß er zu solchen Taten fähig sei. Carver glaubte ihm, und Kriegler genoß es, der Freund eines berühmten Nachrichtenmoderators zu sein.

Bevor er nach England reiste, bat Elliot Carver Kriegler um Hilfe und fragte, ob er jemanden in England kennen würde. Konnte er ihm irgendwie helfen, an seinen Vater ›heranzukommen‹? Hatte er sonst noch irgendwelche Ideen?

Kriegler zog ihm die ganze Geschichte aus der Nase und dachte darüber nach. »Hast du schon an Erpressung gedacht?« fragte er Carver. Der Deutsche entwarf einen Plan und gab Carver den Namen eines Mannes, den er kontaktieren konnte.

Als Carver in England eingetroffen war, glaubte er, daß er es erst auf dem direkten Weg versuchen sollte. Er suchte Lord Rovermans Büro auf, stellte sich vor und fragte nach seinem Vater. »Lord Roverman hat keinen Sohn«, antwortete die Sekretärin. »Sie müssen sich irren.« Carver kritzelte eine Notiz nieder: »Ihr Sohn Elliot Carver aus Hongkong ist hier, um Sie zu treffen.« Er gab den Zettel der Frau und bat sie, ihn seinem Vater zu überbringen. Zehn Minuten später wurde er in Lord Rovermans Privatbüro gebeten.

Sein Vater entsprach nicht seinen Vorstellungen. Er schien gebrechlicher als auf den Fotografien zu sein und war älter, als er geglaubt hatte. Er stützte sich auf einen Stock, als er den Raum betrat, und setzte sich dann an den Schreibtisch.

»Was willst du?«

Kein ›Guten Tag‹ und kein ›Es ist schön, dich zu sehen, mein Sohn‹. Nichts dergleichen.

»Was ich will?« fragte Carver. »Ich bin nach England gekommen, um dich kennenzulernen.«

Lord Roverman schien unbehaglich zumute zu sein. »Jetzt hast du mich kennengelernt. Also, was willst du?«

»Wie kommst du darauf, daß ich irgend etwas will?« fragte Carver.

Roverman beugte sich vor. »Meine Frau und meine Töchter dürfen nichts von deiner Existenz wissen, verstanden? Niemand darf es wissen. Die Sache könnte mich ruinieren. Ich gebe dir tausend Pfund. Du kehrst nach Hongkong zurück und kommst nie wieder hierher.«

Carver kochte. »Du glaubst wirklich, daß du wieder nur etwas Geld springen lassen mußt, um mich ein zweites Mal loszuwerden? Tut mir leid, *Vater*, aber diesmal ist es nicht so einfach.«

Carver stand auf und verließ den Raum. Das war das letztemal, daß er seinen Vater lebend gesehen hatte.

Hans Kriegler hatte Carver einen anderen Deutschen empfohlen, einen Schurken, der überall nur als ›Mr. Schnitzler‹ bekannt war. Mr. Schnitzler war ein Mann mit dubioser beruflicher Vergangenheit, und er verdiente sich seinen Lebensunterhalt angeblich damit, daß er gestohlenen Schmuck verhökerte. Damals lebte ein deutscher Teenager namens Stamper bei Schnitzler. Stampers Eigenartigkeit beeindruckte Carver sofort. Er war nicht ganz normal im Kopf, besaß aber eine Ausstrahlung, die Carver erschauern ließ. Sein Blick verhieß Gefahr, und Carver hatte das nie vergessen.

Schnitzler beauftragte Stamper, Lord Roverman einige Tage lang zu folgen, und der Junge kam mit ein paar interessanten Informationen zurück. Es sah ganz so aus, als hätte der gute Zeitungsbaron nicht nur eine Ehefrau in Mayfair, sondern auch eine Mätresse in Soho. Sie machten einige Schnappschüsse von Lord Roverman, als er die Wohnung der anderen Frau betrat und verließ.

Carver dachte, daß dies ein Anfang wäre, aber irgendwie war ihm das Ganze nicht rufschädigend genug. Er wollte etwas wirklich Skandalöses herausfinden. Konnten sie mehr herauskriegen, wenn sie sich die Mätresse vornahmen? Hatte Roverman irgendwelche ungewöhnlichen Vorlieben?

Schnitzler knöpfte sich die Mätresse vor, ein Barmädchen aus der Unterschicht, die gelegentlich auch als Prostituierte arbeitete. Ihre Loyalität gegenüber Lord Roverman schien nicht besonders ausgeprägt. Wenn man ihr genug Geld gab, würde man sie zur Zusammenarbeit überreden können. Sie gestattete es Schnitzler und Stamper für sechshundert Pfund, in ihrer Wohnung eine versteckte Kamera aufzubauen, und versicherte ihnen, daß sie den Lord bei einigen Handlungen ertappen würden, von denen *niemand* etwas wissen durfte.

Als Roverman ihr seinen wöchentlichen Besuch abstattete, lauerte der junge Stamper im Schlafzimmerschrank. Er hatte während seines kurzen Lebens schon einige wilde sexuelle Aktivitäten beobachtet, aber nichts, was sich hiermit vergleichen ließe. Lord Roverman hatte die Vorliebe, die Schuluniform eines Mädchens anzuziehen und sich von seiner strengen Mätresse schlagen zu lassen. Stamper nahm nicht nur ein paar Fotos auf, sondern machte auch einen zehn Minuten langen 8-mm-Film. Schon damals hatte Stamper sein Talent unter Beweis gestellt, denkwürdige Ereignisse zu filmen.

Schnitzler rief Lord Roverman eine Woche später im Büro an. Es dauerte etwas, bis er mit ihm persönlich verbunden wurde, aber dann hatte er den Zeitungsbaron am Apparat.

»Hallo, Roverman«, sagte er, wobei er sich den Titel sparte. »Ich wollte Sie nur wissen lassen, daß wir einige ziemlich kompromittierende Fotos von Ihnen und einer jungen Frau aus Soho haben. Sie ist rothaarig und hat einen sehr viel größeren Busen als Ihre Gattin ... Sie wissen, wen ich meine?«

Lord Rovermans Herz begann zu rasen. »Ja.« Mehr konnte er nicht sagen.

»Wie auch immer, ich bin sicher, daß Sie nicht wollen, daß Ihre Frau diese Fotos sieht, oder?«

»Nein.«

»Nun gut, dann müssen wir dafür sorgen, daß es nicht soweit kommt. Oh, das hätte ich beinahe vergessen – wir haben auch einen kleinen Film gedreht, ungefähr zehn Minuten lang. Wo haben Sie denn die Schülerinnenuniform in Ihrer Größe her? Muß wohl maßgeschneidert sein, oder?«

Diesmal antwortete der Lord nicht.

»Ist auch nicht weiter wichtig«, sagte Schnitzler. »Wir bleiben in Kontakt.« Er legte auf. Carver saß ihm mit erwartungsfrohem Blick gegenüber.

»Jetzt hat er erst mal etwas, über das er nachdenken kann«, sagte Schnitzler. »Wir werden ihn ein paar Tage schwitzen lassen und dann wieder anrufen.«

»Und was ist, wenn er die Polizei benachrichtigt?«

»Das wird er nicht tun.«

Sie warteten eine Woche. Lord Roverman ging weiter seinen Geschäften nach, aber der Telefonanruf beschäftigte ihn doch sehr. Er konnte seiner Frau kaum in die Augen blicken, weil ihm klar war, daß die Offenbarung seiner Untreue sie zerstören würde. Als der nächste Anruf schließlich kam, erkannte Roverman die Stimme sofort. »Was wollen Sie?« fragte er.

»Wie kommen Sie darauf, daß wir etwas *wollen*?« fragte Schnitzler.

»Sie müssen irgend etwas wollen, ansonsten würden Sie so etwas nicht tun.«

»Das wäre ja Erpressung, mein guter Mann.«

»Es ist Erpressung, oder?«

»Überhaupt nicht. Wir wollen nur sicherstellen, daß diese Fotos und der Film nicht in die Hände der Presse gelangen.«

»Der Presse?« Jetzt war Lord Roverman wirklich beunruhigt. »Ich dachte, Sie drohen mir damit, sie meiner Frau zu zeigen.«

»Nun, Sir, wenn die Presse sie hat, *wird* Ihre Frau sie sehen, oder etwa nicht?«

»Bastard«, sagte Roverman leise.

Auch diesmal wurden noch keine Forderungen erhoben. Schnitzler legte auf und wandte sich Carver zu. »Gehen Sie zurück nach Hongkong. Wir werden eine Weile warten müssen, wenn die Sache funktionieren soll. Es ist am besten, wenn Sie sich nicht in England aufhalten.«

Carver kehrte also nach Hongkong zurück und nahm seinen Job als Fernsehmoderator wieder auf, während Schnitzler und sein junger Gehilfe Stamper Lord Roverman so lange bearbeiteten, bis der alte Mann bereit war, sein Lebenswerk durch eine Unterschrift preiszugeben. Die Instruktionen erreichten ihn in einem nicht adressierten weißen Umschlag. Man forderte Lord Roverman auf, sein Testament zu ändern. Nach seinem Tod sollte sein illegitimer Sohn Elliot Carver alleiniger Erbe des gesamten Zeitungsimperiums werden. Lord Roverman mußte innerhalb einer Woche eine Kopie des neuen Testaments an ein bestimmtes Postfach schicken.

Das war's dann also, dachte Roverman. Die Sünde, die er als Vater begangen hatte, hatte ihn schließlich eingeholt.

Roverman tat, was man ihm aufgetragen hatte. Die Wahrheit über seinen Seitensprung in Hongkong würde möglicherweise herauskommen, aber wenigstens würde die andere Geschichte im dunkeln bleiben. Auf lange Sicht, dachte er, zahlte er nur einen geringen Preis. Denn *er* würde schließlich tot sein, wenn der junge Carver seine Unternehmen erbte. Warum sollte es ihm dann noch etwas ausmachen?

Schnitzler erhielt die Kopie des Testaments und kündigte das Postfach sofort. Er informierte Carver in Honkong, daß alles erledigt war.

»Sehr gut. Jetzt kommt der nächste Schritt«, befahl Carver.

»Sie erinnern sich an unsere finanziellen Absprachen?« fragte Schnitzler.

»Natürlich. Aber ich kann Sie nicht bezahlen, bevor ich nicht die Kontrolle über seine Unternehmen habe, oder?«

Erneut schickte Schnitzler den jungen Stamper an die Arbeit. Erneut bestachen sie die Mätresse, die Roverman jetzt nicht mehr aufsuchte. Sie sollte mit dem Lord reden und ihn fragen, ob er nicht vorbeikommen und sie ein letztes Mal sehen wolle. Lord Roverman zögerte, aber sie hatte ihm irgend etwas ›Besonderes‹ versprochen. Die Versuchung war zu groß, und so willigte Roverman ein.

Als er eintraf, hatte sich Stamper bereits in der Wohnung versteckt. Die Eingangstür war seltsamerweise nicht verschlossen, sondern nur angelehnt. Roverman betrat die Wohnung und rief den Namen der Frau. Niemand antwortete. Er ging ins Schlafzimmer und sah seine Mätresse erwürgt auf dem Bett liegen.

Bevor er entsetzt den Rückzug antreten konnte, tauchte hinter ihm Stamper auf und preßte ihm eine Pistole gegen den Rücken.

»Umdrehen«, sagte der Deutsche.

Lord Roverman konnte nicht reden und gehorchte.

Stamper legte die Pistole neben dem alten Mann auf das Bett und sagte: »Der Boß glaubt, daß es für Ihren Ruf nicht besonders gut wäre, wenn Sie in den Mord an dieser Frau verwickelt wären. Ihre Fingerabdrücke befinden sich bereits auf der Eingangstür, und wir haben Beweise, daß Sie sie regelmäßig besuchten. Man könnte sie der Polizei so präsentieren, daß sie glaubt, daß die Frau Sie mit kompromittierenden Fotos und einem Film erpressen wollte. Wenn Sie glauben, daß es schlimm wäre, wenn die Welt erfahren würde, daß Sie gerne die Uniformen von Schulmädchen anziehen, was würde dann Ihrer Meinung nach passieren, wenn man Sie für einen Mörder hält?«

»Was haben Sie vor?« fragte Roverman.

»Ich lasse Ihnen die Pistole zur freien Verfügung hier«, sagte Stamper. Selbst in diesem jungen Alter war er schon ein kaltblütiger Verbrecher. »In der Waffe ist eine Kugel. Ich werde im Nebenraum warten.« Stamper stand auf, um das Zimmer zu verlassen, wandte sich aber noch einmal um. »Und versuchen Sie nicht, mich zu erschießen. Dann stünde ein weiterer Mord auf Ihrer Verbrechensliste.«

Stamper ging ins Wohnzimmer, zog die Handschuhe aus, setzte sich und las ein Männermagazin. Zehn Minuten später hörte er den Schuß aus dem Schlafzimmer.

Die hohen Polizeioffiziere, die den Fall untersuchten, waren persönliche Freunde Rovermans gewesen, und unterschlugen deshalb gegenüber der Presse bestimmte Informationen. Es wurde lediglich bekannt, daß Lord Roverman sich in der Wohnung einer Frau erschossen habe, die ›vermißt‹ werde. Und weil sich herausstellte, daß die Mätresse eine Prostituierte ohne Familienangehörige war, wurde der Mord an ihr vertraulich behandelt.

Innerhalb eines Monats erreichte Elliot Carver die Nachricht von seiner Erbschaft. Er flog nach London, verlieh seiner Trauer und Bestürzung Ausdruck und akzeptierte im Beisein von Rovermans Rechtsanwälten alle gesetzlich verbindlichen Dokumente und finanziellen Verpflichtungen, die sein neues Vermögen mit sich brachten. Es gab ein kurzes Treffen mit seiner Stiefmutter und seinen Halbschwestern, die vollkommen überrascht darüber waren, daß Roverman sein Testament geändert und seine sämtlichen Unternehmen einem Sohn vermacht hatte, den er nie erwähnt hatte. Sie fochten das Testament an, aber die Gerichte entschieden schließlich in Carvers Sinn.

Noch vor seinem dreißigsten Geburtstag wurde Elliot Carver zu einem wohlhabenden Zeitungsbaron, und es war nur noch eine Frage der Zeit, bis er ein weltweites Imperium für mediale Kommunikation aufbauen und das Carver Media Group Network ins Leben rufen sollte.

Ihm war schon damals klargeworden, daß er die Macht mehr als alles andere liebte, aber er hatte erst kürzlich begriffen, daß es keine bessere Methode auf dem Weg zur Omnipotenz gab, als die Nachrichten zu manipulieren. Das war das perfekte Mittel, mit dem er die Einkünfte seiner Unternehmen und seinen persönlichen Reichtum vermehren konnte. Katastrophen, Aufstände und politische Konflikte verschafften Carver Newspapers die besten Schlagzeilen und Carver Television die höchsten Einschaltquoten. Der neue Zeichentrickfilm von Carver Films wurde in allen Bereichen seines Medienimperiums mit riesigem Aufwand beworben, und es würde keine Eltern auf der ganzen Welt geben, die sich nicht schuldig fühlten, wenn sie nicht Carvers Spielzeuggeschäfte und Spielparks aufsuchten. Micro-Carver-Software veröffentlichte mangelhafte Produkte, so daß die Kunden auf Jahre hinaus gezwungen waren, Upgrades zu erwerben. Carver Publishing profitierte von den Morden an Prominenten und den Opfern, die an einer Überdosis Drogen gestorben waren.

Es hatte eine Weile gedauert, aber schließlich hatte Carver seine Fähigkeit unter Beweis gestellt, daß er

Nachrichten *machen* und dann die Wahrnehmung der Weltbevölkerung beeinflussen konnte. Das verlieh ihm die Macht eines Gottes.

Die Maschine näherte sich dem Flughafen von Bombay, wo sie aufgetankt und ein kurzer Zwischenstopp vorgenommen werden sollte.

Carver wandte sich um und blickte Stamper an, der in seinem Sessel schnarchte. Dieser glückliche Bastard, dachte er. Er selbst konnte in einem Flugzeug nie schlafen und beneidete jeden, der damit keine Probleme hatte, sogar diesen Ganoven mit dem Spatzenhirn, den er zehn Jahre nach den Vorfällen in London als Chef seiner Sicherheitsabteilung eingestellt hatte. Obwohl Stamper keinen respektablen Intelligenzquotienten besaß, hatte er sich in vielerlei Hinsicht als nützlich erwiesen. Normalerweise setzte Stamper seine speziellen Talente sehr effektiv ein.

Und dennoch, diesmal hatte Stamper Mist gebaut. Dieser Spion namens Bond war in seine Büros eingedrungen und hatte seine Frau verführt, aber am schlimmsten war, daß er entkommen war. Bond war einfach cleverer gewesen, das war's. Nun gut, dachte er, Elliot Carver ist noch cleverer. Er würde dem Agenten vom MI6 einen Schritt voraus sein.

»Stamper!« brüllte er.

Der Deutsche schreckte aus dem Schlaf hoch. »Was gibt's?«

»Ich weiß, wo Bond als nächstes auftauchen wird«, sagte Carver. »Und ich will, daß Sie ihn dort treffen.«

10
Vom Himmel ins Meer

Der SH-3-Sea-King-Helikopter der United States Air Force kreiste in der Luft, bis der Pilot eine Landeerlaubnis erhielt. Der Hubschrauber wird in Großbritannien gebaut und ist ein sehr erfolgreiches Modell – bei Rettungseinsätzen, aber auch als Passagiermaschine für Führungskräfte. Die Maschine glitt langsam hinab und setzte schließlich auf einer vom Hauptgeschehen in der Militärbasis abseits gelegenen Landepiste auf. Ein Trupp von Militärpolizisten der Air Force und zwei Zivilisten salutierten, während sie den Prominenten erwarteten, der mit dem Hubschrauber gekommen war.

James Bond war lange nicht in Japan gewesen, und Okinawa hatte er zuvor erst einmal besucht. Als er jetzt aus dem Helikopter stieg, trug er eine Uniform der Royal Navy – obwohl er offiziell zur Reserve gehörte, hatte er immer noch den Rang eines Commanders. Er erwiderte den Salut der Militärpolizisten, während er mit der linken Hand Guptas rotes Kästchen festhielt.

»Rührt euch!« brüllte der Sergeant.

Einer der beiden Zivilisten, ein großer Mann in einem Anzug, den man sofort für ein Mitglied der CIA halten mußte, trat vor.

»He, Jim! Sie stehen schwer in meiner Schuld, Kumpel«, sagte er mit breitem Südstaatenakzent.

Bond gab dem Texaner Jack Wade die Hand. Sie hatten früher in Rußland zusammengearbeitet. Trotz der verbreiteten Annahme, daß MI6 und CIA nicht miteinander klarkamen, machte es Bond Spaß, mit seinen amerikanischen Kollegen zusammenzuarbeiten. Felix Leiter, sein engster Freund hier, hatte einst für die CIA gearbeitet. Sie waren ein gutes Team gewesen, und Bond konnte sich selbst dann noch auf Leiters Hilfe verlassen, nachdem der die CIA verlassen und für Pinkertons Detektivagentur gearbeitet hatte. Es war eine Weile her, seit Bond ihn zum letztenmal gesehen hatte, weil Leiter sich bereits teilweise zur Ruhe gesetzt hatte und als freier Mitarbeiter irgendwo in Texas arbeitete.

Jack Wade war von anderem Kaliber als Leiter. Er war groß und stämmig und entsprach mehr dem Typ des ›guten alten Jungen‹, der Bond zuweilen auf die Nerven ging. Besonders ärgerlich war, daß Wade darauf bestand, ihn ›Jim‹ zu nennen. Dennoch war er ein guter Geheimagent, und er hatte jede Menge Verbindungen. Wade hatte ihn einst aus einer schwierigen Situation gerettet.

»Haben Sie alles?« fragte Bond.

»M hat mich persönlich zu Hause angerufen«, sagte Wade grinsend. »Ich fühlte mich geehrt, ihr einen Gefallen tun zu dürfen.« Er wandte sich dem anderen Zivilisten zu, einem sanftmütigen Mann Mitte Vierzig.

»Das ist Dr. Dave Greenwalt, Jim. Er ist der Chef unseres Labors, das diese ganze Technik entwickelt hat.« Bond fand, daß Greenwalt das Gegenteil von Dr. Kaufman aus Hamburg war – er hätte keiner Fliege etwas zuleide tun können. Sie gaben sich die Hand.

»Okay, Dave, holen Sie das Zeug raus«, befahl Wade fröhlich.

Dave blickte Wade an, als ob er verrückt wäre. »Rausholen? Hier draußen? Hier?«

Wade rollte die Augen. »Wir befinden uns mitten auf einer Basis der U.S. Air Force und sind von zwanzig bewaffneten Soldaten umgeben. Ich denke, es geht in Ordnung.«

Dr. Greenwalt nickte und ging zu dem Sergeant, der seinen Leuten einige Befehle zubrüllte. Die Männer begannen, einen großen Wagen zu entladen, den sie aus einem gepanzerten LKW gezogen hatten. Wade zog Bond beiseite.

»Jim, ich will es unseren tapferen britischen Verbündeten gegenüber ja nicht an Respekt fehlen lassen, aber *was, zum Teufel, macht ihr da?* Habt ihr nicht begriffen, daß China mehr Einwohner hat als ihr? Ungefähr eine *Milliarde!* Und die Typen von eurer Marine, glauben sie immer noch, daß wir das Jahr 1863 schreiben? Eure sechs winzigen Schiffe kreuzen direkt vor einem riesigen Luftwaffenstützpunkt mit chinesischen Migs!«

»M wäre fast gefeuert worden, weil sie dasselbe sagte«, berichtete Bond.

»Ah, das erklärt alles.« Wade grinste noch breiter. »Eure eigenen Leute denken, daß ihr Lügner und Idioten seid, und jetzt müssen Sie's auf eigene Faust versuchen. Zum Teufel, bei der CIA läuft das jeden Tag so.«

»Sagen Sie mal, Jack ...«

»Ja, Jim?«

»Haben Sie diese Tätowierung noch?«

Wade starrte ihn an. Er war nicht besonders stolz auf die weiße Rose auf seiner rechten Hüfte, unter der ›Muffy‹ eintätowiert war, der Name seiner dritten Frau.

»Okay, alles bereit«, rief Dr. Greenwalt ihnen zu.

Auf dem Wagen stand ein GPS-Gerät, das dem an Bord der *Devonshire* ähnelte. Daneben befand sich ein Safe. Dr. Greenwalt schloß ihn auf und holte ein Atomic-Clock-Signal-Encoding-Gerät hervor. Er stellte es auf den Wagen.

»Tut mir leid, wenn ich etwas paranoid bin, aber dies ist eines unserer bestgehüteten Geheimnisse«, sagte er. »Es gibt nur zweiundzwanzig dieser ... Ahhhh!«

Er schrie auf, als ob er plötzlich eine Schlange gesehen hätte – Bond hatte sein ACSES-Gerät aus dem roten Kästchen hervorgezogen und es lässig neben dem aus dem Safe plaziert.

»Mein Gott, Jim!« sagte Wade.

»Hier haben wir das dreiundzwanzigste Exemplar«, sagte Bond. »Unser Geschenk für die CIA. Sie können es behalten, wenn Sie aufhören, mich ›Jim‹ zu nennen.«

Nachdem er sich von dem Schock erholt hatte, schloß Dr. Greenwalt beide ACSES-Geräte an das GPS-System an. Die anderen Männer blickten ihm über die Schulter, während der Monitor aufleuchtete. Man sah zwei Kreise, die nicht deckungsgleich waren, sondern sich überlappten.

»Sehen Sie, irgend jemand hat das System manipuliert.«

»Könnte das ein Schiff von seinem Kurs abbringen?« fragte Bond.

»Ja«, antwortete Dr. Greenwalt. »Wenn man dieses Signal von einem Satelliten ausstrahlen könnte.«

»Wenn ich Ihnen sage, wo sich das Schiff nach Meinung der Besatzung befand, als es unterging, könnten Sie dann herausfinden, wo es wirklich gesunken ist?«

»Kein Problem.«

»Es wird doch wohl eine kleine Fehlerquote geben. Sagen wir, von hier bis zum Rand der Rollbahn.«

Das waren ungefähr vierzig Meter. Dr. Greenwalt hielt die Hände hoch, und der Abstand zwischen ihnen deutete die Größe eines Fischs an.

»Größer wird die Abweichung nicht sein.«

»Das wäre wunderbar«, sagte Bond. Er wandte sich Wade zu. »Ich muß Sie noch einmal um einen kleinen Gefallen bitten.«

Die C-130-Maschine der U.S. Air Force stieg in der dünnen Luft höher und hatte nun fast ihre maximale Flughöhe erreicht. Sie war am Morgen in Okinawa gestartet und mittags in den Luftraum über Südostasien eingeflogen.

James Bond trug einen Taucheranzug. An seiner Brust waren Flossen und auf seinem Rücken ein Fallschirm angeschnallt. An seinen beiden Handgelenken waren zwei sperrige Geräte befestigt – ein Höhenmesser und ein GPS-Empfänger.

Ein Sergeant der Air Force überprüfte noch einmal Bonds Ausrüstung und schüttelte den Kopf, während Jack Wade mit hochgezogenen Augenbrauen zuschaute.

»Mein Gott«, sagte Wade. »Wie haben Sie es nur geschafft, mich dazu zu überreden?«

»Habe ich zu erwähnen vergessen, daß wir hier oben vierundfünfzig Grad unter Null haben?« fragte der Sergeant.

»Nein, haben Sie nicht«, antwortete Bond.

»Noch zwei Minuten«, gab der Pilot über die Bordsprechanlage durch.

»Und habe ich auch gesagt, daß Sie sich acht Kilometer im freien Fall befinden werden?« fragte der Sergeant. »Und daß sie wie ein Zementsack auf die Meeresoberfläche knallen werden, wenn sich ihr Fallschirm sechzig Meter darüber öffnet?«

»Ja. Tatsächlich haben Sie das alles mehr als einmal erwähnt«, sagte Bond.

»Ich muß verrückt sein«, meldete sich Wade zu Wort. »Sie werden abkratzen, und ich werde für den Rest meines Lebens vor dem Kongreß aussagen müssen. Verdammt noch mal, es muß einen besseren Weg geben.«

»Unglücklicherweise nicht. Ich muß den Radarsystemen der chinesischen und der britischen Marine entgehen und dazwischen ins Wasser tauchen. Dieser Sprung aus großer Höhe, bei dem der Fallschirm erst ganz unten geöffnet wird, ist die einzige Möglichkeit.«

»Stimmt das?«

»Leider«, bestätigte der Sergeant. »Ein sogenannter HALO-Sprung. Man springt, bevor einen der Radar erfassen kann, und öffnet den Fallschirm erst dann, wenn man vom Radar nicht mehr bemerkt werden kann. Deshalb hat man diesen speziellen Sprung erfunden.«

»Sehen Sie?« sagte Bond lächelnd zu Wade.

»Warum sollte jemand ein vierzigprozentiges Risiko eingehen, sich ernsthafte Verletzungen zuzuziehen, wenn es *nicht* die einzige Möglichkeit wäre?« fragte der Sergeant.

»Noch eine Minute«, verkündete der Pilot.

»Und es ist das erstemal?« fragte Wade.

»Premiere«, bestätigte Bond. Er richtete seine Sauerstoffmaske und überprüfte die anderen Geräte.

»Nur sehr wenige Leute versuchen es zweimal«, sagte der Sergeant. »Sogar dann, wenn sie nicht ertrunken sind oder sich das Genick gebrochen haben.«

»Ich habe ein schlechtes Gefühl bei der Sache«, lamentierte Wade. »Sie werden uns doch nicht verklagen, oder?«

Dr. Dave Greenwalt war einen Meter weiter mit seinem GPS-Gerät beschäftigt. »Mir ist gerade etwas aufgefallen«, bemerkte er.

»Und was? Die Position stimmt nicht? Zurück zum Luftwaffenstützpunkt!« sagte Wade hoffnungsvoll.

»Nein«, sagte Greenwalt. Er zeigte auf den Monitor. »Die Position stimmt. Die Besatzung glaubte sich hier zu befinden, und sie hatte recht. Es geht um eine seltsame Kleinigkeit.«

»Noch dreißig Sekunden! Machen Sie sich zum Absprung bereit!« verkündete der Pilot.

Der Sergeant war Bond auf dem Weg zur Ausstiegsluke behilflich.

Wade geriet allmählich in Panik. »Nun sagen Sie schon, was ist los? Was?«

»Nun, sehen Sie diese kleine Insel?« Greenwalt zeigte auf den Bildschirm.

»Und?«

»Da ungefähr wird er nach dem Sprung landen, zwischen der britischen und der chinesischen Marine.«

»Noch zehn Sekunden!« rief der Pilot.

Die große Hintertür öffnete sich, und man hatte einen beeindruckenden Blick auf die Erde. Sie befanden sich in so großer Höhe, daß sie ihre Krümmung erkennen konnten. Doch Wade schenkte der spektakulären Aussicht keine Beachtung.

»Verdammt noch mal, spucken Sie's schon aus!«

»Nun, die Insel liegt in territorialen Hoheitsgewässern, aber nicht in chinesischen, sondern in vietnamesischen.«

»Vietnam?« rief Wade aus. »Er springt und landet in *Vietnam?* Hat er irgendwelche Abzeichen der U.S. Army?«

»Nur auf dem Fallschirm«, erwiderte der Sergeant. Dann dachte er nach. »Und auf den Sauerstoffflaschen, den Flossen und dem Taucheranzug ...« Seine Worte verklangen, seine Augenbrauen fuhren wie die Wades nach oben.

»Sie dürfen nicht springen!« flehte Wade Bond an. »Die Vietnamesen sind verrückt! Keine Frage, was sie tun werden! Sie denken, daß Stalin noch lebt! Sie werden Sie festnehmen, foltern, umerziehen und dann umlegen!«

Man hörte den Countdown des Piloten: »Zwei ... eins ... null!«

Bond schenkte Jack Wade ein leichtes Winken und sprang aus dem Flugzeug.

Wade schloß die Augen und faßte sich an den Kopf. »Ich wette, daß sie mich einlochen werden«, stöhnte er.

Normalerweise wurden Luftwaffensoldaten in geringer Höhe über einem Zielgebiet abgesetzt. Die Fallschirme öffneten sich ungefähr in einer Höhe von dreihundertfünfzig Metern, und dann segelten die Soldaten ungeschützt und wehrlos gegenüber feindlichem Feuer hinab. Wenn das Flugzeug höher hinaufstieg, trieben die Fallschirmspringer zu weit von dem vorgesehenen Ziel ab. Der HALO-Sprung war die Lösung für diese Probleme. Man sprang sehr hoch ab, und der Fallschirm öffnete sich erst kurz vor der Landung. Bei einer Flughöhe von mindestens sechstausend Metern über dem Ziel vermied man, daß das Flugzeug vom gegnerischen Radar entdeckt wurde. Die Fallschirmspringer nutzten den freien Fall und Lufttauchtechniken, um ihr dynamisches Gleichgewicht zu wahren und auf den anvisierten Punkt zuzusteuern, wo sich der Fallschirm öffnen sollte. Dies geschah in einer gefährlich niedrigen Höhe, kurz bevor der Fallschirmspringer landen würde.

Bond hatte die Arme über der Brust verschränkt, während er durch die Luft sauste. Das Gefühl war auf beängstigende Weise erheiternd. Er war in seinem Leben schon oft gesprungen, aber nichts war mit dieser Erfahrung vergleichbar gewesen. Der Gefahren war er sich nur zu gut bewußt. Der Sergeant hatte wieder und wieder erwähnt, daß er vor dem Eintauchen ins Meer erfrieren könnte. Er könnte sich auch die Beine oder das Genick brechen, wenn er auf dem Wasser aufprallte. Das Timing war der entscheidende Punkt – der Fallschirm mußte sich genau im richtigen Moment öffnen. Wenn es zu früh geschah, würde er vom Radar entdeckt werden, und wenn es zu spät passierte, hätte er vor der Regierung Ihrer Majestät versagt und würde nie wieder eine neue Chance erhalten.

Er trug einen DUI-CF200-Trockenanzug aus äußerst widerstandsfähigem Neopren, der für extrem kalte klimatische Bedingungen entwickelt worden war, und trotzdem schien es ihm, daß der eisige Wind seine Kleidung durchbohrte, während er schneller und schneller hinabstürzte. Trockenanzüge waren viel wärmer als Tauchanzüge, weil man in der Regel Unterwäsche darunter trug. Bond hatte einen Spezialanzug gewählt – über seiner Haut befand sich statt einer Feuchtigkeitsschicht eine Luftschicht. Dazu kam, daß der Trockenanzug in jeder Tiefe fast gleichbleibend gut isolierte. Er wurde mit Stiefeln mit harter Sohle, Handschuhen und einer Kapuze aus Neopren geliefert. Bonds Standardausrüstung bestand aus einem integrierten Gewichtssystem, das einen Gewichtsgürtel überflüssig machte, da sich das Bleigewicht in einer Art Rucksack befand, einem SeaQuest-Black-Diamond-Auftriebskompensator aus 840-Denier-Nylon und zwei Dacor-Sauerstoffflaschen mit jeweils dreißig Kubikmeter auf 3200 psi komprimierter Luft. Dazu kamen ein Dacor-Extreme-Plus-Atemgerät mit einem Luftzuteilungssystem, eine Mares-ESA-Tauchermaske mit einem extrem breiten Sichtfeld nach allen Seiten, Mares-Plana-Avanti-Flossen und ein SeaQuest/Suunto-EON-Lux-Tauchcomputer, der die Tiefe maß und errechnete, wann eine Dekompression notwendig war, und auch anzeigte, wie langsam man wieder auftauchen mußte. Der Gegenstand, den Bond beim Tauchen immer gerne dabeihatte, war seine kampferprobte Rolex Submariner, die er über der Latex-Manschette des Taucheranzugs tragen konnte.

Er blickte auf den Höhenmesser an seinem Handgelenk, dessen Anzeige wie eine rückwärts laufende Digitaluhr auf Null zuraste. Dann schaute er auf das GPS-Gerät. Die Anzeige zeigte ein Fadenkreuz und einen flackernden roten Punkt, der weit vom Zentrum entfernt war.

007 manövrierte in der Luft, um seinen Körper näher an das Ziel heranzubringen. Während er durch die Wolkenschicht der Atmosphäre schoß, bewegte sich der flackernde rote Punkt langsam auf die Mitte des Fadenkreuzes zu. Die riesigen Wolken gaben ein dumpfes Geräusch von sich, als sein Körper durch sie hindurchbrach.

Dann war die Sicht plötzlich frei, und der Anblick des blauen Ozeans unter ihm blendete ihn. Das Meer schoß mit beängstigender Geschwindigkeit auf ihn zu.

Bonds Fallschirm öffnete sich mit einem Knall, und er spürte einen harten Ruck. Der Fallschirm bremste seinen Absturz nur für eine oder zwei Sekunden ab, dann tauchte er mit den Füßen zuerst ins Meer ein, während das Wasser um ihn herum aufspritzte. Es waren keine Menschenseele und auch kein Schiff zu sehen – niemand hatte ihn beobachtet.

Im Wasser war es nicht so kalt wie in der Luft über den Wolken – die Temperatur war vergleichsweise geradezu wohlig. Sofort löste Bond die Leinen seines Fallschirms und sank weiter nach unten. Das Meßgerät an seinem Handgelenk zeigte etwas unter dreißig Meter Tiefe an.

Bond warf sich herum, so daß er mit dem Kopf nach unten sank. Dann legte er die Flossen an und tauchte weiter hinab. Dabei belüftete er den Auftriebs-Kompensator durch das Ventil. Die ganze Zeit über hielt er das Ventil mit der linken Hand fest, so daß er jederzeit in der Lage war, den Auftriebs-Kompensator mit Luft zu füllen oder Luft abzulassen. Er atmete langsam und sorgte jeweils nach einem halben Meter für einen Druckausgleich auf seinen Ohren. Er kontrollierte die Geschwindigkeit des Hinabtauchens durch die Durchschnittsmenge der Luft in seinen Lungen und wahrte einen neutralen Auftriebszustand, indem er den Auftriebs-Kompensator mit kurzen Luftstößen versorgte.

Vor dem Sprung hatte er viel Wasser getrunken. Flüssigkeitsverlust ist eine der wichtigsten Ursachen der sogenannten Taucherkrankheit. Die SCUBA-Tauchmethode kann auf vier Arten Flüssigkeitsverlust hervorrufen. Zunächst enthält die Atemluft keine oder kaum noch Feuchtigkeit. Ein zweiter Grund besteht darin, daß sich die Blase des Tauchers schnell mit Urin füllt. Ein dritter Grund liegt in der potentiell möglichen Salzaufnahme des Körpers durch das Meerwasser, und schließlich kann das Tragen des Taucheranzugs selbst zu Flüssigkeitsverlust führen.

Bond tauchte mit kräftigen Beinbewegungen weiter hinab. Er wußte, daß er seine Armbewegungen einschränken mußte, weil dies keine effektive Fortbewegungsmethode war. Es war eine Weile her, seit er zuletzt getaucht hatte. Jetzt, wo die Gefahren des Fallschirmsprungs hinter ihm lagen, begann er das Tauchen zu genießen.

Das Wasser des Südchinesischen Meeres unterschied sich in bemerkenswerter Weise von dem in der Karibik. Es war von dunklerer Farbe und etwas trüber. Man konnte nur ungefähr sechs Meter weit sehen. Es schien nicht so viele Fische und Unterwasserpflanzen zu geben – wahrscheinlich wegen der Umweltverschmutzung. Dennoch erfüllte die Welt unter Wasser Bond immer wieder mit Ehrfurcht. Er glaubte, daß er sich bei einem Spaziergang im Weltraum genauso fühlen würde. In beiden Fällen handelte es sich um eine fremde Umgebung, die eigentlich nicht für die Menschen gedacht war, und doch hatte die Menschheit beide erobert.

Die Stille der Unterwasserwelt wurde nur durch das rhythmische Geräusch der Luftblasen durchbrochen, die während des Ausatmens aus seinem Mundstück aufstiegen. Er fühlte sich völlig verlassen – ein Fremder in einem fremden Reich. Obwohl das erste Gebot des Tauchens besagte, niemals alleine zu tauchen, hatte Bond bei seinen Aufträgen nur selten einen Kameraden dabei. Wenn er in seiner Freizeit in der Karibik tauchte, tat er es oft mit einem siebzehnjährigen Jamaikaner namens Ramsey. Sie fingen gemeinsam Polypen oder Krabben. Ramsey war auch ein großartiger kleiner Koch, und Bond bezahlte ihn gut, wenn er bei verschiedenen Gelegenheiten den Küchenmeister spielte.

Während er tauchte, bemerkte Bond plötzlich, daß er an sein Haus auf Jamaika dachte. Er hatte es nach dem Namen der einheimischen Pflanze, die sich einrollt, wenn man sie berührt, ›Shamelady‹ genannt. Bond vermißte die gedämpften Reggae-Klänge, die über den Hügel zu ihm herüberdrangen, den Blue-Mountain-Kaffee, die Herzlichkeit der Menschen ...

Reiß dich zusammen, dachte er. Jamaika war weit weg, und er hatte einen Job zu erledigen.

Also, wo war das verdammte Schiff? Es mußte hier irgendwo sein. Wenn sich der Verdacht, den er und M hegten, nicht bestätigte, würde es rundgehen.

Bond blickte auf das Meßgerät. Er näherte sich der Sechzig-Meter-Marke.

Er tauchte noch etwas weiter hinab und hielt in dem dunklen Wasser konzentriert nach einem Anzeichen des Schiffes Ausschau. Was zuerst wie eine Unmenge von Korallen und Felsen aussah, war aus der Nähe deutlicher zu erkennen. Er sah die Spitze eines der zerstörten MiG-21-Flugzeuge. Andere Teile der Maschine lagen verstreut auf dem Meeresboden herum. Bond überprüfte den Schaden und erkannte die charakteristischen Anzeichen für einen Raketenangriff. Die im Meeresboden steckende Spitze des Flugzeugs sah aus, als ob sie vom Rumpf der Maschine abgerissen worden wäre. Der Rand war schwarz und verbrannt. Von der anderen Hälfte des Flugzeugs war nichts zu sehen.

Er betrat das hintere Ende des Vorderteils und bahnte sich durch die gezackten Metallkanten einen Weg ins Cockpit. Der aufgedunsene und bleiche Pilot war noch in seinem Sitz angeschnallt. Seine Arme schwebten auf unheimliche Weise neben seinem Körper, ganz so, als ob er fliegen wollte. Raubfische hatten ihm die Augäpfel herausgepickt. Die Windschutzscheibe war zertrümmert, und das Armaturenbrett sah total ramponiert aus. Durch die Löcher im Glas schwammen Fische herein und heraus, die sich in dem Cockpit vor größeren Meerestieren in Sicherheit brachten.

Der Fund der MiG bestätigte den Verdacht, den Bond und M hegten. Die *Devonshire* war genau an der Stelle gesunken, die die Chinesen angegeben hatten. Irgend etwas *hatte* die Crew zu der irrigen Annahme verleitet, daß sich das Schiff an einem anderen Ort befinde. Worin bestand Carvers Motiv, falls er dafür verantwortlich war? Was für ein Interesse hatte er daran, einen Krieg zwischen China und Großbritannien auszulösen? Stimmten die Geschichten, die man sich über ihn erzählte? War er wirklich wütend wegen der Rückgabe Hongkongs an die Chinesen? Bond glaubte nicht daran. Es mußte einen anderen Grund geben. Nach dem, was er über Carver wußte, glaubte er, daß der Verbrecher nur am Profit und am Machtgewinn interessiert war.

Bond verließ das Cockpit auf dem gleichen Weg, wie er hineingekommen war, und suchte den sandigen Meeresboden weiter ab. Einmal kreuzte er den Weg von zwei Manta-Rochen. Ein Schwarm von Meeresbarschen schwamm neben ihm auf einen dunklen Umriß zu, der wie der Kamm eines riesigen, aus dem Meeresboden emporsteigenden Felsens aussah. Er entpuppte sich beim Näherkommen als der Rumpf eines Schiffes.

Er hatte das Wrack gefunden! Die *Devonshire* lag auf der Seite, am Rande einer scheinbar bodenlosen Felsspalte.

11
Das versunkene Grab

Bond schaltete seine Halogentaschenlampe mit Xenon-Leuchtstoffröhre ein und schwamm näher auf das Wrack der gesunkenen Fregatte zu. Die Steuerbordseite ragte auf, und der Bug hing über dem Rand der Felsspalte. Bond begann am Heck und untersuchte dann mit seiner Taschenlampe sorgfältig den Rumpf des Schiffes. Am Hauptmast vorbei erreichte er das Vorderdeck. Dann entdeckte er ungefähr dreißig Meter vom Bug entfernt das Loch und überprüfte sorgfältig den Schaden, wobei er sich auf seine Navy-Ausbildung verließ – er vergewisserte sich, daß es kein herkömmliches Torpedo gewesen war, das das Schiff versenkt hatte.

Dann überprüfte er seinen Tauchcomputer, bevor er sich in das Innere des Schiffes begab. Es blieb ihm nicht allzuviel Zeit. Das Hinabtauchen hatte ihn drei Minuten gekostet, und er hatte ungefähr fünf Minuten im Cockpit der MiG verbracht. Damit blieben ihm bestenfalls zehn Minuten, bevor er langsam und vorsichtig auftauchen mußte. Nach den Angaben des Computers würde dies fünfundvierzig Minuten bis eine Stunde in Anspruch nehmen, inklusive der Ruhepausen, die er unterwegs einlegen mußte.

Er verlor keine Zeit mehr, schwamm durch das Loch und befand sich in dem dunklen Unterwassergrab.

Bond hatte in seiner Laufbahn schon eine Reihe gesunkener Schiffe untersucht, aber noch nie war es ihm so kalt den Rücken hinuntergelaufen. Die Größe des Schiffes wirkte einschüchternd, und wenn man sich darin bewegte, kam es einem vor, als ob man durch ein Labyrinth tauchen würde. Weil das Schiff auf der Seite lag, waren alle Einrichtungsgegenstände auf unnatürliche Weise gekippt. Tische und Stühle waren gegen die Seitenwände gestürzt, an der Decke hatten sich die Türen von Schränken geöffnet, und auf dem ›neuen‹ Fußboden lagen verstreut schwere Gegenstände herum. Der Anblick verwirrte den Orientierungssinn – Bond mußte sich immer wieder in Erinnerung rufen, daß er in Wirklichkeit hinabtauchte, wenn er sich nach links wandte, und aufstieg, wenn er rechts abbog.

Während er sich durch das Schiff bewegte, überprüfte er Gänge, wich umhertreibenden Trümmern aus und hielt nach jedem Anzeichen Ausschau, das ihm vielleicht verraten konnte, was passiert war.

Der Schaden, den man der *Devonshire* zugefügt hatte, war mit Sicherheit nicht durch ein Torpedo verursacht worden. Torpedos bogen nicht um Ecken und bewegten sich nicht Treppen hinauf und hinunter. In den Gängen hatte man den Eindruck, als ob sich irgendein riesiges Meeresmonster mit den Zähnen seinen Weg gebahnt hätte. Überall bemerkte Bond gezackte Risse in den Wänden. Man konnte es nur so beschreiben: Das Ganze wirkte, als ob sich eine Art *Bohrmaschine* durch das Schiff gefressen hätte, die zudem noch gewußt zu haben schien, in welche Richtung sie sich bewegte ...

Während er tauchte, bemerkte Bond, daß der Druck in seinen Ohren zunahm – eine normale Nebenwirkung. Er sorgte für Druckausgleich, in dem er sich der ›Toynbee-Methode‹ bediente, bei der man die Gehörgänge öffnet, indem man sich die Nase zuhält, den Mund schließt und schluckt. Wenn das nicht funktioniert, kann man die ›Valsalva-Methode‹ anwenden, aber man muß vorsichtig sein. Dabei werden die Gehörgänge geöffnet, indem man sich gleichfalls die Nase zuhält und mit geschlossenem Mund sanft auszuatmen versucht. Erfahrene Taucher wissen, daß man in den Gehörgängen des Mittelohrbereichs häufig für Druckausgleich

Elliot Carver (Jonathan Pryce).

Auf James Bond warten nicht nur neue Gefahren, sondern auch eine neue Partnerin: die Agentin Wai Lin (Michelle Yeoah).

sorgen muß, um den schmerzhaften ›Trapdoor-Effekt‹ zu vermeiden, geschlossene Eustachische Röhren, die vom Druck zusammengezogen werden.

Bond tauchte durch ein Treppenhaus in die finstere Tiefe hinab. Der Lichtstrahl seiner Taschenlampe erhellte die Dunkelheit mit gelben Streifen, die unheimliche Schatten schufen. Zum Glück kannte er sich mit solchen Fregatten aus. Es war durchaus möglich, daß man sich wegen der irritierenden Lage des Schiffes in dem Wrack verirrte oder in eine Falle geriet.

Bond hörte nichts außer seinem eigenen Atem, dem Zischen des Regulators und den Luftblasen, die aus seinem Mundstück aufstiegen. Nur ab und zu knarrte das Metall, wenn sich das Schiff am Rande der Felsspalte leicht bewegte. Bond war klar, daß er vorsichtig sein mußte und keine schweren Gegenstände umstellen durfte. Eine Gewichtsverlagerung hätte vielleicht dazu geführt, daß die Fregatte völlig in die Felsspalte hinabsank.

Er tauchte in den Hauptgang des Unterdecks hinab und kam so seinem Ziel näher – dem Munitionslager. Die Tür war zerstört, aber er mußte eine schwere Metallkiste aus dem Weg räumen. Da sah er eine Hand. Erschrocken griff er nach dem Handgelenk und holte zum Schlag aus, merkte dann aber, daß er mit einem toten, aufgedunsenen und grotesk aussehenden Marinesoldaten kämpfte. Er stieß die Leiche erleichtert zur Seite.

Bond folgte den Spuren der ›Zähne‹ in die Messe, wo er weitere Leichen fand. Sie trieben mit ausgestreckten Armen und Beinen im Wasser. Ihr Anblick erinnerte ihn an die typische Haltung von Fallschirmspringern, die sich noch im freien Fall befanden. Einige Raubfische ernährten sich von den Kadavern. Bond wackelte mit der Taschenlampe, und die Fische stoben auseinander. Dann verließ er die Grabstätte im Meer.

Schließlich erreichte er den Raum mit den Raketen

und der Munition, und hier endeten auch die Spuren der ›Unterwasserbohrmaschine‹. Bond richtete den Lichtstrahl seiner Taschenlampe auf die Cruise Missiles – er sah sechs Raketen, die auf numerierten Rampen am Boden befestigt waren. Darüber befanden sich Transportröhren zum Deck des Schiffes. Die nächstgelegene Rampe – Nummer sieben – war leer. Bond kam näher und untersuchte die Befestigungsklammern. Es gab klare Anzeichen dafür, daß sie mit einem Schneidbrenner durchschnitten worden waren. Jetzt stand noch mehr auf dem Spiel. Wer immer für das hier verantwortlich war, besaß eine Cruise Missile.

Bond wußte nun, was er wissen mußte. Er hatte den Beweis, daß die *Devonshire* sich tatsächlich in territorialen Hoheitsgewässern aufgehalten hatte, und es gab Hinweise darauf, daß von Bord der *Devonshire* keine Raketen auf die chinesischen MiGs abgefeuert worden waren. Er hob seine Taschenlampe und wollte gerade zurückschwimmen, als ihm jemand die Mündung einer Harpune gegen die Brust preßte. Der mysteriöse Taucher hielt die Waffe in der einen und eine Cyalume-Taschenlampe in der anderen.

Bond streckte die Hände aus, um zu zeigen, daß er unbewaffnet war, und begann dann, sich langsam zurückzuziehen. Der andere Taucher hielt die Harpune weiterhin auf ihn gerichtet. Bond duckte sich schnell in einen dunklen Durchgang, zog eine Waffe aus einer Pistolenbox an der Wand und feuerte eine Leuchtkugel auf den Taucher ab. Sie traf nicht, blendete den Angreifer aber zeitweilig. Bond kam näher, schlug dem Taucher die Harpune aus der Hand und riß ihm die Tauchermaske ab.

Dichtes schwarzes Haar wogte um das Gesicht des Tauchers – es war Wai Lin! Sie öffnete die Augen, zog ein Messer aus dem Gürtel und schwamm auf Bond zu. Er ergriff ihren Arm und kämpfte einen Augenblick lang mit ihr, während er ihr zu verstehen zu geben versuchte, daß er ein Freund war. Sie erkannte ihn und hielt inne, genauso überrascht wie Bond. Er half ihr, die Sauerstoffmaske wieder aufzusetzen. Dann zeigte er nach oben. Je eher sie hier wegkamen, desto besser. Wai Lin nickte. Sie hatten die vom Tauchcomputer angegebene Zeit bereits überschritten.

Vielleicht lag es an ihren Bewegungen oder an der Zeit, die sich das Schiff bereits unter Wasser befand, aber aus irgendeinem Grund kippte plötzlich ein Regal mit Torpedos um. Die schweren Torpedos hatten Druck auf die Verschlüsse ausgeübt und sie auseinandergerissen. Die fallenden Geschosse verursachten Geräusche wie Kirchenglocken, während sie durch den Raum rutschten. Bond und Wai Lin spürten ein plötzliches Schlingern, als sich die *Devonshire* durch die Gewichtsverlagerung bewegte. Das Schiff neigte sich weiter in die Felsspalte, auf deren Rand es so gefährlich balancierte. Bond versuchte Wai Lin zu bedeuten, daß sie *sofort* verschwinden mußten. Sie hatte die Augen weit aufgerissen, weil sie seine Gedanken gelesen hatte.

Schnell schwammen sie auf den Ausgang zu, während eines der Torpedos einen Schrank mit Munition streifte und das Vorhängeschloß abriß. Der Schrank flog auf, und schwere Kisten mit Munition schossen hervor und auf das Ende des Raums zu. Die Gewichtsverlagerung war gerade groß genug, um das Schiff langsam über die Kante des Abgrunds rutschen zu lassen. Die Wände erzitterten unter einem großen Seufzen, während der Rumpf der *Devonshire* über die Felsen schrammte. Eine der Kisten mit Munition glitt an Wai Lin vorbei und knallte die Tür zu. Sie saßen in der Falle. Bond und Wai Lin erstarrten, während sich das Schiff weiter neigte und man das entsetzliche Geräusch knirschenden Metalls hörte.

Bond bemühte sich ein paar Sekunden lang, die Munitionskiste von der Stelle zu bewegen, aber sie war viel zu schwer. Er gab es auf und bewegte sich auf die Tür eines Lüftungsschachts zu. Dies war wahrscheinlich der einzige Ausweg. Er riß an der Tür, und Wai Lin half ihm, aber sie hatte sich natürlich verzogen. Sie legten ihre gesamte Kraft in ihre Anstrengungen und schafften es schließlich, die Tür zu öffnen. Bond gab Wai Lin ein Zeichen. Sie tauchte in den Lüftungsschacht, und er folgte ihr.

Sie schwammen durch den Lüftungsschacht, während sich das Schiff wieder beruhigte, und hofften, daß es nicht noch weiter sinken würde.

Nach ungefähr dreißig Sekunden kamen sie zu einer Stelle, wo der Lüftungsschacht deformiert war. Irgendein Gegenstand auf der anderen Seite des Schachts hatte sich gelöst und war hart gegen das Metall gekracht. Die Ausbeulung versperrte ihnen den Weg. Bond versuchte, sich durch den engen Spalt hindurchzuquetschen, blieb aber stecken. Mit übermenschlicher Anstrengung preßte er seine Arme gegen die Wand des Lüftungsschachts, um den Durchmesser wieder zu vergrößern. Die Wand mußte von einem extrem schweren Gegenstand getroffen worden sein. Jetzt zahlte es sich aus, daß er sein Leben lang morgens Fitneßübungen gemacht hatte – er schaffte es, die Ausbeulung langsam wieder nach außen zu drücken. Die Sauerstoffflaschen auf seinem Rücken dienten ihm dabei als Polster. Schließlich gelang es ihm, die ursprüngliche Form des Lüftungsschachtes so weit wiederherzustellen, daß sie hindurchtauchen konnten.

Die beiden beeilten sich, weil sie einen weiteren Stoß spürten, der darauf hinwies, daß die *Devonshire* jederzeit in die Felsspalte rutschen konnte. Bald erreichten sie eine Stelle, wo der Lüftungsschacht sich gabelte. Beide Röhren waren zu eng, als daß Bond und Wai Lin mit ihren Sauerstoffflaschen hindurchgepaßt hätten.

Bond nahm seine Sauerstoffflaschen ab, preßte sie in

eine der Röhren und schwamm hinterher. Dabei stieß er sie vor sich her. Wai Lin folgte seinem Beispiel, löste ihre Sherwood-dual-100s-Sauerstoffflaschen und schob sie in die andere Röhre. Sie tauchte nach oben, als ein Rohr in dem Schacht ihre Sauerstoffflaschen streifte. Das Regulationsventil zerbrach, und die komprimierte Luft verwandelte sich während des Entweichens in Blasen. Es war sinnlos. Wai Lin ließ die Sauerstoffflaschen fallen und tauchte schnell wieder hinab. Sie schwamm aus der Röhre heraus und folgte Bond, der einige Meter Vorsprung hatte.

Das Schiff schlingerte erneut, diesmal sehr heftig. Weil die *Devonshire* jetzt an der Seitenwand der Felsspalte hinabrollte, drehte sich auch der Schacht. Bond schwamm um sein Leben, ohne zu wissen, daß Wai Lin hinter ihm darum kämpfte, ihn einzuholen, bevor ihr die Luft ausging.

Bond erreichte das Ende der Röhre und stieß die Tür des Schachts auf. Er war sich nicht sicher, auf welchem Deck er sich befand, aber der Raum bewegte sich. Sie hatten keine Zeit mehr zu verlieren. Er griff nach seinem Atemgerät und saugte etwas Luft ein. Wai Lin verließ erschöpft die Röhre, und endlich sah Bond, daß sie keine Sauerstoffflaschen mehr hatte. Er packte sie, preßte ihr die Sauerstoffmaske ins Gesicht und hielt sie fest, während sie ihre Lungen mit Luft füllte. Dann nahm er sich einen weiteren Augenblick Zeit, um die Sauerstoffflaschen wieder auf seinem Rücken anzuschnallen.

Ein fürchterlicher Lärm ertönte, als das Schiff endgültig von dem Kliff abglitt. Das Wrack drehte sich, während es in den anscheinend bodenlosen Abgrund sank. Bond packte Wai Lin und tauchte nach oben. Er stieß gegen Wände und Trümmer, während er sich instinktiv durch das Labyrinth bewegte. Schließlich entdeckte er die Luke zum Oberdeck und schwamm schnell darauf zu.

Während die Fregatte weiter hinabsank, kletterten zwei kleine Personen auf Deck und begannen, langsam in Richtung Wasseroberfläche aufzutauchen. Sie klammerten sich aneinander und sogen abwechselnd durch das gleiche Atemgerät Luft ein. Es war gut, daß Bond eine kleine zusätzliche Sauerstoffflasche mitgenommen hatte, die zwischen den beiden großen Luftbehältern angebracht war. Da sie jetzt beide von derselben Sauerstoffquelle abhängig waren, würden sie von dem zusätzlichen Vorrat profitieren. Sie achteten sorgfältig darauf, nicht zu schnell aufzutauchen, und genossen es, sich aneinanderzuklammern und die Atemluft zu teilen. Die Todesangst ließ allmählich nach, und sie entspannten sich. In einer Tiefe von dreizehn Metern hielten sie kurz inne, dann erneut an der Zehn-Meter-Marke. In sechs Meter Tiefe pausierten sie länger, fast eine halbe Stunde lang. Das war erforderlich, um sich nicht die Taucherkrankheit zuzuziehen.

Dann tauchten sie gemeinsam auf. Die Sonne schien auf sie herab.

»Am besten gefallen mir am Bankwesen die Gelegenheiten, besondere Reisen zu unternehmen«, sagte Bond lässig.

»Stimmt, aber wir sollten das Spesenkonto nicht vergessen«, antwortete Wai Lin lächelnd. »Und auch nicht die firmeneigene Dschunke.«

Sie wies auf eine nahe chinesische Dschunke, die auf sie zukam, um sie aufzunehmen. Die Dschunke war ein typisches chinesisches Schiff mit einem stumpfen Bug, einem hohen Heck, einem überhängenden Vordersteven und einem tief gelegenen Steuerruder. Ein Chinese trat vor und winkte ihnen zu. Bond wurde klar, daß es gut war, daß er Wai Lin getroffen hatte. Jack Wade hatte Vorbereitungen getroffen, daß er von einem Fischer aufgesammelt werden sollte, der für die CIA arbeitete, aber dessen Boot war nirgends zu sehen. Vielleicht waren

Wades Warnungen letztlich doch nicht so unberechtigt gewesen.

Die Dschunke kam schwankend näher, und der Chinese ergriff ein Tau und warf es Wai Lin und Bond zu. Er rief Wai Lin etwas auf chinesisch zu, aber dann wurde der Mann unvermittelt von hinten von einem Geschoß getroffen. Blut und Fleisch spritzten umher. Ein Harpunenpfeil hatte ihn getroffen und ragte nun in grotesker Weise aus seinem Körper hervor. Der überraschte Blick des Mannes wurde leer, während er zusammensackte und über Bord fiel.

Hinter ihm stand Stamper, eine Harpune in der Hand.

In London war es zwölf Uhr nachts.

Bill Tanner beobachtete in seinem Büro im Hauptquartier des MI6 auf einem Spezialmonitor die britische Flotte. Sechs Schiffe hatten im Südchinesischen Meer Position bezogen. Die Chinesen hatten ihre Schiffe vor der Küste Vietnams zusammengezogen und warteten, daß die andere Seite den ersten Schritt machen würde. Sie hatten den Engländern eine Botschaft übermittelt, die besagte, daß *sie* angriffen, falls sich die britische Flotte nicht bis Mitternacht des nächsten Tages zurückgezogen hätte. In Südostasien war der nächste Tag bereits angebrochen. Im Moment herrschte eine angespannte Ruhe.

Sie hatten immer noch nichts von 007 gehört. Nachdem sie seinen Bericht aus Hamburg erhalten hatte, hatte M Bond befohlen, nach Okinawa zu fliegen und dort die Leute von der CIA zu treffen. Seine Aufgabe bestand darin, das Wrack der *Devonshire* zu finden. Ms einzige Hoffnung, die Krise zu bereinigen, bestand darin, die Männer in der Schaltzentrale davon zu überzeugen, daß die Fregatte vom Kurs abgebracht worden und an der Stelle gesunken war, die die Chinesen benannt hatten. Mittlerweile war Bond mit Sicherheit vor Ort.

Das Telefon klingelte.

»Tanner.«

»Haben Sie irgend etwas gehört?« Es war M. Sie war zu Hause und konnte wahrscheinlich nicht schlafen.

»Noch nicht.«

»Ich komme.«

»Es ist mitten in der Nacht, und Sie brauchen Schlaf.«

»Ich habe es geschafft, zwei Stunden zu schlafen«, sagte sie müde. »Ich komme und löse Sie ab. Sie brauchen auch eine Ruhepause.«

»Mir geht's gut. Es ist nicht notwendig, daß Sie ...«

»Ich *will* kommen«, sagte sie. »Ich bin in einer Stunde bei Ihnen.«

Tanner stellte das Telefon wieder an seinen Platz und seufzte. Notsituationen motivierten die Leute immer dazu, Überstunden zu machen. Wie Bond hatte auch er unbegründete Befürchtungen hinsichtlich ihrer neuen Chefin gehegt, aber jetzt zollte er ihr Respekt. Seit diese ganze Geschichte begonnen hatte, war sie standhaft bei ihrer Ansicht geblieben und hatte ihren Vorgesetzten in der Schaltzentrale Paroli geboten. Der Verteidigungsminister war ein vernünftiger Mann, für andere aber – besonders für Admiral Roebuck – galt das weniger. Tanner fragte sich manchmal, wie Männer wie er solche Positionen erreichen konnten. Wenn Sir Miles Messervy noch im Chefsessel des MI6 sitzen würde, würde Roebuck nicht so große Töne spucken.

Das Telefon klingelte erneut.

»Tanner.«

»Wade, CIA«, begrüßte ihn eine laute Stimme.

»Guten Tag, Mr. Wade. Die Leitung ist sicher. Reden Sie.«

»Ist M im Haus?«

»Sie ist unterwegs. Ich bin ihr Stabschef.«

»Ach, verdammt, bei Ihnen ist es ja mitten in der Nacht. Ich habe im Moment jegliches Zeitgefühl verloren. Tut mir leid.«

»Schon in Ordnung. Ich bin ja wach. Ist mit dem Sprung alles glattgegangen?«

»Ja, ja. Ich sollte mal meinen Verstand untersuchen lassen, weil ich ihm das gestattet habe. Ja, er ist über vietnamesischem Territorium abgesprungen. Wir haben die Stelle lokalisiert, wo sich die *Devonshire* nach Meinung der Besatzung befand und wo sie unserer Ansicht nach gesunken ist. Euer Verdacht könnte berechtigt sein. Nach Ansicht unseres Topexperten für GPS und Satellitennavigation *habt* ihr recht. Aber mein Mitarbeiter, der ihn auflesen sollte, hat ihn nicht gefunden.«

»Machen Sie sich keine Sorgen«, sagte Tanner. »007 ist der einfallsreichste Mann, den ich kenne. Er wird schon einen Plan für den Notfall gehabt haben.«

»Wenn Sie meinen. Aber wie auch immer, wir haben kein Wort von ihm gehört. Wir können nicht hinfliegen und nach ihm suchen. Das gesamte amerikanische Militärpersonal hat Anweisungen erhalten, sich von dieser Gegend fernzuhalten, weil eure Schiffe ja geradezu darum betteln, von den Chinesen beschossen zu werden.«

»Verstehe. Sie haben getan, was in Ihrer Macht steht. Danke.«

»Tun Sie mir einen Gefallen?« fragte Wade.

»Natürlich.«

»Rufen Sie mich an, wenn Sie etwas von ihm hören. Ich möchte wissen, ob alles in Ordnung ist.«

»Wird gemacht.«

»Er ist manchmal wirklich eine Nervensäge, aber im Feld verdammt gut.«

»Das wissen wir. Nochmals danke.«

»Nebenbei, er steht in meiner Schuld. Ich werde mich mit ihm für eine nächtliche Tour durch *Swinging London* treffen müssen.«

»Ich schätze, daß Sie dann feststellen werden, daß es mit dem *Swinging London* nicht mehr weit her ist, Mr.

Wade, aber ich bin sicher, daß wir irgendeinen unterhaltsamen Zeitvertreib für Sie finden werden.«

»Hört sich großartig an, Chef.«

»Ich heiße Tanner.«

»Danke, Tanner.«

»War mir ein Vergnügen. Ich danke *Ihnen*.«

Tanner legte auf, erhob sich und ging zum Fenster hinüber. Er blickte über die Themse auf die funkelnden Lichter des nächtlichen London, dachte an seinen Freund und hoffte, daß es ihm tatsächlich gutging. Er kannte James Bond seit vielen Jahren. Der MI6 hatte viele Veränderungen und Umstrukturierungen erlebt, und nur er und Bond waren mit ein paar anderen altgedienten Männern geblieben. Sie hatten die Regierungen kommen und gehen sehen. Tanner fragte sich, was er tun würde, wenn Bond je etwas zustoßen würde. Er glaubte nicht, daß es für ihn dann noch viele Gründe geben würde, mit seinem Job weiterzumachen. Als Sir Miles Messervy den Geheimdienst verlassen hatte, hatte man ihm die Pensionierung angeboten, aber er hatte sich entschlossen, mit der neuen Chefin zusammenzuarbeiten. Jetzt war er über diesen Entschluß froh.

Dennoch würde er ernsthaft darüber nachdenken, ob er nicht aussteigen sollte, wenn Bond nicht mehr beim MI6 wäre. Ein MI6 ohne 007 wäre wie ein Boot ohne Paddel. Wenn er seinen Abschied nahm, gab es das Problem, daß er irgendwo hinziehen mußte – wenn der Krieg mit China ausbrach, was würde dann aus Großbritannien werden? Würde es das Land noch geben, in dem er sich das Cottage bauen konnte, das er sich immer gewünscht hatte und in dem er sich dann zur Ruhe setzen würde? Würde sich der Krieg bis nach Europa ausdehnen? Wenn ja, würden andere Nationen wahrscheinlich in den Krieg verwickelt werden. Er fürchtete den Gedanken, daß Großbritannien vielleicht als einer der Verursacher des Dritten Weltkriegs in die Geschichtsbücher eingehen könnte. Das wäre mit Sicherheit nicht angenehm.

Machen Sie schon, James, dachte Tanner. *Wenden Sie Ihre Zauberkünste mit der alten 007-Handschrift an. Ich weiß, daß Sie es schaffen können. Sie müssen.*

Man gestattete ihnen, trockene Kleidung anzuziehen, dann wurden Bond und Wai Lin mit Handschellen aneinander gefesselt. Die Kleidungsstücke hatten sich an Bord des Schiffes befunden – eine schwarze Hose, ein weißes T-Shirt, ein rotes Prada-Jackett und Tennisschuhe. Bond mußte das blaue Leinenhemd eines toten Seemanns anziehen, eine schwarze Hose und Turnschuhe, die etwas zu klein waren.

»Wir werden einen kleinen Ausflug machen«, sagte Stamper.

»Und wohin geht's?« fragte Bond.

»Ins Hauptquartier nach Saigon. Mr. Carver will mit Ihnen reden.«

»Mit diesem Boot?«

»Maul halten und setzen, beide«, befahl Stamper. Er richtete die Harpune auf Bond. Als die beiden auf dem Boden des Boots saßen, sagte der Deutsche: »Wir werden von einem Hubschrauber abgeholt.«

Stamper wandte sich um und gesellte sich zu zwei anderen Männern mit automatischen Waffen. Offensichtlich hatten sie die chinesische Crew getötet und die Leichen über Bord geworfen. Die drei Männer sprachen deutsch und lachten.

Bond und Wai Lin blickten sich an. Irgendwie waren sie in der Lage, die Gedanken des anderen zu lesen. Sollten sie jetzt handeln? Es sind nur drei Männer. Nein, wir warten und sehen, was Carver vorhat ...

Schweigend entspannten sie sich. Auf unerklärliche Weise gefiel ihnen der Gedanke, daß sie durch die Handschellen auf Gedeih und Verderb mit dem anderen verbunden waren. Sie waren überzeugt, daß sie sich völlig auf den anderen verlassen konnten und daß der kein Problem damit hatte, Risiken einzugehen.

»Schiffswracks sind die besten Orte zum Tauchen, oder?« flüsterte Wai Lin nach einem Augenblick.

»Ist Ihnen bei diesem hier irgend etwas Ungewöhnliches aufgefallen?« fragte Bond.

»Außer der fehlenden Rakete und den Torpedolöchern in der Schiffswand?«

»Ein interessantes Torpedo, das sich in das Schiff bohrt, sich um Ecken bewegt und nicht explodiert.«

Sie hob die Augenbrauen, weil sie begriff, daß er recht hatte.

»Mund halten«, knurrte Stamper.

Das Boot fuhr weiter, während die Minuten verstrichen. Bald würde es Mittag sein. Das Ultimatum, das die Chinesen der britischen Flotte für den Rückzug gestellt hatten, würde in zwölf Stunden ablaufen.

12
Die Straßen von Saigon

Als Südvietnam im Jahr 1975 unter die Verwaltung der kommunistischen Regierung in Hanoi fiel, wurde Saigon in Ho-Chi-Minh-Stadt umbenannt. Aber die Einwohner der Stadt konnten sich nie ganz an den neuen Namen gewöhnen und gaben immer noch ›Saigon‹ den Vorzug. Weil man den Namen nicht völlig verbieten konnte, ließen sich die Behörden auf einen Kompromiß ein: Das Zentrum von Ho-Chi-Minh-Stadt behielt den Namen Saigon. Deshalb heißt die gesamte Stadt heute offiziell Ho-Chi-Minh-Stadt, während die Innenstadt immer noch unter dem Namen Saigon bekannt ist.

Schenkt man einer Theorie Glauben, dann wurde der Name Saigon offiziell zum erstenmal um das Jahr 1698 herum benutzt, als Nguyen Phuc Chu einen Mann namens Nguyen Huu Canh in den südlichen Teil Vietnams entsandte, um dort Bezirke zu errichten und eine Regierung einzusetzen. Die strategisch günstige Lage bot gute Rahmenbedingungen für Binnen- und Außenhandel und war militärisch wichtig. Saigon begann zu wachsen, und 1772 wurden die vielen Kanäle aufgeschüttet, damit sie sich in Straßen verwandeln konnten. Mitte des neunzehnten Jahrhunderts drangen die Franzosen und die Spanier in die Hafenstadt ein; dies war der Vorbote einer langen Reihe kriegerischer Auseinandersetzungen zwischen dem vietnamesischen Volk und den Franzosen. Letztere wurden 1954 endgültig besiegt, aber das Land wurde in Nord- und Südvietnam geteilt. Saigon war für viele Menschen aus dem Norden eine neue Heimat, und nach drei turbulenten Jahrzehnten ist Saigon/Ho-Chi-Minh-Stadt immer noch der kulturelle

Mittelpunkt des Landes. Die Stadt ist ein Geschäfts- und Handelszentrum und wird von der Presse oft ›Perle des Orients‹ genannt. Saigon hat über fünf Millionen Einwohner und ist eine der am dichtesten besiedelten Städte der Welt. Es ist nicht ungewöhnlich, daß man Häuser sieht, deren Erdgeschoß in ein Geschäft umgewandelt wurde, während sich mehrere Familien den Wohnraum in den oberen Etagen teilen.

Elliot Carver hatte sein Hauptquartier in Asien kurz vor der Rückgabe Hongkongs an China am 1. Juli 1997 nach Vietnam verlegt. Sein Unternehmen hatte beträchtlich expandiert und brauchte mehr Platz. Er war mit seiner ganzen Organisation in ein fünfzigstöckiges Hochhaus im Zentrum von Ho-Chi-Minh-Stadt gezogen. Die Gegend hatte sich in jüngster Zeit zu einem teuren Pflaster für Touristen entwickelt. Das CMGN-Hauptquartier befand sich teilweise noch im Bau, wovon ein Bambusgerüst und grüne Netze Zeugnis ablegten, die an beiden Seiten des Gebäudes sichtbar waren. An einer Seite war eine große Plastikfahne mit Carvers riesigem Konterfei angebracht.

Bond und Wai Lin wurden mit einem Augusta-A-109-Helikopter, der für zivile Zwecke konstruiert worden war, ins CMGN-Hauptquartier gebracht. Das Unternehmen war eine der wenigen renommierten Firmen, die sich nach dem Krieg in Vietnam angesiedelt hatten, und die Regierung des Landes wußte diese Entscheidung zu schätzen. Die Vietnamesen waren zufrieden, daß sich das prestigeträchtige Netzwerk für sie entschieden hatte, und bis jetzt hatte die Regierung nichts unternommen, um die Nachrichtensendungen zu beeinflussen.

Der Hubschrauber landete auf dem Dach, und das Paar, das immer noch mit Handschellen aneinander gefesselt war, wurde von Stamper und den anderen Gangstern in einen Aufzug gedrängt. Die Männer waren im

Hubschrauber mit leichten, automatischen Mac-10-Waffen ausgestattet worden, die sie jetzt auf Bonds und Wai Lins Rücken richteten.

Während sie den Flur hinabgingen, kam ein Chinese in einer Uniform ohne Rangabzeichen vorbei. Zwei Leibwächter folgten ihm. Wai Lin spürte den Adrenalinstoß und blinzelte zweimal, als sie den Mann sah. General Chang! Er versteckte sich *tatsächlich* in Saigon! Zu schade, daß sie im Moment nichts unternehmen konnte. General Chang schenkte dem gefesselten Paar keine Aufmerksamkeit und marschierte direkt auf einen anderen Raum zu.

Bond und Wai Lin bogen um eine Ecke und stießen auf eine etwas bizarrere Erscheinung. Ein junger Chinese, der wie ein Michael-Jackson-Imitator aussah, ging an ihnen vorbei, gefolgt von einer Gruppe Asiaten, die wie Transsexuelle wirkten. Bond dachte, daß der Anblick völlig unpassend war, berücksichtigte man, in welcher Situation er und Wai Lin sich befanden. Wai Lin runzelte die Stirn, als sie die Gruppe sah. Nach der Begegnung mit General Chang war sie nicht überrascht, niemand anderen als den ›Kronprinzen‹ Hung und seinen lustigen Anhang zu sehen. Sie verschwanden am Ende des Flurs.

»Haltet sie hier fest und wartet«, sagte Stamper vor Carvers Büro auf deutsch zu den beiden Männern. Dann öffnete er die Tür und ging allein hinein.

»Sie scheinen die beiden erkannt zu haben«, sagte Bond leise.

»Ja«, flüsterte Wai Lin. »Hohes Kreditrisiko.«

Stamper öffnete die Tür und führte sie in einen Raum, der im Grunde genommen eine kleinere Ausgabe des Nachrichtenzentrums in Hamburg war. Das private Nachrichtenstudio war in ein luxuriöses Büro integriert. Auf einem großen Konferenztisch lag eine Karte von Südostasien, auf der kleine Schiffsmodelle standen, die

die Positionen der chinesischen und der britischen Marine verdeutlichten. Elliot Carver stand auf der anderen Seite des Raums und blickte auf die Bildschirme. Henry Gupta saß an einem Schreibtisch und arbeitete an einem Computer.

Stamper ging zu Carver hinüber und flüsterte ihm etwas ins Ohr.

»Wirklich?« fragte Carver. »Sie tun es? Wir werden sehen.«

Stamper trat zur Seite und blickte auf den Fußboden, während Carver sich Bond und Wai Lin zuwandte.

»Nun, Mr. Bond«, sagte er. »Erst gestern ist meine Frau in Ihrem Bett ums Leben gekommen, und Sie sind halb um die Erde gereist, um in meinem Büro zu sterben. Wie passend. Hätte ich gewußt, wer Sie sind, hätte ich Sie mir auf andere Art und Weise vorgeknöpft.«

Wai Lin blickte Bond an. Der attraktive Engländer war ihrer Einschätzung nach etwas Besonderes, aber sie wußte noch nicht, was Carver inzwischen herausgefunden hatte.

Carver bemerkte Wai Lins Blick. »Ist es möglich, daß man Sie einander nicht vorgestellt hat?« fragte er. »Das ist James Bond, 007, vom britischen Geheimdienst. Wai Lin von der chinesischen Spionageabwehr. Haben Sie Zeitung gelesen? Ihre beiden Länder sind im Begriff, gegeneinander Krieg zu führen.«

»Natürlich kennen wir uns«, sagte Bond. »Wir haben zusammengearbeitet, kennen Ihren gesamten Plan und haben unseren Vorgesetzten Bericht erstattet. Sie werden die morgigen Schlagzeilen nicht schreiben, sondern ihr Thema sein.«

Carver imitierte Brustschmerzen und verspottete Bond: »Guter Gott! Sie wissen alles! Wir sind verdammt und müssen uns ergeben!« Carver hob die Hände, und Stamper, der den Sarkasmus nicht begriff, folgte zögernd der Aufforderung seines Chefs.

Gupta schnaubte. »Seien Sie kein Idiot«, sagte er zu Stamper. »Der Boß macht Witze.«

Der verwirrte Stamper starrte Gupta an.

»Nun, auf seine besondere Art und Weise ist Stamper ein brillanter Mitarbeiter«, sagte Carver, um seinen wichtigsten Handlanger versöhnlich zu stimmen. »Vielleicht finden Sie das folgende interessant.«

Er holte einen scharfen, silbernen Brieföffner und reichte ihn Stamper.

»Stechen Sie sich damit ins Bein«, befahl Carver lässig.

Stamper ergriff den Brieföffner und rammte ihn sich ohne Anstrengung und Zögern in den Oberschenkel. »So?« fragte er, als ob er eine Fliege verscheucht hätte.

»Sehen Sie?« fragte Carver. »Stamper ist ein ungewöhnlicher Mensch – die Körperstellen, wo man Schmerz oder Lust spürt, sind bei ihm vertauscht. Das war hilfreich, um einen perfekten Killer aus ihm zu machen. Würden Sie den Brieföffner lieber rausziehen oder ihn noch in Ihrem Bein stecken lassen?« fragte er Stamper.

»Darf ich ihn stecken lassen?« fragte Stamper ernsthaft. »Wenigstens für eine Weile?«

»Das ist ein spezieller Hochgenuß für Stamper«, sagte Carver. »Aber natürlich können wir nicht zulassen, daß er sich dauernd selbst verletzt.«

»Er wird erblinden«, witzelte Bond.

»Sehr lustig. Aber gar nicht so lustig für Miß Lin. Es kommt nicht oft vor, daß ihn sexuelle Begierden überwältigen, aber wenn es soweit ist – nun, ich habe ein paar absolut unglaubliche Videokassetten.«

»Dann seien Sie besser vorsichtig«, sagte Bond. »Sonst werden *Sie* blind.«

Carver ignorierte seine Worte. »Normalerweise würde der nächste Schritt jetzt darin bestehen, Sie beide von Stamper foltern zu lassen, um Informationen aus Ihnen herauszupressen. Aber mal ehrlich, es interessiert mich nicht, was Sie wissen. Also wird Stamper Sie nur zum Spaß foltern. Und glauben Sie nicht, daß es für Miß Lin angenehmer werden wird, weil er sie attraktiv findet.«

»Nein«, sagte Bond. »Das macht alles nur schlimmer.«

»Sosehr er auch eigene Schmerzen lieben mag, bei anderen genießt er sie noch zehnmal mehr.«

»Wir wissen, daß Sie eine Cruise Missile mit nuklearem Sprengkopf von der *Devonshire* gestohlen haben, nachdem Sie das Schiff vom Kurs abgebracht haben«, sagte Bond.

»Tatsächlich?« fragte Gupta. »Wie denn?«

»Sehen Sie nicht mich an, Mr. Bond«, sagte Carver. »Es ist mir völlig egal, ob Sie die Neugier meines Freundes befriedigen oder nicht.« Er setzte sich in einen Drehsessel vor den Monitoren.

»Sie haben Ihren Satelliten und ein gestohlenes ACSES-Gerät benutzt, um das Schiff in chinesische Hoheitsgewässer zu zwingen ...«

Wai Lin griff den Faden auf. »... und Sie haben die beiden chinesischen MiGs abgeschossen, die den Vorfall untersuchen sollten, um eine Krise zwischen unseren Ländern auszulösen.«

»... und heute um Mitternacht«, fuhr Bond fort, »wenn die Chinesen uns mit einer Attacke gegen unsere Flotte bedrohen, werden Sie die Rakete auf Peking abfeuern, weil Sie wissen, daß die Chinesen dann einen Vergeltungsschlag gegen London führen werden.«

Wai Lin baute auf dieser Information auf. »... und Sie werden dafür sorgen, daß dieser Verräter, General Chang, den Playboy, der sich selbst ›Kronprinz Hung‹ und ›Erbe der Ming-Dynastie‹ nennt, als den neuen Kaiser von China einsetzt.«

»Nur wird das alles nicht klappen«, sagte Bond, »weil Ihr Plan bekannt ist.«

Das erschütterte Gupta doch ein bißchen. Carver registrierte es. »Machen Sie sich keine Sorgen«, sagte er.

Gedankenverloren rieb er sich das Kinn und wandte sich dann in seinem Drehsessel Bond und Wai Lin zu. »Sehr gut. Nur zwei kleine Details stimmen nicht. Erstens *wird* alles klappen, selbst wenn Sie Bericht erstattet haben sollten, was natürlich nicht stimmt, weil Sie meinen Plan erst jetzt begriffen haben. Es war natürlich ein kleiner Fehler, Sie im Flur General Chang und den nächsten Kaiser sehen zu lassen. Aber Sie sind beide auf eigene Faust in dem Wrack herumgetaucht, und das bedeutet: Was immer Sie auch berichtet haben mögen, Ihre Regierungen glauben Ihnen nicht. Das ist doch der springende Punkt, oder? Die Wahrheit ist irrelevant. Was zählt, sind die Berichte in den Medien.«

»Und das zweite kleine Detail?« fragte Bond.

»Wenn Sie wirklich etwas begriffen hätten, wüßten Sie, warum ich nicht bis Mitternacht warten werde. Ich plane, den Krieg eine Stunde nach Einbruch der Dämmerung loszutreten, um in der westlichen Welt die beste Sendezeit zu erwischen und die höchsten Einschaltquoten zu erreichen. Wenn Sie glauben, daß der Golfkrieg für meine Einschaltquoten ein Glückstreffer war, wie wird es dann erst beim Fall Chinas und der Bombardierung Großbritanniens sein?«

Carver wirbelte in seinem Drehsessel herum und drückte einen Schalter. Auf den Monitoren flackerten Schlagzeilen und Nachrichten aus aller Welt auf. Er las sie laut vor. »›China versenkt die britische Flotte!‹ ... ›Englischer Nuklearangriff auf Peking!‹ ... ›Wasserstoffbombe trifft London‹ ... ›Neuer Kaiser übernimmt die Macht!‹«

»Die Nachrichten von morgen – schon heute«, sagte Bond.

»Genau, Mr. Bond. Ich erschaffe das größte Medienimperium, das je ein Mann aufgebaut hat, und es steht oder fällt mit dem Programm. Dieses Programm lege ich fest. William Randolph Hearst war zu seiner Zeit für die Vereinigten Staaten der Mann, der ich in meiner Zeit für die ganze Welt bin. Allerdings hat er nur einen Krieg ausgelöst, während ich vorhabe, das alle zwei Jahre zu tun!«

Carver drehte sich wieder herum und drückte weitere Knöpfe. Auf den Bildschirmen tauchten weitere Schlagzeilen auf, und Carver las erneut vor: »›Krieg im Amazonasgebiet‹ ... Das werden wir in der Boulevardpresse dann ›Rumble in the Jungle‹ nennen ... ›Revolution in Südafrika‹ ... ›Rußland marschiert in der Ukraine ein‹ ... Und zur Feier unseres zehnjährigen Bestehens: ›Amerikanischer Bürgerkrieg – Teil zwei!‹«

»Ich denke, das würde Sie zum mächtigsten Mann der Welt machen«, sagte Bond.

»Zum mächtigsten *Verrückten!*« berichtigte Wai Lin.

»Stimmt«, sagte Bond. »Ich korrigiere mich.«

»Verrückt oder nicht, Mr. Bond, ich bin *bereits jetzt* der mächtigste Mann der Welt.«

»Vielleicht. Aber Sie bleiben dennoch der Sohn einer Hure, ein Bastard, der in der Gosse aufgewachsen ist. Und wir lachen alle über Sie.«

Carver war an seiner wunden Stelle getroffen und lief rot an. Er stand auf. »Werden Sie auch noch spotten, wenn der Feuerball den Buckingham Palace verdampfen läßt? Und werden Sie spotten, wenn die Schockwelle Ihre Privatclubs, Ihre Saville Row und die Gebäude Ihrer arroganten Banken niedermäht, oder wenn das Feuer die rotwangigen Knaben in Harrow röstet?«

»Ja. Sie werden vielleicht sterben, aber *Sie* werden immer noch eine wertlose Kreatur aus der Gosse sein, die keinen Deut besser ist als dieses Muskelpaket, dieser zurückgebliebene, psychotische *Irre*, dieser Mutant, dieser ...«

Das konnte Stamper nicht hinnehmen. Er taumelte

vor, und Bond und Wai Lin legten los. Bond wirbelte sie herum, so daß sie den Arm ausstrecken und den Brieföffner in Stampers Oberschenkel packen konnte. Sie zog ihn flink heraus und sprang zu Gupta hinüber, wobei sie Bond mit sich zog. Als Stamper nach Bond griff, legte sie die Klinge an Guptas Kehle.

»Nein!« brüllte Carver. Stamper hielt inne, aber Bond blieb in Bewegung. Er schlang die Arme um den erstbesten Wachtposten und zog den Mann vor seinen Körper. Die Maschinenpistole ging los, und die Kugeln spritzten durch den ganzen Raum. Stamper warf sich auf Carver, um ihn mit seinem Körper vor den Schüssen zu schützen, während Leute vom Sicherheitspersonal in das Büro stürmten und das Feuer auf Bond eröffneten.

»Treffen Sie bloß nicht Gupta!« brüllte Carver.

Der Mann, den Bond als menschliches Schutzschild benutzte, wurde durch die Schüsse getötet, und das große Fenster mit dem Panoramablick auf die anderen Wolkenkratzer zerbarst. Abrupt hörte die Schießerei auf. Bond und Wai Lin gingen langsam rückwärts auf das Fenster hinter ihnen zu, während Wai Lin Gupta noch immer die Klinge an die Kehle hielt.

»Was stehen Sie hier einfach so rum?« brüllte Carver seinen Leuten zu. »Schnappt sie euch!«

Die vier Männer stürmten los, aber Bond und Wai Lin schubsten Gupta auf sie zu und schickten sie so zu Boden. Gleichzeitig wandte sich das mit Handschellen aneinander gefesselte Paar um und sprang aus dem Fenster.

Es wäre ein Sturz aus dem fünfzigsten Stockwerk gewesen, aber die beiden landeten in dem festen, dünnen Plastikgewebe des grünen Baustellennetzes.

»Und wie kommen wir jetzt nach unten?« fragte Wai Lin.

Bond bemerkte die riesige Fahne an der Gebäudeseite neben ihm. Sie befanden sich direkt vor der überdimensionalen Stirn von Carvers Konterfei. »Geben Sie mir den Brieföffner«, sagte er. Wai Lin reichte ihn ihm. Bond kappte das Kabel, an dem die Fahne hing und aufgezogen wurde, und durchbohrte dann Elliot Carvers Stirn. Er packte Wai Lin, indem er einen Arm um ihre Taille schlang. »Festhalten!« sagte er. Sie klammerte sich an ihn und schlang ihre Beine um seinen Körper. Bond hing mit der anderen Hand an dem Brieföffner. Im Sturz nach unten zerfetzten sie mit der Klinge die Fahne, deren zerreißendes Gewebe ihre Geschwindigkeit abbremste. Als sie das Ende der Fahne erreicht hatten, war Carvers Porträt halbiert. Bond packte sich eine Seite des durchtrennten Banners, während es auf den Rand des Gebäudes zuschwang und sich über einem hohen Bambusgerüst wölbte. Er ließ die Fahne los und sprang mit Wai Lin auf das Gerüst.

Oben im Büro blickten alle erstaunt aus dem zersplitterten Fenster. Stamper grunzte und verließ mit mehreren Wachtposten im Schlepptau das Büro.

»Zum Teufel mit ihnen!« murmelte Carver.

Bond und Wai Lin rannten die Leitern des Gerüstes hinab, trafen aber auf Wachtposten, die von der Straße aus hinaufstiegen. Sie bewegten sich auf eine andere Leiter zu, aber auch dort kamen ihnen die Männer Carvers entgegen. Bond blickte sich um und merkte, daß sie umzingelt waren. Neben ihnen befand sich ein großer Stützpfeiler aus Bambus, der sich durch den Druck gekrümmt hatte und bis zur Oberseite des Gerüstes reichte. Er blickte Wai Lin fragend an, aber sie schien zu zweifeln.

»Wenn Sie bereit sind, bin ich's auch«, sagte Bond.

Sie sprangen von der Plattform und klammerten sich an dem vertikalen Stützpfeiler fest, der sich löste und sie über die Straße katapultierte, auf der starker Verkehr herrschte. Sie landeten in einem vollen Müllcontainer, während das Gerüst auf der anderen Straßenseite zusammenbrach, als ob es aus einem Haufen Zahnstocher bestünde. Ein Motorradfahrer raste direkt gegen den Bambuspfeiler, der jetzt die Straße blockierte. Der Fahrer stürzte, und seine BMW R1200C Cruiser fiel auf die Seite.

Bond und Wai Lin sprangen von dem Müllcontainer herab und waren erstaunt, daß sie unverletzt waren. Dann prallten Kugeln an dem Container hinter ihnen ab – von der anderen Straßenseite näherten sich weitere Wachtposten. Sie stürzten auf das Motorrad zu und richteten es auf.

Wai Lin unterrichtete den Fahrer auf chinesisch, daß sie sich seine BMW ausleihen würden. Bond stieg auf, bevor der Mann protestieren konnte, und hatte seine freie Hand schon am Gashebel. Wai Lin sprang hinter ihm auf den Sitz und versuchte, mit ihrer freien Hand die Kupplung zu erreichen. Bonds Fuß betätigte den Kickstart, aber er würgte den Motor ab.

»Festhalten!« rief er.

Wai Lin zog den Hebel, und während die Kugeln den Boden um die Reifen aufrissen, gaben sie Gas und rasten die Straße hinab.

Oben im Büro beobachtete Carver wütend die Flucht. »Sie hauen ab!« brüllte er in sein Walkie-talkie. »Schikken Sie Ihnen einen Wagen hinterher! Benutzen Sie den gottverdammten Hubschrauber!«

Aus der Tiefgarage des Gebäudes glitten schwarze Autos, die mit denen in Hamburg identisch waren und die Verfolgung des Motorrads aufnahmen.

Die BMW R1200C war eine schwere Maschine, die als Europas Antwort auf die Harley-Davidson verkauft wurde. Ihre Spitzengeschwindigkeit betrug zweihundertsiebzig Kilometer pro Stunde. Sie war eher für eine Rennstrecke als für die Straßen von Saigon geeignet. Das Motorrad war sehr eindrucksvoll – der Lack hatte einen warmen, avantgardistischen, extravaganten Elfenbeinfarbton, der am Rand mit einem feinen, marineblauen Strich abgesetzt war.

Die Maschine jagte den verkehrsreichen Boulevard hinab, während die Männer in den Autos die Verfolgung aufnahmen. Sie folgten den Fliehenden, als sie in der falschen Richtung in einen Kreisverkehr einbogen. Die Autos versuchten mit quietschenden Reifen auszuweichen, um eine Karambolage zu vermeiden, stießen dafür aber mit anderen Autos zusammen. Es gab ein Hupkonzert, und die Fahrer schrien. Bond und Wai Lin ließen das Chaos und ihre Verfolger hinter sich, während sie in eine schmale Straße abbogen. Sie rasten sie mit Höchstgeschwindigkeit hinab, mußten aber feststellen, daß es sich um eine Sackgasse handelte, die vor einem großen Haus endete.

»Was nun?« fragte Wai Lin.

»Wir werden drin mal ›Guten Tag‹ sagen«, antwortete Bond.

Er gab Gas, donnerte die Eingangsstufen empor und wollte gerade durch die verschlossene Tür krachen, als diese von einem Butler geöffnet wurde. Sie rasten durch die Tür und ließen einen geschockten, zitternden Butler zurück. Drinnen jagten sie über das gebohnerte Parkett. Möbel stürzten um, Porzellan zerbrach. Dann schossen sie eine Treppe hoch.

Sie fuhren durch einen Korridor im ersten Stock und dann durch eine offene Tür, die auf eine Dachterrasse führte. Bond beschleunigte, und sie sprangen mit dem Motorrad auf das flache Dach des Nachbargebäudes. Sie hüpften von Dach zu Dach und schlängelten sich um Schornsteine herum und unter aufgehängter Wäsche hindurch. Die Verfolger unten auf der Straße feuerten auf sie, wann immer sie freie Sicht hatten.

Vor einem höheren Wohnhaus war es mit den Sprüngen von Dach zu Dach vorbei, aber das Motorrad schoß durch eine offene Hintertür in ein riesiges Loft. Während sie auf ein großes Fenster mit Panoramablick am anderen Ende des Raums zusteuerten, flogen Bücher und Papierunterlagen umher. Bevor Bond und Wai Lin das Fenster erreicht hatten, kam davor der Propeller des Augusta-A-109-Helikopters in Sicht.

Bond wendete und steuerte wieder auf das Dach hinaus. Der Hubschrauber verschwand aus ihrem Blickfeld – der Pilot wartete darauf, daß das Motorrad zu ebener Erde auftauchen würde. Doch den Gefallen wollte ihm Bond nicht tun.

»Festhalten«, sagte er zu Wai Lin.

Er beschleunigte erneut, raste dann in den Raum zurück, brachte die Maschine auf Höchstgeschwindigkeit und schoß mit Wai Lin durch das Fenster mit dem Panoramablick. Die BMW flog über den Propeller des Hubschraubers hinweg und landete auf dem Dach eines Hauses auf der gegenüberliegenden Straßenseite. Dann hüpfte Bond wieder von Flachdach zu Flachdach, um den Verfolgern zu entkommen. Über ihnen tauchte erneut der Hubschrauber auf und steuerte auf sie zu. Einer der Wachtposten lehnte sich aus dem Fenster und feuerte auf sie, aber genau in dem Augenblick, als der Hubschrauber aufgeholt hatte und die Kugeln ihr Ziel hätten treffen können, brach das Dach ein, und Bond und Wai Lin krachten in die oberste Wohnung.

Das nackte chinesische Paar, das sich auf dem Bett leidenschaftlich liebte, hätte beinahe eine Herzattacke erlitten, als das Motorrad durch die Decke in das Schlafzimmer stürzte. Die Maschine raste dröhnend auf den Gemeinschaftsbalkon hinaus.

Der Balkon erstreckte sich über die gesamte Länge des großen Gebäudes – als Raumteiler dienten Vorhänge und Trennwände aus Bambus. Bond und Wai Lin jagten über den Balkon und schleuderten dabei wackeliges Mobiliar und Trennwände zur Seite.

»Sehen Sie irgend etwas, was Ihnen gefällt?« brüllte Bond.

Die Wachtposten in einem der Wagen auf der Straße hatten sie erblickt. Der Fahrer hatte eine clevere Idee. Er fuhr unter den Balkon und rammte die hölzernen Stützpfeiler einen nach dem anderen, wodurch der Balkon hinter ihm einstürzte. Die BMW befand sich noch vor den einstürzenden Teilen des Balkons, aber der Wagen unter ihnen holte schnell auf. Die Gangster lehnten sich an beiden Seiten aus dem Fenster und feuerten auf Bond und Wai Lin.

Das Ende des Balkons kam in Sicht, und Bond erreichte das hölzerne Geländer genau in dem Moment, als die Limousine gegen den letzten Stützpfeiler stieß – doch der war aus Beton. Nachdem die beiden Insassen mit voller Wucht gegen die Windschutzscheibe geprallt waren, sah diese wie ein Spinnennetz aus. Bond und Wai Lin brachen durch das Balkongeländer und flogen durch die Luft. Das Motorrad landete aufrecht am Rand eines Marktplatzes.

Sie rasten weiter, warfen Marktstände um, rammten Waren und wichen knapp Passanten und Tieren aus. Die Männer im Hubschrauber hatten sie entdeckt und stießen herab, wobei die Propellerflügel Marktstände und Waren zerfetzten. Hühner flatterten kreischend durch die Gegend, und die Passanten schrien und rannten davon. Früchte fielen von den Ständen und rollten überall herum. Der Hubschrauber kam schnell näher. Das Modell war vielseitig und für Polizeieinsätze konzipiert, aber dann für verschiedene militärische Zwecke modifiziert worden. Die Modelle für zivile Zwecke konnten für den Privatgebrauch erworben werden, doch Carver hatte offensichtlich einen mit Waffen erstanden.

Bond und Wai Lin verließen den Markt und steuerten auf eine überfüllte Straße, auf der Tausende von Fahrrädern zu fahren schienen. Der Helikopter entfernte sich, während sich das Motorrad dröhnend in den Verkehr einreihte, der sich plötzlich teilte. Vor ihnen sahen Bond und Wai Lin zwei voll besetzte Autos, die direkt auf sie zukamen. Im letzten Augenblick vollführten sie schleudernd ein scharfes Wendemanöver und bogen in eine lange Seitengasse ein. Die Wagen hinter ihnen kamen näher, während sie auf das Ende der Gasse zurasten, die vor einem Fluß voller Boote endete. Das Motorrad schoß durch die Luft und landete auf einem Boot, das am Kai vertäut war. Von hier sprangen sie auf das nächste Boot und dann wieder zum nächsten. Die Autos hinter ihnen mußten bremsen.

Bond manövrierte die BMW über den ganzen Fluß, indem er von Boot zu Boot sprang und schließlich am anderen Ufer landete. Sie kamen in einen engen Hof, schossen an einem verschmutzten Brunnen vorbei und unter einem Draht mit Wäsche hindurch, bevor sie bremsen mußten. Erneut befanden sie sich in einer Sackgasse – vor ihnen ragte eine hohe Mauer auf. Sie wendeten das Motorrad und waren gerade hinter der Leine mit der Wäsche, als sie sahen, daß der Hubschrauber am Anfang der Gasse nah über dem Boden schwebte. Die Propeller wurden nach unten abgeknickt, und der Helikopter kam mit schwirrenden Propellern durch die enge Gasse auf sie zu.

»Wir sitzen in der Falle«, sagte Wai Lin.

»Keineswegs«, antwortete Bond.

Er richtete seinen Blick auf die einen Meter hohe Lükke zwischen den Propellerflügeln und dem Boden. Die trocknende Wäsche flatterte in der Luft, während der Hubschrauber sich näherte. Wai Lin starrte auf den Draht, an dem die Kleidungsstücke hingen.

»Warten Sie eine Sekunde!« schrie sie.

Sie riß die Wäscheleine ab und löste einen großen Stein aus der Erde.

»Okay, los geht's!« brüllte sie.

Bond raste auf den Hubschrauber zu und riß das Motorrad im letzten Augenblick seitlich nieder, so daß sie unter den Propellerflügeln hindurchglitten. Bond und Wai Lin rollten vom Motorrad, während der Helikopter über ihren Köpfen dahinglitt. Dann sprang Wai Lin auf und befestigte den Stein am Ende der Wäscheleine aus Draht. Sie wirbelte sie herum und schleuderte sie in den hinteren Propeller des Hubschraubers. Der Draht und die Wäschestücke verschlangen sich wie eine Rolle Bindfaden in den wirbelnden Propellerblättern. Der hintere Propeller blockierte mit einem schrillen Heulen, und der Helikopter geriet ins Trudeln und schwankte von einer Seite zur anderen. Die Propeller krachten gegen die Wände des Hofs, und der Hubschrauber explodierte. Bond packte Wai Lin und kroch mit ihr in den versiegten Brunnen, während über ihren Köpfen eine Feuerwand aufstieg.

Nach einem Augenblick setzten sie sich langsam auf. Sie waren völlig verdreckt. Bond betrachtet zuerst das Wrack des Hubschraubers und blickte dann Wai Lin an. Er war beeindruckt.

In einer farbenprächtigen Gasse mit aufgehängter Wäsche, kreischenden Kindern und diversen Tieren fanden sie eine Außendusche. Wai Lin hatte ihr Gesicht dem von oben kommenden Wasserstrahl zugewandt und genoß die Dusche. Sie beugte sich vor, spülte ihr Haar aus und lächelte dann Bond an, der sie bewundernd beobachtete.

»Würden Sie mir bitte die Seife reichen?« fragte sie.

Bond fischte ein Seifenstück aus einer Blechdose, die mit einem Draht an der Wasserleitung festgemacht war, und reichte es ihr.

»Die Sache mit dem Stein haben Sie gut hingekriegt«, sagte er.

»Das kommt daher, weil ich in einer rauhen Gegend aufgewachsen bin. Und Sie sind ein ziemlich guter Motorradfahrer.«

»Das liegt daran, daß ich nie erwachsen geworden bin.«

Sie lachte, während sie ihr langes Haar einseifte. Bond wurde nah an sie herangezogen, und seine durch die Handschellen gefesselte Hand befand sich direkt neben ihrer.

»Gestatten Sie?«

Er massierte ihre Kopfhaut und ihr Genick. Sie stöhnte wohlig und blickte Bond an. Ihre beiden Hände waren frei. Sie hatte es irgendwie geschafft, das Schloß zu knacken und dies durch ihr langes Haar zu verbergen.

»Jetzt sind Sie dran«, sagte sie. Sie legte die geöffnete Handschelle um die Wasserleitung und ließ sie zuschnappen. Bond war an die Wasserleitung gefesselt.

»Tut mir leid«, sagte sie. »Aber das Ganze ist ein chinesisches Problem. Danke, daß Sie mir die Haare gewaschen haben. Es war wunderbar.«

Sie schnappte sich ein paar weiße Kleidungsstücke und begann sich anzuziehen.

Verblüfft registrierte Bond, daß sie ihm zuwinkte und dann die Gasse verließ. Er stand einen Augenblick lang da und kam sich töricht vor. Dann riß er die Leitung aus der Wand. Das Wasser spritzte überall umher. Er lief hinter Wai Lin her. An seinem Handgelenk baumelten die Handschellen.

Auf der Straße schienen sich Hunderte von Vietnamesen zu befinden, die alle weiße Kleidung trugen. Wo war Wai Lin?

Er tauchte in die Menge ein und begann, nach ihr zu suchen.

13
Wieder gemeinsam

James Bond rannte durch die Menge und blickte sich um, während die Handschellen an seinem Handgelenk rasselten.

Was sollte das bedeuten – das Ganze ist ein ›chinesisches Problem‹? Es war auch ein Problem, das Großbritannien betraf! So würde er sie nicht davonkommen lassen. Was glaubte diese Frau, wer sie war? Die Tatsache, daß sie einer der fähigsten Agenten war, die er je kennengelernt hatte, gab ihr noch nicht das Recht, diese Sache allein in die Hand zu nehmen. Normalerweise hätte Bond es vorgezogen, auf eigene Faust zu arbeiten, aber er mußte zugeben, daß diese Frau einfach unglaublich war. Wie geschickt und mutig sie war! Er konnte sie nicht einfach so davonrennen lassen. Eine innere Stimme riet ihm, so schnell wie möglich einen Bericht nach London zu senden, damit man dort wußte, was hier geschah. Aber da gab es eine noch lautere Stimme, die ihm riet, nach Wai Lin zu suchen.

Wenn man von ein paar Fällen absah, waren Bonds Beziehungen zu Frauen immer beiläufig und unverbindlich gewesen. Das, was andere *Liebe* nannten, hatte er seiner Meinung nach in seinem Leben vielleicht drei- oder viermal erlebt. Ansonsten hatte es sich um reine Lust gehandelt und in ein paar extremen Fällen vielleicht um eine intensive Faszination. Er hatte nie ein Problem damit gehabt, zugeben zu müssen, daß seine Einstellung gegenüber dem anderen Geschlecht altmodisch und vielleicht sogar irgendwie chauvinistisch war. M hatte einst behauptet, daß er einen krankhaften Haß auf Frauen hege, aber das stimmte nicht. Er bewunderte die Frauen, und wenn irgend etwas daran nicht stimmte, dann seine Neigung, jene Frauen, die er mochte, auf ein Podest zu stellen.

Im Lauf der Jahre hatte er viele verschiedene Frauen kennengelernt – sowohl im Privat- als auch im Berufsleben. Er hatte schon zuvor mit weiblichen Agenten aus anderen Ländern zusammengearbeitet, und die kurzen Affären, die sich gegen Ende der Missionen unausweichlich zu ergeben schienen, immer genossen. Aber nach deren Ende war er stets nach England zurückgekehrt, hatte sein Leben als Junggeselle wiederaufgenommen und nach der nächsten Frau Ausschau gehalten. War Wai Lin etwas Besonderes? Warum gefährdete er die Mission, um sie zu finden?

Bond verfluchte sich selbst, suchte aber weiter. Er überzeugte sich selbst davon, daß er den Schlüssel zur Lösung seiner Aufgabe nur fand, wenn er mit Wai Lin zusammenarbeitete. Vielleicht würden ihre jeweiligen Regierungen zuhören, wenn beide sie über Carvers Absichten aufklärten. Und wenn sein Hintergedanke darin bestehen sollte, erneut in ihre mandelförmigen Augen schauen, vielleicht ihre Lippen küssen und ihre weiche, hellbraune Haut berühren zu können, dann sollte es wohl so sein.

Aus dem Augenwinkel sah er eine weißgekleidete Person, die aus dem Strom der Passanten ausbrach und in eine Seitengasse lief. Konnte sie das gewesen sein?

Wai Lin setzte ihren Ohrring wieder ein, während sie durch die Menschenmenge eilte. Sie wollte ihr Ziel erreichen, bevor der *gweilo* sie eingeholt hatte. Sie haßte es, ihm das antun zu müssen, weil er es nicht verdient hatte, aber sie hatte ihre Befehle und die Pflicht, sie zu erfüllen. Sie durfte es nicht zulassen, daß der attraktive Geheimagent aus dem Westen ihre Aktionen beeinflußte, und sie mußte ihm entkommen und den Job auf eigene Faust erledigen.

Wenn sie noch länger mit Handschellen an ihn gefesselt gewesen wäre, wäre sie vielleicht bald nicht mehr in der Lage gewesen, ihr Verlangen nach ihm zu kontrollieren.

Sie blickte sich um und sah ihn weit hinter sich aus der Masse weißgekleideter Vietnamesen herausragen. Sie grinste leicht, weil der Anblick amüsant war. Wie auch immer, er konnte sie nicht sehen. Sie bog in eine enge Gasse ab und brauchte eine weitere Minute, bis sie auf einer geschäftigen Straße stand, der gegenüber sich ein kleiner Park befand. Eine Reihe von Fahrrädern war in einem Fahrradständer abgestellt.

Das Fahrrad befand sich an der Stelle, die man ihr genannt hatte. Es war an dem Ständer angeschlossen, aber sie schaffte es, auch das Schloß mit ihrem Ohrring zu öffnen. Sie stieg auf und fuhr zum geheimen Treffpunkt.

Was interessierte sie so an diesem Europäer? Er war doch nur ein weiterer *gweilo* – ein Slangausdruck, den Asiaten häufig für Menschen aus dem Westen benutzten. Und doch war er in vielerlei Hinsicht anders. Dieser Mann namens Bond war einfallsreich und mutig. Sie wußte, daß er ohne Zögern töten konnte, aber gleichzeitig hatte er etwas Zärtliches, das sie ansprach. Tief unter der rauhen Schale verbarg sich ein gefühlvoller Mann. Sie spürte, daß er ein liebevoller und großmütiger Mann sein konnte – besonders im Bett.

Während sie auf ihr Ziel zuradelte, dachte Wai Lin an das, was sie in Carvers Hauptquartier gesehen hatte. General Chang und der sogenannte Kronprinz hielten sich dort auf und warteten darauf, daß der Krieg begann und schnell beendet war. Vielleicht dachten sie, daß es einfach wäre, Hung als neuen Kaiser von China einzusetzen, aber Wai Lin war anderer Ansicht. Sie glaubte nicht, daß die Menschen einfach so einen neuen Kaiser akzeptieren würden. In dieser Hinsicht wies Carvers Plan einen Fehler auf. Aber es war sehr wahrscheinlich, daß es zum Krieg kommen würde, und der mußte verhindert werden. Sie trat in die Pedale und fuhr noch schneller durch die Straßen.

Zehn Minuten später erreichte Wai Lin eine Fahrradwerkstatt in der Nähe des Ben-Thanh-Marktes. Dieser Markt war seit langem eines von Saigons berühmtesten Wahrzeichen – es gab ihn schon seit den Zeiten der französischen Kolonialherrschaft. Er fand auf einer Landzunge statt, wo früher ein Sumpf gewesen war. Der Ben-Thanh-Markt war einer der geschäftigsten Orte in der Innenstadt.

Wai Lin betrat die Fahrradwerkstatt, aber sie hatte die bemerkenswerte Effizienz unterschätzt, mit der Carvers Leute ihre Nachforschungen anstellten. Stamper hatte die Tarnung des Saigoner Hauptquartiers der chinesischen Spionageaufklärung schon vor Monaten enttarnt. Obwohl es jetzt ein offizielles Gebäude in Hanoi gab, wo die chinesische Institution residierte, die mit der CIA oder dem MI6 vergleichbar war, existierte dieser geheime Treffpunkt noch – der aber unglücklicherweise nicht mehr sicher war.

Der Vietnamese, der das Gebäude von der anderen Straßenseite aus beobachtete, hatte eine Stunde lang gewartet. Er arbeitete für die Sicherheitsabteilung von CMGN, trug aber keine Uniform. Unauffällig stand er in einer Seitengasse und fragte sich, ob die Frau oder der Mann auftauchen würde, als endlich jemand kam. Die Chinesin radelte auf den Laden zu und stieg ab. Während sie die Fahrradwerkstatt betrat, zog der Mann sein Handy aus der Tasche und wählte eine Nummer.

Er schaffte es nicht, das Gespräch zu beenden, weil ihn von hinten ein Hieb am Genick traf. Sein Kopf kippte zur Seite, und dann brach er zusammen. James Bond nahm das Handy, unterbrach die Verbindung und untersuchte dann, ob der Mann bewaffnet war. Er fand eine automatische Browning-9 mm und steckte sie ein.

Bond hatte darauf gesetzt, daß die Person, die er beobachtet hatte, als sie aus der Menschenmenge ausscherte, Wai Lin gewesen war. Er war in die Gasse gesprintet und hatte sie erkannt. Mit geheimen Verfolgungstechniken, die er vor langer Zeit in Kanada erlernt hatte, war er ihr bis zu dem kleinen Park gefolgt. Als sie davongeradelt war, hatte er sich ebenfalls ein Fahrrad geschnappt und war ihr nachgefahren. Zufällig hatte er den Gangster bemerkt, der sie beobachtete.

Bond versteckte sich in einem Hauseingang, während vor der Fahrradwerkstatt ein schwarzer Wagen vorfuhr. Sechs Verbrecher stiegen aus dem Auto – fünf betraten die Werkstatt, einer stand draußen Wache. Bond verließ die Gasse und überquerte die Fahrbahn, so daß er auf der gleichen Straßenseite entlanggehen konnte, auf der sich die Fahrradwerkstatt befand. Der Wachtposten hatte eine Pistole im Hosenbund stecken und eine nicht angezündete Zigarette im Mund. Er durchsuchte seine Taschen nach Feuer. Bond ging auf ihn zu und kramte hilfsbereit in seinen eigenen Taschen nach Streichhölzern – freilich ohne Erfolg. Er zuckte entschuldigend die Achseln und rammte dem Mann die Faust gegen den Kiefer. Der Gangster brach zusammen. Da hörte Bond aus der Fahrradwerkstatt ein Krachen.

Er betrat den Laden und konnte gerade noch einem der Killer ausweichen, der gegen die Wand geschleudert wurde. Ein anderer Mann lag stöhnend auf dem Boden. Wai Lin befand sich mitten in einem Kampf mit den drei anderen Angreifern. Sie schlug sich so gut, daß Bond innehalten und sie bewundern mußte. Sie war im wahrsten Sinne des Wortes eine Kampfmaschine. Die Männer schienen ihrerseits Nahkampfexperten zu sein, hatten aber keine Chance gegen sie. Wai Lin packte den Arm eines Mannes und schleuderte ihn über ihre Schulter gegen die Theke, dann attackierte sie die anderen beiden mit blitzschnellen Hieben und Fußtritten, bis sie erledigt waren. Der Mann an der Tür erlangte das Bewußtsein wieder, stand auf und zog seine Pistole. Er tauchte hinter ihr auf und preßte ihr die Waffe an den Hinterkopf. Wai Lin wirbelte herum, aber der Mann spannte den Hahn der Waffe und richtete sie direkt auf ihre Stirn. Er lächelte sie an, während er sich darauf vorbereitete, auf den Abzug zu drücken. Wai Lin schloß die Augen.

Doch statt eines Pistolenschusses hörte sie ein lautes, krachendes Geräusch. Als sie die Augen wieder öffnete, sah sie, wie die Pupillen des Mannes nach oben rollten. Er schlug dumpf auf dem Boden auf, und sie erblickte Bond mit ausgestreckter Hand. Bevor Wai Lin reagieren konnte, fesselte er ihr Handgelenk mit der anderen Handschelle – sie waren erneut aneinander gebunden.

»Ich muß Ihnen etwas gestehen«, sagte er. »Carver hatte recht. Ich bin wirklich kein Banker. Ich arbeite für den britischen Geheimdienst.«

»Und ich muß zugeben, daß Carver in meinem Fall auch recht hatte«, antwortete Wai Lin.

»Dann sieht es so aus, als ob wir doch zusammenarbeiten.«

»Möchten Sie wirklich, daß wir Partner werden?«

»Warum nicht? Es hat schon Paare gegeben, die schlechter zusammenpaßten.«

Wai Lin lächelte. »In Ordnung.«

»Ich nehme an, daß Sie über eine sichere Kommunikationsverbindung verfügen. Ich würde Sie gerne benutzen, um meinem Boß Bericht zu erstatten.«

»Wenn es so wäre, wäre sie besetzt, denn ich würde *meinen* Chef benachrichtigen.«

»Warum senden wir nicht einfach einen gemeinsamen Bericht?«

»Und warum gehen Sie nicht einfach zu Ihrer Botschaft und senden Ihren eigenen?«

»Aus zwei Gründen. Zunächst würde ein gemeinsam verfaßter Bericht unsere Vorgesetzten davon überzeugen, daß sie miteinander reden müssen, was der einzige Weg sein könnte, den Krieg zu vermeiden.«

»Und der zweite Grund?«

»Was wissen Sie über geheime Technologien?«

Wai Lin löste den Ohrring aus ihrem Ohrläppchen und schloß damit beide Handschellen auf. Sie warf sie weg und setzte das Schmuckstück wieder ein. »Kürzlich habe ich eine Menge darüber erfahren«, sagte sie. »Warum?«

»Die MiGs sind abgeschossen worden, aber nicht von der *Devonshire*. Sie haben ja gesehen, daß eine große Cruise Missile fehlte, daß aber keine der kleineren abgefeuert worden war.«

»Aber die MiGs haben auf ihren Radarschirmen nichts außer dem britischen Schiff gesehen.«

»Und unser Schiff hat auf seinem Radarschirm nichts außer den MiGs gesehen. Doch die MiGs haben es nicht versenkt – es sei denn, daß China ein neues Torpedo erfunden hat, das nicht explodiert.«

»Nicht absichtlich«, sagte sie und gestattete sich ein Lächeln. »Und mit Sicherheit kein Torpedo, das sich um Ecken herumbewegt und sorgfältig vermeidet, im Raketenlagerraum Schaden anzurichten.«

»Die Attacke kann nur von einem Stealth-Schiff ausgegangen sein.«

»Die Russen haben Radarsysteme mit niedriger Emission entwickelt, damit Stealth-Bomber einen Radar benutzen können, ohne dabei entdeckt zu werden. Wir hatten eines dieser Radarsysteme in unserem Besitz, aber es wurde gestohlen – auf einem der Flugzeugstützpunkte, die General Chang unterstanden. Bei meiner Spurensuche stieß ich auf Hamburg. Da haben wir uns kennengelernt.«

»Ich würde mein Leben darauf verwetten, daß Eliott Carver ein Stealth-Schiff besitzt.«

»Und ich, daß er jetzt dorthin unterwegs ist.«

»Wollen Sie meine Meinung hören? Ich denke, daß wir bis zu einer Stunde nach Einbruch der Dunkelheit Zeit haben, das Schiff zu finden und zu versenken.«

»Ich glaube, daß Sie recht haben.«

Wai Lin wandte sich um und drückte auf einen verborgenen Schalter hinter der Theke. Eine Reihe von Fahrrädern glitt zur Seite und gab den Blick auf ein High-Tech-Büro frei. Bond sah Computer, Monitore, Telefone und Videokameras. Es gab auch einen Tisch und einen Schrank mit Waffen und Zubehör. Er blickte sich um, während Wai Lin vor einem Computer Platz nahm.

»Stellen Sie uns eine Ausrüstung zusammen, aber machen Sie keinen Lärm. Ich muß mich konzentrieren.«

Ein Großteil der Ausrüstungsgegenstände war normal, aber es gab auch einige Gegenstände, die einer chinesischen Variante von Geräten glichen, die aus der Abteilung von Q hätten stammen können. Bond suchte ein Schlauchboot, Taucherausrüstungen, zwei automatische Daewoo-380er-Pistolen, Munition, einen Stapel Magazine und grüne magnetische Haftminen aus. Er begann, zwei ordentliche Stapel aufzurichten – einen für sich und einen für Wai Lin.

»In Ordnung«, sagte sie. »Von den Häfen und Buchten, die General Chang unterstanden, liegen zweiundzwanzig in dicht bevölkerten Gegenden. Damit bleiben vierzehn übrig.«

»Aber ein Stealth-Schiff wird nur nachts auslaufen. Es ist nicht unsichtbar, sondern nur für ein Radarsystem nicht erkennbar. Lassen Sie uns von einer Höchstgeschwindigkeit von dreißig Knoten ausgehen. Es ist acht Stunden lang dunkel. Vier Stunden hin, vier Stunden zurück – sie müßten sich in einem Umkreis von zweihundert Kilometern von der Stelle befinden, wo wir das Wrack entdeckt haben.«

Wai Lin machte sich wieder an die Arbeit. Bond griff nach einem chinesischen Fächer. Als er ihn öffnete, flogen kleine Messer in Richtung Decke und blieben dort stecken.

Wai Lin blickte ihn an. »Jetzt müssen Sie ihn kaufen.«

»Tut mir leid«, sagte Bond.

Sie arbeitete weiter, aber Bonds Neugier war stärker als sein Gefühl für Rücksicht. Nacheinander untersuchte er die verschiedenen Gegenstände. Es gab einen interessanten Schirm, mit dem man Pfeile abschießen konnte. Auf einer Reistüte stand in chinesischen Buchstaben ›Gift‹, und zwei Eßstäbchen aus Aluminium stellten sich in Wirklichkeit als perfekt konstruierte Messer heraus. Er schleuderte eines quer durch den Raum. Es wirbelte durch die Luft und blieb im Kopf eines Mannequins auf einem Poster stecken. Zwei Sekunden später explodierte mit ohrenbetäubendem Lärm ein Sprengstoff, der in dem Messer versteckt war, und zerfetzte den Kopf des Models auf dem Poster.

»Habe ich Sie nicht darum gebeten, sich ruhig zu verhalten?« fragte Wai Lin. Ihre Finger glitten hektisch über die Tastatur.

Bond griff nach einer kleinen, verzierten Spieluhr.

»Alles klar, bleiben noch vier Orte, die wir überprüfen müssen«, sagte Wai Lin und richtete sich auf. »*Nicht! Öffnen Sie dieses Kästchen um Himmels willen nicht!*«

Bond erstarrte. »Warum nicht?«

»Es spielt ›Memories‹ aus *Cats*. Tut mir leid, aber der Song setzt sich jedesmal als Ohrwurm in meinem Kopf fest.«

Bond nickte verständnisvoll und stellte das Kästchen vorsichtig wieder zurück. »Dann checken Sie mal ab, ob an diesen vier Orten irgend etwas Ungewöhnliches passiert ist. Hat es Schiffsuntergänge oder Unfälle beim Fischen gegeben?«

»In Ordnung, aber rühren Sie nichts mehr an.«

»Ich habe meine Lektion gelernt.«

Wai Lin begann, Informationen abzurufen, erhielt aber nur sehr kurze Antworten. Doch einen Augenblick später füllte sich der Bildschirm mit einem langen Text in chinesischen Buchstaben.

»Sehen Sie sich das mal an. Vier vermißte Schiffe, drei unaufgeklärte Untergänge – das muß es sein. Die Ha-Long-Bucht.«

Bond runzelte die Stirn. Die Ha-Long-Bucht gehörte zum einstigen nordvietnamesischen Territorium.

Sie verbrachten die nächsten Minuten mit einem Zeitvertreib, für den es in den Beziehungen zwischen Großbritannien und China bisher kein Beispiel gab: James Bond und Wai Lin schrieben und übermittelten einen gemeinsam verfaßten Geheimdienstbericht an ihre Vorgesetzten. Sie hatten den Text beide mit ihren Codenamen unterzeichnet.

»Warum konnten unsere beiden Länder nicht im neunzehnten Jahrhundert so zusammenarbeiten?« fragte Bond.

»Weil alle viel zu sehr damit beschäftigt waren, Opium zu rauchen«, antwortete Wai Lin.

Bond wies auf ihren Ausrüstungsstapel. Darunter befand sich eine Standardtauchausrüstung – Mares-Taucheranzüge, Dacor twin 100s, Atemgeräte, Flossen und Sauerstoffmasken. »Fällt Ihnen sonst noch was ein, was wir vielleicht gebrauchen könnten?«

»Eine Beförderunsmöglichkeit. Ich werde den *Orientexpreß* anrufen.«

Bill Tanner war auf seinem Stuhl im MI6-Büro eingeschlafen, und M studierte in ihrem Büro die letzten Botschaften der *Devonshire*. Die meisten Mitarbeiter waren zu Hause und schliefen. Erst in ein paar Stunden würde die Morgendämmerung anbrechen.

Der sanfte Piepton des Kommunikationssystems riß Tanner aus dem Schlaf. Er hatte geträumt, daß er den Golfball auf dem Royal St. George beim vierzehnten Loch mit drei Schlägen versenkte. Er wollte gerade den Wecker verfluchen, als er merkte, woher das Geräusch kam. Als er das Signal mit dem Codenamen ›Predator‹ sah, sprang er auf.

»Das ist Bond«, brüllte er.

Ms Bürotür flog auf, und sie kam in den Raum gestürzt. Sie blickten gemeinsam auf die Signale, während diese dekodiert wurden.

»Mein Gott, er hat den Bericht zusammen mit einem chinesischen Agenten verfaßt«, sagte M leise.

Tanner grinste. »Was hatten Sie erwartet? Der chinesische Agent ist eine Frau.«

Sie lasen den Bericht.

»Nun, wir hatten recht«, sagte M. »Wenn ich jetzt die Witzbolde in der Schaltzentrale davon überzeugen kann, daß wir richtig liegen, haben wir vielleicht eine Chance, das Inferno zu verhindern. Kommen Sie.« M ging zur Kaffeemaschine und füllte zwei Tassen. Sie nahm zwei Plastikdeckel und reichte Tanner seinen Kaffee. Dann wies sie mit dem Kopf auf die Tür.

Draußen war es immer noch dunkel, als M und ihr Stabschef das Gebäude des MI6 verließen und in den Rolls-Royce stiegen. Tanner wollte gerade vorschlagen, daß er fuhr, aber M setzte sich selbst hinter das Lenkrad. Er zuckte die Achseln und nahm auf dem Beifahrersitz Platz.

Sie ließen die Auffahrt hinter sich und fuhren in Richtung Whitehall davon.

»Es sieht wie folgt aus, Tanner«, sagte M. »Wenn wir diese Schlacht nicht gewinnen, werden wir den Krieg verlieren.«

Elliot Carver, Henry Gupta und Stamper standen auf dem Kai und inspizierten die *Sea Dolphin II*, das schlanke Stealth-Schiff, das Carvers Wissenschaftler innerhalb von zwei Jahren gebaut hatten. Der Kapitän war mit den letzten Vorbereitungen beschäftigt, damit das Schiff sein Versteck verlassen konnte, das sich in einem großen Felsvorsprung der Ha-Long-Bucht befand.

Sie waren erst vor ein paar Minuten in Carvers Wasserflugzeug eingetroffen. Nachdem Bond und Wai Lin die Flucht aus dem Hauptquartier in Saigon gelungen war, hatte sich der Medienmogul gedacht, daß er keine Zeit mehr zu verlieren habe. Er hatte gesehen, wozu die beiden Geheimagenten in der Lage waren, und niemand konnte sagen, wann und auf welche Weise sie erneut auftauchen würden. Sie wußten zuviel, aber er machte sich dennoch keine Sorgen. Carver war zuversichtlich, daß er und seine Männer die Operation nach Plan durchführen würden. Doch die Ungewißheit, ob die beiden Agenten möglicherweise eingreifen würden, trug nicht dazu bei, den Streß zu mildern. Er massierte seine Kiefermuskeln und nahm drei Schmerztabletten. Sein Leiden hatte sich in den letzten beiden Tagen verschlimmert. Er schrieb dies der Anspannung zu und versuchte, sich auf die anstehende Aufgabe zu konzentrieren.

»In ein paar Stunden wissen wir, wie genial Sie wirklich sind, Henry«, sagte Carver.

Gupta lachte in sich hinein. »Nun, Boß, das wissen Sie doch längst. Eines Tages wird man mein Gehirn in einem gottverdammten Museum ausstellen.«

»Rechnen Sie nicht damit, daß es das British Museum sein wird, Henry.« Carver blickte ungeduldig auf die

Uhr. »Beeilen Sie sich, es bleiben nur noch ein paar Stunden bis zum Sonnenuntergang«, rief er dem Kapitän zu.

Stamper stand mit einer Maschinenpistole in der Hand neben ihnen. Carver wandte sich ihm zu. »Was stehen Sie hier rum? Haben Sie irgend etwas über Bond herausgefunden?«

»Nein, Boß. Nach allem, was wir wissen, ist er wahrscheinlich immer noch in Saigon. Tut mir leid. Wollen Sie, daß ich noch mal dort anrufe? Ich habe erst vor zehn Minuten mit unseren Leuten gesprochen.«

»Sie enttäuschen mich, Stamper«, sagte Carver. »Ich wollte Ihnen die Chinesin geben, wenn Sie die beiden geschnappt hätten, aber jetzt weiß ich nicht, ob …«

»Oh, bitte, Mr. Carver, das würde mir wirklich sehr gefallen«, sagte Stamper, dem das Wasser im Munde zusammenlief. »Geben Sie mir noch eine Chance, okay?«

»Nun, wir hoffen, daß uns die beiden nicht noch einmal über den Weg laufen. Falls doch und falls es Ihnen dann gelingt, diesen britischen Spion und die chinesische Diebin auszuschalten, werde ich Ihnen die Frau vielleicht als kleine Belohnung überlassen …«

»Sie können sicher sein, daß ich sie beim nächstenmal kriege. Sie werden sehen.«

»Stamper, Sie waren ein guter Junge, als ich Sie kennengelernt habe, und Sie sind es immer noch.« Carver lächelte seinen Handlanger süßlich an. »Bauen Sie nicht noch einmal solche Scheiße!« bellte er plötzlich. Dann wandte er sich dem Kapitän zu und wiederholte, daß er sich beeilen solle.

Stamper blickte Carver voller Bewunderung an. Es machte ihm nichts aus, wenn der Boß ihn anbrüllte. Daran war er gewöhnt. Er arbeitete für den mächtigsten Mann der Welt, und deshalb war er der mächtigste Sicherheitschef der Welt. Das gefiel ihm.

In dieser Nacht würde es eine große Anzahl von Toten und ein enormes Ausmaß an Zerstörung geben. Sie würden alles auf Video aufnehmen und die Nachrichten rund um die Welt ausstrahlen. Männer würden sterben und Schiffe explodieren. Er würde zum Beginn eines großen Krieges beitragen und eine Figur der Weltgeschichte werden.

Und auch das gefiel ihm.

14
Die Bucht der herabsteigenden Drachen

Die Vietnamesen nennen die Bucht gern das ›Achte Weltwunder‹.

Die Ha-Long-Bucht liegt im nordöstlichen Teil von Vietnam, 165 Kilometer von Hanoi entfernt. Der Name bedeutet ›Bucht der herabsteigenden Drachen‹ und bezieht sich auf eine alte Sage, die über Generationen hinweg überliefert worden ist. Demnach hatten die Götter vor langer Zeit eine Drachenfamilie zur Erde geschickt, die helfen sollte, die Menschen vor fremden Invasoren zu schützen. Die Drachen landeten an der Stelle, die heute Ha-Long-Bucht heißt, und spuckten Juwelen und Jade aus. Als die Edelsteine auf die Meeresoberfläche trafen, verwandelten sie sich der Legende nach in die diversen Inseln und Inselchen, die Schutz gegen Invasoren bildeten. Die Menschen konnten sich selbst verteidigen und ihre Feinde abwehren. Schließlich gründeten sie das Land Vietnam. Die Drachenfamilie hatte die Gegend so liebgewonnen, daß sie beschloß, auf der Erde zu bleiben. Die Drachenmutter ließ sich in der heutigen Ha-Long-Bucht nieder, und die Kinder verteilten sich auf die Region um Bai Tu Long. Die Schwänze der Drachen erschufen eine Landschaft, die unter dem Namen Bach Long Vi bekannt und wegen der weißen Sandstrände der Tra-Co-Halbinsel berühmt ist.

Wie die Sage schon andeutet, ist die Ha-Long-Bucht wegen ihres stillen, smaragdgrünen Wassers und ihrer Kalksteinfelsen, Inseln und Inselchen bemerkenswert. Die Gegend ist wahrscheinlich die schönste in Vietnam, aber erst seit kurzem für Menschen aus dem Westen zugänglich, seit die *Doi-Moi*-Politik die vietnamesische Wirtschaft für den internationalen Handel geöffnet hat. Viele der Inseln sind ziemlich groß, und es gibt zahlreiche kleine Buchten mit Sandstränden, wo man schwimmen kann. Auf einigen der Inseln gibt es auch Höhlen und Grotten. Hang Dau Go, eine riesige Höhle mit drei Kammern, ist vielleicht die imposanteste. Manche Inseln haben eine ungewöhnliche Form. Die bemerkenswertesten sind Dinh Huong, deren Umrisse an einen dreifüßigen Brenner für Räucherstäbchen denken lassen, Hon Dua, die zwei Eßstäbchen gleicht, und Ga Choi – der Name bedeutet ›Hahnenkampf‹.

Wai Lin ließ ihre Beziehungen zur chinesischen Regierung spielen, um für sich und Bond einen Flug nach Hanoi am selben Tag zu bekommen. Sie beeilten sich, um zum Flughafen zu gelangen. Ohne Probleme passierten sie den Zoll. Am späten Nachmittag erreichten sie Hanoi, mieteten einen Wagen und machten sich auf den Weg nach Ha Long, der wichtigsten Stadt der Region. Ha Long ist in zwei Hälften gespalten – ein Teil der Stadt liegt auf dem Festland, der andere auf einer benachbarten Insel. Um die Bucht zu überqueren, benutzte man eine der vielen Dschunken für Touristen, wobei man auf dem Kai mit den Besitzern um den Preis feilschen mußte.

Jetzt standen sie auf dem hügeligen Strand, von dem aus man die erstaunliche Bucht übersehen konnte. Wai Lin sprach mit einem Fischer, während Bonds Blick den Horizont absuchte. Man sah mehrere Schiffe auf dem Meer, aber scheinbar nichts Außergewöhnliches.

Wai Lin beendete ihr Gespräch mit dem Fischer und wandte sich Bond zu. »Sehen Sie diese Insel da hinten?« Sie zeigte in die Ferne. »Der Mann sagt, daß alle sie meiden und daß es für Schiffe gefährlich ist, sich um die Zeit des Sonnenuntergangs dort aufzuhalten. Er wird uns hinbringen, verlangt aber fünftausend amerikanische Dollar.«

Bond runzelte die Stirn. »Nimmt er einen Scheck?«

In Ha Long fanden sie eine Filiale von American Express, die noch geöffnet hatte.

Bond benutzte die Kreditkarte des MI6, weil er sicher war, daß M die Ausgabe akzeptieren würde, wenn er ihr erst alles erklärt hatte.

»Wir sollten besser etwas essen«, sagte Wai Lin. »Ich verhungere.«

»Okay«, sagte Bond. »Bis Sonnenuntergang bleiben uns noch zwei Stunden. Wir werden unsere Kräfte brauchen.«

Sie gingen in ein kleines Restaurant in der Stadt und bestellten ein traditionelles vietnamesisches Gericht. Die Speisen in diesem Land sind normalerweise nicht so fett und schwer wie die mit Kokosnußmilch zubereiteten Currygerichte in Indien oder Thailand. Die Mahlzeit besteht natürlich zum größten Teil aus Meeresfrüchten, weil Vietnam eine lange Küste besitzt. Der charakteristische Geschmack der Speisen rührt von verschiedenen Gewürzen und Kräutern her: Man benutzt Pfefferminzblätter, Koriander, Zitrone, eine Fischsoße namens *nuoc nam* oder eine heiße Soße namens *nuoc cham*, Ingwer, schwarzen Pfeffer, Knoblauch, Basilikum, grüne Zwiebeln, Zucker und Reisessig. Eine vietnamesische Mahlzeit ist selten in Gänge unterteilt. Das Essen wird auf einen Schlag serviert, und in der Regel gibt es eine Suppe, gebratenes Fleisch und ein weiteres Hauptgericht.

Bond und Wai Lin bestellten *pho bo*, eine Suppe, die aus nahrhafter Fleischbrühe mit Rindfleischstreifen und *banh-pho*-Nudeln bestand. *Banh po* sind breite weiße Nudeln, die mit Stäbchen gegessen und kurz in gesalzenem Wasser gekocht werden. Sie sind ein Hauptbestandteil der vietnamesischen Küche. Danach gab es *ga xoi moi*, gebratenes Hühnchenfleisch mit einer Marinade aus einer Unmenge von Gewürzen. Das Hauptgericht hieß *bo nhung dam*: Man tauchte zuerst dünne Rindfleisch- und Zwiebelstreifen in eine siedende Fleischbrühe und rollte das gegarte Fleisch mit frischem Basilikum, Minze, Cilantro, Möhren, Bohnensprossen, Gurken und Limonen in eine Reispapierrolle ein, die dann, um den Geschmack zu verfeinern, in eine *nuoc-nam*- oder *nuoc-cham*-Soße getunkt wurde. Da keine alkoholischen Getränke serviert wurden, tranken sie Mineralwasser. Zufrieden machten sie sich über das Essen her, weil sie den ganzen Tag über nichts zu sich genommen hatten.

Nachdem sie ihre Mahlzeit beendet hatten, eilten sie zu dem Fischer zurück, bezahlten ihn und legten mit seiner Dschunke ab. Viele Dschunken waren inzwischen motorisiert, damit ihre Eigentümer von dem expandierenden Tourismusgeschäft profitieren konnten.

Während die Sonne unterging, fuhren sie auf die wunderschöne Bucht hinaus. Das gold-rötliche Licht wurde vom Wasser reflektiert und umgab die Inseln mit einem magischen Glühen. Bond und Wai Lin saßen im Bug des Bootes, während der Fischer am Heck das Ruder bediente. Es war ein ungewöhnlich langer Tag gewesen. Bond konnte kaum glauben, daß der Tag für ihn in Japan begonnen hatte, daß er dann einige Stunden in Saigon verbracht hatte und sich jetzt im Norden Vietnams befand.

Sie saßen einige Minuten schweigend da und genossen die Aussicht. »Wie landet eine Frau wie Sie beim Geheimdienst?« fragte Bond schließlich.

Wai Lin zuckte die Achseln. »Meistens ist es natürlich ein Routinejob. Aber einer der Gründe, warum ich beim Geheimdienst eingestiegen bin, bestand darin, daß ich mir das Ganze so vorgestellt hatte: Man fährt an einem wunderschönen Abend mit einem Schiff, hat eine gefährliche Mission vor sich und ist gezwungen, mit einem dekadenten, aber attraktiven Geheimagenten einer korrupten westlichen Macht zusammenzuarbeiten.«

»Und da heißt es, Kommunisten hätten keinen Humor«, sagte Bond lachend.

»Ich hasse dieses Klischee vom ernsten chinesischen Kommunisten mit Brille und Uniform. Sehen Sie mich an, ich habe noch nicht einmal eine Maobibel dabei.«

»Und der zweite Grund?«

Sie zögerte und blickte dann Bond an. »Ich wollte einen Job, wo die Chance bestand, Menschen zu treffen, die starke und sexuell offensive Frauen nicht bedrohlich finden.« Sie lächelte.

Wai Lin hatte das Thema angesprochen – jetzt war Bond an der Reihe. »Nun, ich denke, daß Sie sich den richtigen Beruf gewählt haben. Und, wenn ich mich so ausdrücken darf – Sie haben sich auch den richtigen dekadenten, korrupten Geheimagenten aus dem Westen als Partner ausgesucht.«

Er rückte näher an sie heran und küßte sie. Wai Lin umarmte ihn, und sie küßten sich länger und intensiver. Dann sanken sie auf ein auf dem Deck liegendes, gewelltes Ersatzsegel hinab. Sie schlang ihre Beine um seinen Körper, und sie kuschelten sich während der wenigen wertvollen Minuten aneinander, die ihnen noch blieben, bevor sie den vor ihnen liegenden Gefahren ins Auge blicken mußten. Sie zogen das Segel über ihre Körper, um unbeobachtet zu sein.

Vielleicht glaubten sie, daß sie zum letztenmal zusammen wären, vielleicht sogar, daß es die letzte Nacht ihres Lebens sein würde. So liebten sie sich mit einer Intensität und Leidenschaftlichkeit, die ihren Herzschlag rasen ließ. Eine halbe Stunde lang vergaßen sie die Außenwelt, völlig ihrem Verlangen hingegeben. Als sich ihre Körper vereinigten, war es eine ersehnte, befriedigende Befreiung. Wai Lins Fingernägel gruben sich in Bonds Rücken, als sie einen Orgasmus hatte. Das Fleisch seiner nackten Schulter dämpfte ihre Schreie.

Nachdem sie sich geliebt hatten, brach die Dämmerung an. Sie krochen unter dem Ersatzsegel hervor und brachten ihre Kleider in Ordnung. Der Fischer schenkte ihnen keine Aufmerksamkeit. Er blickte sich nervös um, weil das, was ›da draußen‹ auf sie wartete, ihm offensichtlich Angst einjagte. Bond und Wai Lin zogen ihre Taucheranzüge an und kümmerten sich dann um den Rest ihrer Ausrüstung.

Bond pumpte das Schlauchboot auf und warf es über Bord. Er stieg mit Wai Lin eine Strickleiter hinab. Als sie im Boot saßen, winkten sie dem Fischer einen Abschiedsgruß zu. Die Dschunke machte sich auf den Heimweg, und Bond steuerte das Schlauchboot auf die mysteriöse Insel zu, von der ihnen der Mann erzählt hatte.

Sie warteten noch eine weitere halbe Stunde, bis die Sonne ganz untergegangen war. Die Sterne strahlten hell am Himmel, und die Insel war nur noch eine Silhouette über dem mondbeschienenen Meer.

»Sieh mal«, sagte Wai Lin und streckte den Arm aus.

Am Fuß der Insel flackerten plötzlich schmale Streifen künstlichen Lichts auf.

»Das sieht nach irgendeiner natürlichen Höhle aus«, murmelte Bond.

Er gab Gas und fuhr auf die Stelle zu.

»Vor der Höhle bewegt sich etwas«, sagte Wai Lin.

Bond sah, wie sich etwas Großes und Dunkles vor die Lichter schob und sie verdunkelte. Als sie näher kamen, erkannten sie, daß es sich um eine Art Schiff handelte – die *Sea Dolphin II* hatte ihr Versteck verlassen und fuhr auf das Meer hinaus.

Bond manövrierte das Schlauchboot so, daß es sich direkt auf dem Kurs des Stealth-Schiffes befand, das nach ein paar Augenblicken über ihnen aufragte. Er fand, daß es wie eine futuristische Maschine aus einem Science-fiction-Film aussah – es war ein schlankes und bedrohliches High-Tech-Schiff. Die beiden schwiegen, während das Schiff leise an ihnen vorbeiglitt. Ihr kleines Boot fuhr direkt unter die Plattform zwischen den beiden Pontons. Sie kamen sich winzig vor neben dem monströsen Gefährt, das Elliot Carver und seine Leute konstruiert hatten. Bond warf einen Enterhaken auf die Steuerbordseite des Pontons, und als er festsaß, befestigte Wai Lin das Boot daran. Bond hatte gerade den Enterhaken zurückgeholt, da begann das Stealth-Schiff zu beschleunigen.

»Wir sind gerade rechtzeitig gekommen«, sagte Wai Lin. Sie suchte die Haftminen zusammen und verteilte sie. Die Sauerstoffgeräte benötigten sie letztlich doch nicht.

»Die Zünder gehen in zwanzig Minuten los, aber wir sollten in fünf Minuten weg sein. Ich werde mir den anderen Ponton vornehmen.«

Bond blickte auf und sah, daß sie ihn anlächelte.

»Was ist denn so lustig?« fragte er.

»Plötzlich bist du der große Beschützer. Ich habe allein schon größere Schiffe als dieses in die Luft gejagt.«

»Denk daran: Noch vor ein paar Jahren konnten Frauen eingelocht werden, wenn sie versuchten, allein Schiffe in die Luft zu jagen«, witzelte er.

Wai Lin hatte die Minen um ihre Taille gebunden. Sie sprang hoch und umklammerte einen Balken über ihrem Kopf. »Dann werde ich den anderen Ponton übernehmen.« Wie eine Zirkusakrobatin hangelte sie sich an dem Balken über das Wasser. Als sie den Ponton erreicht hatte, warf Bond ihr einen angedeuteten Kuß zu.

Auf der Brücke des Stealth-Schiffes betrachtete Elliot Carver nervös die Radarschirme neben dem Kapitän.

Hinter ihnen stand Stamper, bereit, nach der Pfeife seines Meisters zu tanzen.

»Das chinesische Geschwader befindet sich in gefährlicher Nähe zu den sechs britischen Fregatten, die immer noch an der falschen Stelle nach ihrem untergegangenen Schiff suchen«, sagte der Kapitän.

»Bringen Sie uns zwischen die beiden Flotten«, befahl Carver. »Volle Kraft voraus.«

Einer seiner Männer beobachtete die Monitore, auf denen die Bilder der Videokameras zu sehen waren, welche überall auf dem Schiff installiert waren. Wie sie alle hatte auch er seit über vierundzwanzig Stunden nicht mehr geschlafen und sich auf diese Aufgabe vorbereitet. Der Mann rieb sich gerade die Augen, als sich Bonds Silhouette über einen der Bildschirme bewegte, und bemerkte es nicht. Glücklicherweise entdeckte keine der Kameras das Schlauchboot.

Innerhalb einiger Minuten hatte das Schiff seine Position erreicht.

Carver blickte auf die Uhr. Es war soweit. Sein großer Augenblick war gekommen. Sein Lebenswerk hatte mit dieser Aktion den Höhepunkt erreicht.

»Gut, fangen wir an«, sagte er. »Feuern Sie je eine Rakete auf das Flaggschiff beider Flottenverbände. Sorgen Sie dafür, daß die Raketen ihr Ziel verfehlen, aber nur knapp.«

Bond war auf dem Ponton damit beschäftigt, eine Haftmine anzubringen. Zugleich dachte er darüber nach, wie sie entkommen könnten, wenn das Feuerwerk erst einmal begonnen hatte. Das Schlauchboot war nicht besonders schnell. Wenn die Crew von Carvers Schiff sie entdeckte oder sie wegfahren sah, während die Haftminen explodierten, wären er und Wai Lin hilflose Opfer. Er hoffte, daß es ihnen gelingen würde, unerkannt zu bleiben, bis sie in der Dunkelheit fliehen konnten.

Ein ohrenbetäubender Lärm ließ ihn zusammenzukken, und er spürte einen Hitzeschwall aus ein paar Meter Entfernung. Die erste Rakete startete und schoß in den nächtlichen Himmel. Er blickte zu Wai Lin hinüber, als auf dem anderen Ponton die zweite Rakete startete. Wai Lins Blick traf den Bonds und sie lasen erneut die Gedanken des anderen. Sie mußten sich beeilen.

Wai Lin packte ihre Minen und rannte auf den Bug des Schiffes zu.

Das Flaggschiff der britischen Flotte, die *Bedford*, war eine weitere mit SAS- und SAM-Raketen ausgerüstete Fregatte vom Typ 23-Duke-Class. Konteradmiral Kelly stand mit dem Kapitän des Schiffes in der Operationszentrale und beobachtete die Bildschirme auf den verschiedenen Konsolen. Bis jetzt hatte die chinesische Flotte noch keine bedrohlichen Zeichen von sich gegeben, aber sie kamen ihr doch allmählich zu nahe.

Kelly war ein vernünftiger Mann, aber zugleich ein Patriot und extrem loyal. Er würde das tun, was getan werden mußte, um seine Flotte zu verteidigen und sich zum Wohl Großbritanniens den Chinesen zu widersetzen. Der Kapitän teilte den Enthusiasmus des Konteradmirals, aber er hatte nicht soviel Erfahrung wie dieser. Und dennoch konnte der Royal Navy gar nichts Besseres passieren, als Kapitän James McMahon auf der Brücke des Flaggschiffes zu haben.

Plötzlich flackerte auf den Monitoren des diensthabenden Offiziers auf der Brücke etwas auf.

»Rakete in Sicht«, rief er. »Position zwei-vierzig, Entfernung fünfundzwanzig Kilometer.«

Der Kapitän wandte sich seinem Operationsoffizier zu, einem Mann im Rang eines Lieutenant Commander. »Volle Kraft voraus, Kurs scharf dreißig Grad nach rechts ändern«, befahl er.

Konteradmiral Kelly drehte sich zu dem Funkoffizier. »Benachrichtigen Sie alle anderen Schiffe, daß sie einen Anti-Raketen-Defensivkurs programmieren.« Zu einem anderen Funker sagte er: »Senden Sie eine Nachricht an die Admiralität: ›Kampfgruppe unter Raketenbeschuß.‹«

»Entfernung fünfzehn Kilometer«, rief der diensthabende Offizier. »Position zwei-vierzig.«

Der Kapitän blickte Konteradmiral Kelly an, der ihm beruhigend zunickte. »Sie haben uns den Fehdehandschuh hingeworfen. Wenn sie den Krieg wollen … Bei Gott, sie werden ihn bekommen.«

Die *Bedford* vollführte Ausweichmanöver und fuhr mit hoher Geschwindigkeit im Zickzackkurs über das Meer. Die Rakete kam näher und näher, schoß am Schiff vorbei und explodierte direkt hinter ihm im Wasser. In der Operationszentrale seufzten alle erleichtert auf.

»Ihre Flotte nimmt Kurs auf uns«, berichtete der Kapitän.

Konteradmiral Kelly blickte auf die Monitore und traf eine Entscheidung. »Sie erwarten, daß wir uns zurückziehen, aber da werden sie enttäuscht sein. Geben Sie der Kampfgruppe Anweisung, daß wir Kurs auf *sie* nehmen. Feuern Sie eine Harpoon ab. Als Warnschuß. Aber sorgen sie dafür, daß die Rakete sie haarscharf verfehlt.«

Der Kapitän gab die Befehle, die dann an die anderen fünf Schiffe des Flottenverbandes übermittelt wurden.

Bond beeilte sich, weil er wußte, daß die Rakete ihr Ziel jede Minute erreichen würde. Er hoffte, daß die Fregatte ihr ausweichen konnte, wozu das Schiff bei dieser Entfernung auch in der Lage war. Er kletterte auf einen Träger des Steuerbord-Pontons und brachte eine Mine an einer Stelle an, die leicht entdeckt werden konnte. Der Träger war eine Art schwebender Strebepfeiler. Bond umfaßte ihn und brachte eine zweite Mine hinter der ersten an. Sollte einer von Carvers Leuten die erste Mine finden, würde er an dieser Stelle sicher nicht weitersuchen. Bond fuhr damit fort, die Minen auf dem ganzen Ponton anzubringen, und wäre beinahe von einer rotierenden Videokamera erfaßt worden. Gerade noch rechtzeitig duckte er sich. Er blickte zu dem anderen Ponton hinüber, um Wai Lin vor den Kameras zu warnen, aber er sah sie nicht.

Bond konnte sich jetzt keine Sorgen um sie machen. Sie wußte, was auf dem Spiel stand. Er konzentrierte sich darauf, seine Aufgabe zu erledigen.

Der Kapitän der *Sea Dolphin II* verfolgte die Aktionen der Royal Navy. »Beide Flottenverbände haben auf unsere Raketen reagiert, indem sie jeweils eine ihrer eigenen abgefeuert haben«, berichtete er.

»Nur eine?« fragte Carver. »Bewundernswert zurückhaltend. Nun, dann werden wir die Schlacht mal anheizen ... *Zum Teufel mit euch! Seid ihr blind??*«

Alle erstarrten. Sie hatten keine Ahnung, was diesen plötzlichen Wutausbruch ausgelöst hatte.

»*Verdammt noch mal, wofür bezahle ich euch?*« Carver ging zu der Konsole mit der Videoüberwachung hinüber. Er packte das erschöpfte Crewmitglied an den Haaren und richtete dessen Kopf auf einen der Monitore. Die Kamera beobachtete die Mitte eines Pontons. Auf dem Monitor sah man nichts Besonderes, so daß die verängstigten Crewmitglieder ihren Boß fragend anblickten.

»Die Kamera rotiert, Sie wertloser, verabscheuungswürdiger Untermensch, Sie Kretin!« brüllte Carver. »Stellen Sie sie auf manuelle Steuerung um! Bewegen Sie sie zurück!«

Weil Carver immer noch das Haar des Crewmitglieds festhielt, schwenkte dieser die Kamera sehr umständlich, bis das Profil von Wai Lin auf dem Bildschirm erschien, der nicht bewußt war, daß sie entdeckt worden war.

Carver starrte auf den Monitor. »Verprügeln Sie ihn.«

Stamper reagierte sofort auf den Befehl und versetzte dem unglücklichen Crewmitglied eine brutale Rechte. Zwischen Carvers Fingern hingen Haare des Mannes. Er schüttelte sie ab.

»Wenn sie hier ist, ist auch Bond an Bord. Schnappt sie euch und legt sie um«, sagte er.

Stamper raste aus dem Raum. Carver blickte auf den stöhnenden Mann auf dem Boden hinab. »Werfen Sie ihn über Bord«, befahl er einem anderen seiner Killer. Er wandte sich auf dem Absatz um und stürmte durch die Doppeltür, die in seine Privaträume führte. Seine Gehilfen packten das Crewmitglied, zogen den Mann hoch und zerrten in nach draußen. »Nein!« schrie er. »Nein!« Aber er mußte feststellen, daß der Preis für sein Versagen höher war als ein negativer Eintrag in seiner Personalakte.

Wai Lin brachte die letzte Mine auf dem Ponton an. Sie hatte ihren Job erledigt. Jetzt mußte sie James finden und schnell mit ihm von dem Schiff verschwinden. Sie richtete sich aus ihrer Kauerstellung auf, als Stampers Hand plötzlich ihren Rücken packte. So schnell wie ein Frosch, der mit der Zunge eine Fliege fängt, zog er sie durch eine Luke in das Schiffsinnere.

Sie befanden sich in einem kleinen, mit der Ziffer ›4‹ gekennzeichneten Raum. Es gab nur eine Leiter und die Luken, die nach draußen und in andere Teile des Schiffes führten. Stamper hielt Wai Lin an der Taille fest. Sie kämpfte wie eine Wildkatze, aber der Deutsche ließ sich nicht beirren. Er erteilte vier Männern, die mit MP5K-Maschinenpistolen bewaffnet waren, Befehle.

»Sucht ihn und legt ihn um. Aber Vorsicht, der Kerl ist raffiniert. Ich werde euch andere Männer runterschicken, die euch bei der Suche nach den Minen helfen.«

Sie salutierten und gingen nacheinander durch die Luke. Noch niemand hatte vor Stamper salutiert. Es gefiel ihm.

»Na los, Baby«, sagte er zu Wai Lin und zog sie aus dem Raum weiter ins Schiffsinnere. Er hoffte, daß Carver sein Versprechen halten und ihm die Frau überlassen würde. In Gedanken spielte er schon mit den Möglichkeiten, wie er sich mit ihr vergnügen könnte ...

Draußen bog James Bond um einen der Stützpfeiler des Steuerbord-Pontons herum und wäre beinahe mit einem der Wachtposten zusammengestoßen, der genauso überrascht war wie er. Der Mann wollte seine Maschinenpistole in Anschlag bringen, aber 007 war schneller. Er schlug ihm die Pistole gegen den Kopf und warf ihn über Bord ins aufgewühlte Wasser.

Bond duckte sich in die Nische, während hinter ihm eine Salve aus einer Maschinenpistole abgefeuert wurde. Vor ihm war ein weiterer Killer, und aus dem Augenwinkel bemerkte Bond zwei Männer auf dem anderen Ponton, die mit ihren Waffen auf ihn zielten. Er streckte den Arm aus und gab zwei Schüsse aus seiner schallgedämpften Pistole ab, die die beiden trafen, bevor sie zurückfeuern konnten. Sie fielen tot ins Wasser.

Bond wirbelte ohne zu zögern herum und feuerte einen Schuß ab, der den zweiten Wachtposten direkt in die Kehle traf. Der Mann würgte und gurgelte eine Sekunde lang, fiel dann ins Wasser und war sofort verschwunden. Bond versteckte sich in der nächsten Nische, doch dort öffnete sich unmittelbar vor ihm eine Tür. Er sprang zur Seite, so daß er sich hinter der Tür befand.

Drei Bewaffnete kamen heraus. Zwei beteiligten sich an der Jagd auf Bond, während der dritte allein an Ort und Stelle blieb. Plötzlich spürte er den Lauf von Bonds Pistole im Genick. 007 löste mit der anderen Hand seinen Rucksack und hängte ihn dem Mann um. Dann stieß er ihn nach vorne, so daß die anderen Gangster ihn sehen konnten. Die beiden Männer erblickten einen Mann mit schwarzem Hemd und Rucksack und eröffneten das Feuer. Die Leiche fiel ins Wasser und wurde vom Meer verschlungen, bevor irgend jemand bemerken konnte, daß es sich nicht um den britischen Geheimagenten handelte.

Bond duckte sich in den Türeingang, der mit der Ziffer ›2‹ gekennzeichnet war. Er schloß die Tür und stieg die Leiter hoch. Jetzt war ihm klar, daß sie Wai Lin geschnappt hatten.

Elliot Carver saß am Schreibtisch seines Privatbüros, das durch eine Wendeltreppe mit der Brücke des Schiffes verbunden war. Er beobachtete eine Wand mit Videomonitoren, die die gleichen Aufnahmen zeigten wie die Bildschirme auf der Brücke des Stealth-Schiffes. Zusätzliche Monitore übertrugen die verschiedenen Nachrichten und Schlagzeilen seines Medienimperiums. Henry Gupta saß in der Nähe und zupfte nervös an seinem Bart. Carver massierte seinen Kiefer – der Schmerz war schlimmer als je zuvor.

Die Bordsprechanlage summte. Carver nahm den Hörer ab und wurde darüber informiert, daß Bond erschossen worden und seine Leiche ins Meer gefallen war.

»Sind Sie sicher? Gut. Dann kümmern Sie sich jetzt um die Minen. Wo ist Stamper?«

Wie aufs Stichwort kam Stamper mit der immer noch kämpfenden und um sich tretenden Wai Lin die Wendeltreppe hoch.

»Wenn man vom Teufel spricht …«, sagte Gupta.

»Schon gut«, sagte Carver und legte den Hörer der Bordsprechanlage auf.

Stamper näherte sich Carver wie ein Teenager, der fragen will, ob er sich Daddys neuen Wagen ausleihen darf.

»Ich weiß, daß Sie angeordnet haben, daß ich sie kaltmachen soll, aber vorher haben Sie gesagt, daß Sie sie mir überlassen würden«, murmelte Stamper. »Ich verspreche, daß es keinen Ärger geben wird.«

»Hier gibt's gleich Ärger, Sie ...«, fauchte Wai Lin.

Sie rammte Stamper das Knie in die Genitalien. Carver und Gupta zuckten zusammen, aber Stamper blieb ungerührt.

»Sie hat mich gekitzelt«, sagte er grinsend.

Dann schlug er sie brutal gegen die Schläfe, und Wai Lin verlor das Bewußtsein. Ihr Körper fiel wie eine ausgestopfte Puppe zu Boden.

»Bitte, Sir«, sagte Stamper. »Ich werde natürlich alles auf Video aufnehmen.«

»Gut«, antwortete Carver. »Sie können sie behalten.«

Drei Wachtposten betraten auf Carvers Zeichen hin den Raum.

»Legt sie in Ketten und bringt sie in Stampers Kabine.«

»Danke, danke!« rief Stamper überschwenglich.

»Aber zuerst kommen die Minen dran«, befahl Carver streng. Er glich einem Vater, der seinen jungen Sohn ermahnte, die Schularbeiten zu machen, bevor er den Fernseher einschaltete.

»Ja, Sir!«

Stamper übergab Wai Lin den anderen Männern und rannte die Wendeltreppe hinab. Wai Lin begann sich wieder zu bewegen, und die Wachtposten schlugen mit ihren Maschinenpistolen auf sie ein.

»Wie kommt es, daß Sie diesem psychotischen Deutschen immer Geschenke machen?« fragte Gupta. Er fand, daß man auch ihm gelegentlich einen Knochen zum Fraß vorwerfen sollte.

»Bei der Chinesin würden Sie nur eine Herzattacke erleiden«, sagte Carver.

»Mit der würde ich schon fertigfertigen!« Gupta winkte Wai Lin und warf ihr einen angedeuteten Kuß zu.

Wai Lin starrte ihn an. Ihr Blick war haßerfüllt, aber sie sagte nichts.

In der Operationszentrale an Bord der *Bedford* nahm der Operationsoffizier seinen Kopfhörer ab. »Sir!« brüllte er. »AWACS berichtet von zwei Formationen von MiGs, die vom Festland gestartet sind. Der erste Verband müßte in zwei Minuten auf unseren Bildschirmen zu erkennen sein!«

Konteradmiral Kelly wandte sich dem Funkoffizier zu. »Geben sie das an alle Schiffe durch: ›Warnung vor einem Luftangriff. Höchste Alarmstufe.‹«

Wenn es hier einen Krieg geben würde, stand er unmittelbar bevor.

15
Die Krise

In der Schaltzentrale des Londoner Verteidigungsministeriums waren alle im Dauereinsatz geblieben, seit M und ihr Team vor zwei Tagen aus dem Raum gestürmt waren. Eine Krise brachte die besten und die schlechtesten Charakterzüge der Menschen ans Licht, und manchmal konnten aufgrund von Mißverständnissen, gekränkter Eitelkeit oder reiner Halsstarrigkeit Spannungen aufbrechen. In so einer Situation Ruhe und Fassung zu bewahren war ein bewundernswerter Charakterzug, und selbst Tanner war überrascht, daß dies bei M der Fall war. Die dienstälteren männlichen Mitglieder des Krisenstabs hatten ihr wirklich übel mitgespielt, und dennoch war sie ihrer Überzeugung treu geblieben, daß nicht alles so war, wie es zu sein schien.

Am nächsten Tag war sie morgens im Verteidigungsministerium eingetroffen, und man hatte sie gebeten, sich mit dem Minister zu treffen. Man hatte ihr den Zutritt zur Schaltzentrale verwehrt und ihr befohlen, daß sie in ihrem Büro im MI6 warten solle, bis sie ›gebraucht‹ werde. M war beleidigt und gedemütigt, aber sie erkannte, daß der Minister selbst gegen diese Maßnahme gewesen und von anderen unter Druck gesetzt worden war. M und Tanner zogen sich in das MI6-Hauptquartier zurück, und die Männer in der Schaltzentrale blickten weiter auf die Monitore und warteten ab.

Ungefähr zu derselben Zeit, als Bond und Wai Lin einige Zeitzonen von ihnen entfernt damit begannen, die Haftminen auf Elliot Carvers Stealth-Schiff anzubringen, herrschte während der Morgendämmerung in der Schaltzentrale eine trübe, schweigsame Stimmung. Keine Nachrichten waren schlechte Nachrichten.

Man hielt die Anwesenden für Männer der Tat, und doch hatten sie während der letzten sechzehn Stunden nichts anderes getan, als trübselig und hilflos auf die Bildschirme zu starren. Sie hatten nur eine geringe oder überhaupt keine Vorstellung davon, was sie tun sollten. Der Minister war frustriert und verängstigt. Er wußte, daß nur sensible Menschen bemerkt hätten, daß es ohne M in dem Raum an einer gewissen Dynamik fehlte. Er war sich dessen bewußt, glaubte aber nicht, daß der Marineminister, der neben ihm vor den Monitoren stand, es bemerkt hatte. Ein Dutzend anderer älterer Marineoffiziere, darunter auch Admiral Roebuck, standen hinter ihnen. Er war wahrscheinlich der einzige, der M vermißte.

Dann begannen die Berichte von der *Bedford* einzugehen: Raketenangriffe, MiGs ... Die Schaltzentrale erwachte zu neuem Leben, und die Männer drängten sich noch enger vor den Monitoren zusammen. Sie waren völlig hilflos und konnten nur zuhören und beten.

»Die MiGs sind noch acht Minuten von der Stelle entfernt, wo unsere Raketen sie treffen können«, verkündete ein Stabsoffizier.

Die gespannte Stille wurde durch Rufe und Aufruhr an der Tür unterbrochen. Die Offiziere wandten sich um und starrten auf M, die Tanner im Schlepptau hatte. Ihnen folgten zwei Militärpolizisten mit Maschinenpistolen, aber sie hatten ganz offensichtlich nicht vor, das Feuer auf ein wichtiges Regierungsmitglied in einem Sonya-Reichel-Anzug zu eröffnen.

Der Verteidigungsminister zog eine Grimasse. »Also wirklich, M, Sie können doch nicht einfach ...«

»Hören Sie!« fiel sie ihm ins Wort. »Unser Agent 007 und eine chinesische Agentin haben an den Chef des chinesischen Geheimdienstes und an mich einen gemeinsam verfaßten Bericht geschickt.«

Tanner begann, an alle Anwesenden Kopien zu verteilen.

»Benachrichtigen Sie unsere Flotte, daß sie nach einem Schiff suchen sollen, das für Radarsysteme unsichtbar oder fast unsichtbar ist ...«, fuhr M fort.

»Ein gemeinsamer Bericht?« rief Admiral Roebuck aus. »Unser Agent unterstützt den Feind?«

»Die Chinesen sind nicht der Feind«, sagte M. »Genau dieser Irrtum hat uns an den Rand eines Krieges gebracht. Gentlemen, man hat mit Ihnen und Ihren Widersachern in China ein Spiel gespielt!«

Mit konsterniertem Gesichtsausdruck lasen die Männer den Bericht.

Stampers Leute bewegten sich behutsam über die beiden Pontons des Schiffes und suchten vorsichtig nach den Haftminen, die Bond und Wai Lin angebracht hatten. Sie sammelten sie nacheinander ein und warfen sie über Bord.

Auch Stamper beteiligte sich an der Suche. Er war vielleicht nicht der intelligenteste Mensch auf der Welt, hatte aber einen guten Instinkt. Er roch es, wenn es Ärger gab, und manchmal verfügte er über eine Art sechsten Sinn.

Er untersuchte einen Pfeiler, wo Bond seiner Ansicht nach eine Mine plaziert haben konnte, und natürlich fand er auch eine. Stamper entfernte sie und warf sie ins Wasser. Dann ging er weiter, aber in diesem Augenblick mußte sich sein sechster Sinn gemeldet haben, weil er langsam zu dem Pfeiler zurückkehrte. Er kletterte hoch, umfaßte ihn und ertastete mit den Fingern die zweite Mine, die Bond angebracht hatte. Stolz montierte Stamper die Mine ab und warf sie ebenfalls ins Meer. Auch der Boß würde stolz auf ihn sein.

Er wünschte, daß es ihm gelungen wäre, den Engländer zu schnappen. Einfach erschossen und dann ins Meer geworfen zu werden, das war ein zu schmerzloser Tod für ihn gewesen. Er hätte ihn *richtig* fertiggemacht. Dieser Spion hatte versucht, die Pläne seines Chefs durcheinanderzubringen, und wenn man seinem Boß in die Parade pfuschte, hieß das auch, Stampers Pläne zu vereiteln, und das gefiel ihm gar nicht.

Aber wenigstens hatte er die Frau. Der Boß hatte sie ihm versprochen, und das war ein kleiner Trost. Er würde ihr antun, was er sonst Bond angetan hätte, nur daß ihm das Ganze viel mehr Spaß machen würde. Er konnte es gar nicht abwarten, bis sie mit der Suche nach den verdammten Minen fertig waren. Stampers sechster Sinn arbeitete präzise, während er die Suche fortsetzte.

Carver rannte in seinem Privatbüro auf und ab, während Henry Gupta hektisch die Tastatur eines Computers bearbeitete.

»Wie lange noch?« fragte Carver. »In fünf Minuten wird die eine oder andere Seite den Krieg beginnen.«

»Wir geben die Zieldaten gerade ein«, sagte Gupta. »Es dauert nur noch ein paar Sekunden.«

»Gut.« Er drückte auf einen Knopf der Bordsprechanlage. »Kapitän, bringen Sie uns in die richtige Schußposition, und stoppen Sie das Schiff dann.«

Carver massierte seinen Kiefer, aber zum erstenmal nach langer Zeit war er zu aufgeregt, um Schmerz zu empfinden. Alle Nachrichtenreportagen über den Krieg waren bereits in den Computer eingegeben worden. Sie waren so verfaßt worden, daß verschiedene Variationen eines Berichts je nach der aktuellen Lage der Dinge per Knopfdruck übermittelt werden konnten. Wie auch immer die Schlacht verlaufen würde, Carver war darauf vorbereitet, die ›korrekten‹ Fakten unter die Leute zu bringen. In kurzer Zeit würde das Carver Media Group

Network als einziges Medienunternehmen in die Geschichte eingehen, das live vom Ausbruch des Krieges berichtet hatte.

Es war Jahre her, daß Carver sich so großartig gefühlt hatte.

Im Schiffsinneren schlich James Bond über einen tiefer gelegenen, schmalen Gang in der Nähe der Schott. Er preßte sich gegen die Wand, um nicht von den drei Männern auf dem oberen Gang gesehen zu werden. Bond überprüfte das Magazin seiner mit einem Schalldämpfer versehenen Pistole. Verdammt, es waren nur noch zwei Kugeln übrig! Er zog ein Messer aus der an seinem Schienbein befestigten Scheide und bereitete sich auf den nächsten Schritt vor.

Die drei Posten unterhielten sich – sie waren zufrieden, daß sie keinen Befehl erhalten hatten, draußen nach den Haftminen zu suchen. Sie rechneten damit, daß sie später in dieser Nacht eine saftige finanzielle Belohnung erhalten würden, wenn der Plan ihres Chefs gut funktionieren würde, und außer dem Geld hatten sie nichts im Sinn.

»Ich werde die Kohle nehmen und mich irgendwo auf einer Insel niederlassen«, sagte einer.

»Und ich werde meinen Lieblingspuff besuchen.«

»Warum die Kohle auf den Kopf hauen?« fragte der praktisch Gesinnte unter den Wachtposten. »Ein gesparter Penny ist ein Penny …«

Bond hatte das Thema abrupt gewechselt, indem er einem Wachtposten mit einer Hand das Messer in den Solarplexus gerammt und die beiden anderen mit zwei sauberen Schüssen in die Stirn erledigt hatte. Er hörte hinter sich ein Geräusch, wirbelte herum und stieß das blutige Messer in die Brust eines weiteren Mannes, der gerade auf dem Gang aufgetaucht war. Nach zwei Sekunden war alles vorüber und still. Bond zog das Mes-

In der Gewalt von Stamper und Carver: James Bond und Wai Lin.

Zuerst noch ein wenig Partner wider Willen, kommen sich James Bond und Wai Lin langsam näher ...

ser aus dem Körper des Mannes und wischte das Blut an dessen Hemd ab.

Auf dem Gang lag eine Rolle Klebeband. Bond blickte darauf und hatte eine Idee. Er hob die Rolle auf und steckte sie in die Tasche.

Einen Augenblick lang hielt er inne, um die Lage zu überdenken. Was war Wai Lin zugestoßen? Hatten sie sie geschnappt?

Er ging weiter durch das Innere des Schiffes und legte sich dabei einen Plan zurecht, mit dem er Carvers krankhaftes Vorhaben vereiteln konnte, ohne vorher jeden Feind töten zu müssen, bis er zu dem Wahnsinnigen gelangt war und ihm Einhalt geboten hatte. Wenn er dabei Wai Lin fand – um so besser.

In der Operationszentrale der *Bedford* verkündete der Operationsoffizier: »Sir, es dauert immer noch eine Minute, bevor unsere Raketen sie erreichen können, aber sie haben gerade ihren Zielradar eingeschaltet.« Kapitän McMahon nickte zustimmend.

Konteradmiral Kelly erklärte seine Sicht der Dinge. »Wir werden vielleicht nicht in der Lage sein, so viele Flugzeuge aufzuhalten, Kapitän, aber ich will verdammt sein, wenn wir alleine sinken. Benachrichtigen Sie alle Schiffe, daß sie aus allen Rohren auf die chinesische Flotte schießen sollen, sobald die MiGs das Feuer eröffnet haben.«

»Ja, Sir«, antwortete der Kapitän.

Der Funkoffizier stand auf. »Eine dringende Nachricht von der Admiralität, Sir!« Er zog einen langen Papierstreifen aus seinem Drucker und reichte ihn dem Konteradmiral, der die Botschaft zweimal las, um sich zu vergewissern, daß seine Augen ihm keinen Streich gespielt hatten. Er reichte dem Kapitän den Papierstreifen. »Sehen Sie sich das an«, sagte er. »Die sind verrückt geworden.«

Er ging mit einem besorgten Gesichtsausdruck zum Operationsoffizier hinüber. »Sehen Sie irgend etwas auf Ihrem Radarschirm, das sehr klein zu sein scheint? Ein Rettungsboot, ein Periskop oder etwas in der Art?«

Der Offizier überprüfte seinen Radarschirm. »Nein, Sir.«

Der Kapitän blickte auf, nachdem er den Bericht gelesen hatte. Er war erstaunt. »Ein Stealth-Schiff, Sir? Die *sind* verrückt geworden.«

Die konsternierten Männer drängten sich um den Bildschirm zusammen und suchten ihn nach den kleinsten Fleckchen ab.

Nicht weit davon entfernt hatte die *Sea Dolphin II* die Position erreicht, von der aus die Rakete abgefeuert werden sollte. Die Motoren waren abgeschaltet worden, und das Schiff lauerte im Mondlicht wie ein schwankender Schatten auf der Wasseroberfläche. Man hätte es für einen sanft schlafenden Wal halten können.

Ein einziger Wachtposten patrouillierte über die Arbeitsplattform am Heck. Es war ein abgeschlossener Raum mit Spinden und Schränken, wo Werkzeuge und Ausrüstungsgegenstände gelagert wurden. Vor einem Schrank rollten ein paar Sprühdosen mit Farbe hin und her. Der mißtrauische Wachtposten brachte seine Maschinenpistole in Anschlag und schlich zu dem Schrank hinüber. Er zählte bis drei und riß die Schranktür auf. Überrascht blickte er auf zwei gefesselte und geknebelte Komplizen, die im Schrank standen.

Er hatte gerade noch Zeit, diesen Eindruck zu verdauen, als er im Genick von der harten Kante einer rechten Hand getroffen wurde, die gelernt hatte, Bretter mit einem einzigen Schlag zu zertrümmern. Der Mann sank auf die Knie, und James Bond löste die Heckler&Koch-Maschinenpistole aus dessen empfindungslosen Fingern, bevor er ihm einen weiteren wohlgezielten Schlag gegen den Hals versetzte. Der Wachtposten fiel bewußtlos auf die Knie der anderen beiden. Bond schloß alle drei in dem Schrank ein und hob dann die Sprühdosen mit Farbe auf. Er sammelte eine ziemlich große Menge von Gegenständen an.

Dann ging er weiter und hatte bald die oberste Ebene innerhalb des Schiffes erreicht. Leise schlich er sich auf die Plattform am Heck und stoppte vor einer schweren Maschine. Er hatte gefunden, was er gesucht hatte.

Wenn er sich über den Rand der Plattform beugte und in den offenen Bereich an der Rückseite des Schiffes hinunterblickte, konnte er die Cruise Missile sehen. Sie befand sich in einem röhrenförmigen Raketenwerfer aus massivem Stahl, der parallel zur Seite des Stealth-Schiffes angebracht war. In ihrer Nähe war kein Wachtposten zu erkennen.

Bond setzte sich und breitete die zusammengesuchten Dinge vor sich aus: das Klebeband, die Sprühdosen mit Farbe und einen Metallkanister mit Benzin. Schnell wickelte er das Klebeband ab und zerriß es so leise wie möglich. Nachdem er einige Streifen abgetrennt hatte, befestigte er damit die Sprühdosen an dem Benzinkanister.

Er beugte sich vor, um nachzusehen, ob unter ihm irgend jemand aufgetaucht war. Er sah ein unbewaffnetes Crewmitglied, das über den schmalen Gang auf die Rakete zuging.

Bond nahm die Maschinenpistole und stellte sie so ein, daß nur ein Schuß abgefeuert wurde. Er zielte auf eine Stelle direkt vor dem rechten Fuß des Mannes und drückte auf den Abzug. Die Kugel prallte vom Metall des schmalen Ganges ab. Das Crewmitglied war sich nicht ganz sicher, was gerade geschehen war. Der Mann blickte sich um und ging dann zögernd einen Schritt weiter. Bond schoß erneut. Diesmal prallte die Kugel knapp vor dem linken Fuß des Mannes auf.

Das wirkte. Der Mann wandte sich um und ergriff die Flucht.

Bond machte sich wieder an die Arbeit und blieb für die nächsten zwei Minuten ungestört.

Auf der anderen Seite des Erdballs warteten die Mitglieder des Krisenstabs in der Schaltzentrale gespannt auf neue Nachrichten von der Flotte. Tanner beobachtete M. Er wußte, daß sie nervös war, aber er war der einzige, der das erkennen konnte. Den anderen erschien sie weiterhin beängstigend selbstbewußt. Aber weil Tanner M in den letzten beiden Jahren so gut kennengelernt hatte, war er in der Lage, einen Blick hinter die stahlharte Fassade zu werfen. Er machte ihr keinen Vorwurf, daß sie besorgt war – ihre Karriere stand auf dem Spiel.

»Sir, Konteradmiral Kelly berichtet«, verkündete der Stabsoffizier, »daß es keine Spur von einem Stealth-Schiff gibt und daß ...«

»Natürlich nicht!« unterbrach ihn M. »Das ist ja der springende Punkt.«

»... er das Schiff nicht stoppen kann, um danach zu suchen – er geht davon aus, daß sie in einer Minute beschossen werden.«

»Sie müssen ihm befehlen, nicht zurückzufeuern«, sagte M.

»Ich kann einem britischen Flottenverband nicht den Befehl geben, sich nicht zu verteidigen«, antwortete der Verteidigungsminister entschlossen.

»Dann möge Gott uns beistehen.« Mehr konnte M dazu nicht sagen.

In Carvers Privatbüro summte die Bordsprechanlage.

Gupta gab triumphierend einen tiefen Seufzer von sich. Er lehnte sich zurück, verschränkte die Arme vor der Brust und lächelte.

Carver biß die Kiefer zusammen und knirschte mit den Zähnen. »Nun?« fragte er.

»Alles erledigt«, antwortete Gupta, als ob es sich um eine Lappalie handeln würde.

»Gut. Macht die Rakete startbereit.«

Das Telefon klingelte. Ein Notfall machte Stampers sofortige Anwesenheit auf der Raketenplattform erforderlich. Carver wollte wissen, was los war.

»Ein Scharfschütze? Was wollen Sie damit sagen?« brüllte er in das Mikrofon. »Schon gut, ich komme selbst runter.«

Knurrend eilte er mit Gupta nach unten. Er traf auf zahlreiche seiner Killer.

»Was, zum Teufel, geht hier vor?« wollte er wissen.

»Wir werden beschossen, wenn wir nach draußen gehen. Ich konnte nicht zu den Sperrvorrichtungen gelangen«, sagte ein Crewmitglied und zeigte auf die Plattform neben der Rakete.

»Was für Sperrvorrichtungen?« fragte Carver.

»Wenn wir auf See sind, ist der Raketenwerfer durch eine Sperrvorrichtung gesichert«, erklärte Gupta. »Wir können die Rakete nicht abfeuern, bis irgend jemand hinuntergeht und den Startmechanismus entsichert.«

Carvers Augen verengten sich zu Schlitzen. Er griff nach dem Hörer eines Wandtelefons. »Stamper! Kommen Sie her, und bringen Sie die Frau mit! Bond lebt noch.«

Er knallte den Hörer auf die Gabel und starrte die anderen Männer finster an. Dann stieß er sie zur Seite und schritt auf die Plattform hinaus.

Es war nichts Außergewöhnliches zu sehen.

»Bond?« brüllte er. Seine Stimme hallte durch die Kammer.

James Bond blickte auf und richtete seine Waffe auf Carver.

»Sie werden mich nicht erschießen, Bond. Ich habe

die Frau in meiner Gewalt. Stamper wird das mit ihr machen, was er am besten kann, wenn Sie mich jetzt abknallen. Lassen Sie's also lieber. Die Nachrichten sind bereits geschrieben, und die Story ist an die Presse weitergegeben worden. Wenn Sie sich jetzt ergeben und Ihre Waffe abliefern, werde ich dafür garantieren, daß Sie und die Frau nicht von Stamper gefoltert werden. Ich werde dafür sorgen, daß Sie schnell und schmerzlos sterben.«

Bond antwortete, indem er mehrere Kugeln auf den schmalen Gang feuerte. Carver war gezwungen zurückzuspringen.

Die *Bedford* raste auf die chinesische Flotte zu. An einer der Konsolen in der Operationszentrale wurde ein automatischer Alarm ausgelöst, den alle Marineangehörigen fürchteten.

»Sir!« schrie der Operationsoffizier. »Die MiGs sind in Zielweite. Wir sind von ihrem Zielradar erfaßt worden.«

Der Konteradmiral blickte den Kapitän an. Sie versicherten sich schweigend, daß sie der gleichen Meinung waren.

»Alle Schiffe sind bereit, Sir«, sagte der Kapitän. »In dem Moment, wo der Feind uns angreift, werden wir das Feuer eröffnen.«

Sie beobachteten die Monitore und warteten mit vor Nervosität feuchtkalten Handflächen.

Konteradmiral Kelly blickte erneut auf den Radarbildschirm und suchte nach dem Objekt, das die Admiralität erwähnt hatte – um was immer es sich dabei auch handeln mochte.

Bond kletterte auf die große Maschine, die ihm bei seinem Scharfschützenangriff als Versteck gedient hatte. Von hier oben konnte er die oberste Stelle des Stealth-

Schiffes erreichen. Er befestigte seine eigenwillige Konstruktion mit Klebestreifen an der Innenseite des Schiffsrumpfes. Dann vergewisserte er sich, daß sie sicher angebracht war, und kletterte wieder hinunter. Ein Geräusch auf dem schmalen Gang ließ ihn innehalten – er hörte hallende Schritte. Er sprang hinab, um seine Position wieder einzunehmen, und hob die Waffe, um zu feuern.

Es war Wai Lin! Sie war mit Handschellen gefesselt, die mit Schellen an ihren Fußgelenken verkettet waren. Hinter ihr sah er Stamper, der sie als menschliches Schutzschild benutzte.

»Schieß!« rief Wai Lin. »Drück ab! Sie werden mich sowieso töten!«

Bond erwog die Lage. Er blickte auf seine Konstruktion, die er an der Decke befestigt hatte. Dann schätzte er schnell ab, wie weit er von der Reling entfernt war. Als nächstes prüfte er den Abstand Wai Lins zur Reling vor ihr und beschloß, daß sie ihr nahe genug war.

Er brüllte etwas auf dänisch, so daß Wai Lin ihn verstehen konnte.

Carver hörte ihn unten auf der vorderen Plattform und knirschte mit den Zähnen. »Achtung, Stamper! Er hat etwas vor!«

Bond hob seine Waffe und zielte in Richtung Decke. Dann kam sein Countdown auf dänisch: »Drei ... zwei ... eins!«

Er schoß auf die selbstgebastelte Bombe, die er an der Decke angebracht hatte. Sie explodierte mit einem gigantischem Krachen und riß eine Lücke in den äußeren Schiffsrumpf. Im gleichen Moment hechtete er in das Wasser zwischen den beiden Pontons, und auch Wai Lin sprang über die Reling. Sie profitierte davon, daß Stamper durch die Explosion abgelenkt war. Aber Stamper reagierte dennoch schnell. Er packte sie an den Ketten, mit denen ihre Fußknöchel gefesselt waren, bevor sie über Bord war. Langsam zog er sie auf den engen Gang zurück.

Die Wachtposten eröffneten das Feuer auf Bond. Er tauchte tiefer und tiefer hinab, während die Kugeln im Wasser um ihn herum einschlugen. Er mußte jetzt zur Außenwand des Schiffes gelangen und konnte nicht darauf warten, daß Wai Lin ihn einholte. Sie würde es schon schaffen.

Bond tauchte mit großer Kraftanstrengung, bis er die Strecke unter dem Schiff überwunden hatte. Dann kam er wieder an die Wasseroberfläche und schnappte wie wild nach Luft. Er blickte auf und sah, daß er ungefähr fünf Meter vom Heck des Stealth-Schiffes entfernt war. Wai Lin war nicht da, und er sah sie auch nicht hinter sich im Wasser.

Sie hatte es nicht geschafft. Was nun? dachte er. Er konnte sie nicht da drinnen allein lassen.

Bond fühlte, wie ihn die Wut überkam, dann schwamm er auf das Schiff zu. Er konnte sich an der glatten Oberfläche des Hecks nur sehr schwer festhalten, schaffte es aber schließlich, nach oben zu klettern.

Der Operationsoffizier an Bord der *Bedford* blickte erstaunt von seinem Radarschirm auf. »Sir! Wir sehen ein neues Ziel in unserer Reichweite, Position einhundertzwölf Grad. Das Signal ist sehr schwach, und ich kann die Entfernung nicht exakt bestimmen, aber ich schwöre, daß es vor einer Sekunde noch nicht da war, Sir.«

Kelly beugte sich vor, um selbst auf den Radarschirm zu blicken. Es stimmte – man sah einen kleinen Lichtflecken, der von einem Schiff stammen mußte.

»Geben Sie diese Meldung an alle unsere Schiffe durch«, rief der Konteradmiral dem Funkoffizier zu. »»Nicht feuern. Ich wiederhole: Das Feuer wird unter keinen Umständen eröffnet. Alle Schiffe müssen den

Radar für die Waffensysteme abschalten und ihre Fahrt auf zehn Knoten verlangsamen.‹«

»Zum Teufel, worum handelt es sich?« fragte er Kapitän.

»Ich weiß es nicht, aber ich glaube jetzt nicht mehr, daß die in London verrückt geworden sind.« Kelly wandte sich dem Funkoffizier zu. »Benachrichtigen Sie die Admiralität, daß wir etwas entdeckt haben. Und dann übermitteln Sie eine Nachricht an den Flottenkommandeur der Chinesen, daß wir sie für unschuldig halten: ›Wir haben ein unbekanntes Schiff entdeckt, Position einhundertzwölf. Wir werden eher dieses Schiff als Ihre Flotte beschießen.‹«

Die *Bedford* verlangsamte ihre Fahrt auf zehn Knoten, während der Lärm der chinesischen MiGs über ihnen ertönte.

Carver und Gupta rannten den schmalen Gang hinab und blickten nach oben. Durch das klaffende Loch in der Decke konnten sie die Sterne sehen.

»Der Schiffsrumpf ist defekt, und wir können von feindlichen Radarsystemen entdeckt werden«, erklärte Gupta.

Die Ungeheuerlichkeit von Guptas Worten sorgte dafür, daß Carvers Herzschlag einen Augenblick lang aussetzte. Er nahm den Hörer der Bordsprechanlage ab. »Sorgen Sie dafür, daß wir schnell von hier wegkommen!« sagte er wütend. Er stand auf der vorderen Plattform und brüllte: »Stamper! Schnappen Sie sich so viele Männer, wie Sie brauchen, und flicken Sie mit ihnen das Loch.« Dann wandte er sich an die Wachtposten, die Wai Lin festhielten. »Werfen Sie sie über Bord. Aber gehen Sie kein Risiko ein. Erschießen Sie sie vorher.«

Einer der Männer hob seine Waffe und zielte auf Wai Lins Kopf.

»Nicht hier, Sie Idiot«, sagte Carver. »Bringen Sie sie nach unten.«

Die Männer packten sie brutal an den Handschellen und schubsten sie auf die Treppe zu.

»Kommen Sie.« Carver winkte Gupta zu, und sie entfernten sich.

In der Londoner Schaltzentrale war die Atmosphäre nie stiller und angespannter gewesen.

Die neuen Nachrichten von Konteradmiral Kelly hatten die Situation verändert. Es gab irgendein anderes Schiff zwischen dem chinesischen und dem britischen Flottenverband. Der Verteidigungsminister blickte M an. Jetzt war er überzeugt, daß sie recht hatte, und er hoffte, daß sie es beweisen konnte.

»Die MiGs haben die Radarsysteme für ihre Waffen abgeschaltet, Sir«, berichtete der Stabsoffizier. »Sie steigen in eine normale Flughöhe auf und nehmen Kurs auf ihren Luftwaffenstützpunkt.«

Die Chinesen zogen sich zurück!

»Konteradmiral Kelly würde dieses Schiff gerne in die Luft jagen und fragt, ob Sie irgendwelche Einwände haben«, verkündete der Stabsoffizier.

Seltsamerweise waren jetzt alle Anwesenden der gleichen Meinung wie M. Sie blickte Admiral Roebuck an und bedeutete ihm, daß er diese Entscheidung treffen mußte.

Er studierte den Gesichtsausdruck der anderen, weil er nicht wußte, was er tun sollte. Dann blieb sein Blick auf M haften. Sie nickte ihm leicht zu.

»Übermitteln Sie folgende Botschaft an die *Bedford*«, sagte Roebuck. »»Blasen Sie dieses Schiff in die Luft, und schicken Sie es direkt zur Hölle.‹«

Der Verteidigungsminister setzte sich erleichtert, griff nach einem Telefonhörer und verlangte den Premierminister.

General Roebuck kam linkisch auf M zu und streckte die Hand aus. Sie ergriff sie, war über seine altmodische Geste aber etwas erstaunt: Der General verbeugte sich und gab ihr einen Handkuß.

In der Operationszentrale an Bord der *Bedford* war der automatisch ausgelöste Alarm verstummt, und den Offizieren und Crewmitgliedern fiel das Atmen wieder etwas leichter. Einige schüttelten sich die Hände.

»Konteradmiral, Sir, eine Botschaft vom chinesischen Flottenkommandeur«, verkündete der Funkoffizier.

Der Kapitän griff nach dem Papier und wollte es Kelly reichen, aber der Konteradmiral bedeutete ihm, daß er es vorlesen sollte.

»›An den Kommandeur der Kampfgruppe der Royal Navy: Auch wir sehen das unbekannte Schiff auf unseren Radarschirmen. Solange es nicht Kurs auf China nimmt, werden wir das Feuer nicht eröffnen. Bis dahin können Sie mit dem Schiff machen, was Sie wollen. Viel Erfolg.‹«

»Senden Sie folgende Nachricht an den chinesischen Kommandeur«, sagte der Konteradmiral zum Funkoffizier. »›Besten Dank, Sir.‹« Dann wandte er sich dem Kapitän zu. »Was, zum Teufel, für ein Schiff es auch sein mag, versenken Sie es.«

»In Ordnung, Sir.« Der Kapitän blickte den Funkoffizier an. »Das Signal ist zu schwach für einen Raketenbeschuß?«

»Ja, Sir.«

»Volle Kraft voraus. Und laden Sie die 4.5-Kanone mit Leuchtspurmunition und hochexplosivem Sprengstoff. Wir werden die Sache auf die altmodische Art erledigen.«

Einen Augenblick später feuerte die im Bug der *Bedford* angebrachte 4.5-inch-Kanone unter züngelndem Mündungsfeuer einen Schuß ab.

Carver und Gupta kamen rechtzeitig auf der Brücke des Schiffes an, um die Worte des Kapitäns zu vernehmen: »Die Briten haben Kurs auf uns genommen. Ihr Flaggschiff ist nur noch fünfzehn Kilometer entfernt.«

»Das ist das Wunderbare an der Stealth-Technologie«, sagte Gupta. »Sobald wir das Loch geflickt haben, werden Sie nicht mehr in der Lage sein, uns auf ihren Radarschirmen zu sehen.«

Da explodierte die Leuchtspurmunition hoch über dem Stealth-Schiff. Das Ganze glich dem Schuß aus einer Leuchtpistole, war aber tausendmal intensiver.

Carver sah das Licht am Himmel und wandte sich Gupta zu. »Was haben Sie gesagt?« Dann gab er dem Kapitän einen Befehl. »Eröffnen Sie das Feuer!«

»Auf die britische Flotte, Sir?« fragte der Kapitän.

»Sie haben es doch gehört!«

Eine laute Explosion erschütterte das Schiff. Jetzt, wo es sichtbar war, feuerte die 4.5-inch-Kanone auf der *Bedford* in schneller Folge hochexplosive Granaten auf die *Sea Dolphin II*.

Das blendendweiße Licht riß die *Sea Dolphin II* aus der Unsichtbarkeit und dem Dunkel, und selbst Bond war überrascht, wie riesig und nackt das Stealth-Schiff in diesem Licht wirkte. Nun, da er etwas sah, konnte er schneller klettern.

Bond hatte Schwierigkeiten, sich einfach nur festzuhalten, und an ein Hochklettern an dem schnellen und im Zickzackkurs dahinrasenden Schiff war kaum zu denken. Er konzentrierte sich auf das Licht, das durch das von ihm verursachte Loch oben im Schiffsrumpf strömte, und kletterte darauf zu. Da explodierte direkt hinter dem Schiff eine Granate im Wasser, und er wurde von einer Welle durchnäßt. Eine Minute später schossen zwei flammende Blitze aus den Raketenwerfern über den Pontons, als zwei Raketen abgefeuert wurden.

Bond duckte sich instinktiv, als zwei weitere Geschosse direkt über seinen Kopf jagten.

Jetzt war er sicher, daß Carver wahnsinnig war – er griff die Royal Navy an.

16
Die Nachrichten von morgen

Langsam ging Wai Lin den engen Gang hinab. Die beiden bewaffneten Wachtposten folgten ihr. Sie hatten fast die untere Ebene erreicht, wo die Männer sie erledigen und dann ihre Leiche über Bord werfen würden. Die Ketten an ihren Fußgelenken behinderten sie, und sie stürzte die Metalltreppe im offenen Arbeitsbereich des Schiffes hinab.

Wai Lin lag stöhnend am Fußende der Treppe. Die beiden Männer blickten sich an. War sie verletzt? Einer der beiden ging los, um ihr aufzuhelfen, aber der andere war vorsichtiger und winkte seinen Kollegen zurück. Er feuerte einen Schuß ab, und die Kugel landete direkt neben ihrem Kopf.

»Aufstehen!« befahl er.

Wai Lin kämpfte, um sich aufzurichten, aber ihr Täuschungsmanöver funktionierte. Sie hatte es geschafft, den Ohrring, mit dem man Schlösser öffnen konnte, aus ihrem rechten Ohrläppchen zu lösen.

Das war ein klug ausgetüftelter kleiner Gegenstand, den der Waffenmeister der chinesischen Spionageabwehr speziell für sie entwickelt hatte. Beide Ohrringe bestanden aus Silber und waren mit dem Yin- und Yang-Symbol verziert, das für widerstrebende und dennoch komplementäre Kräfte stand. Ein guter Teil des philosophischen Denkens der Chinesen beruhte auf diesem verehrten Symbol, und viele glaubten, daß es magische Kräfte besaß. Wai Lin trug die Ohrringe als Talisman, und bis jetzt hatte sich das ausgezahlt.

Stamper und mehrere Crewmitglieder standen auf der großen Maschine, die sich in der Nähe des Lochs befand, das Bond durch seine improvisierte Bombe verursacht hatte. Von der darunter gelegenen Ebene wurde Reparaturmaterial heraufgeschafft. Stamper blickte zu dem Loch auf und war erstaunt, daß James Bond durch die Öffnung spähte. Bond war genauso überrascht wie der Deutsche, der sofort nach der Maschinenpistole griff, die zu seinen Füßen auf dem Boden lag. Er richtete die Waffe nach oben, aber Bond war verschwunden.

»Macht das Loch hinter mir dicht«, rief er. »Und zwar schnell!« Er kletterte durch die Lücke hinter Bond her.

Draußen wartete 007 bereits auf ihn. Stamper hatte sich halb durch das Loch in der oberen Schiffswand emporgestemmt, als Bond Anlauf nahm, lossprang und ihm beide Füße gegen die Brust rammte. Der Deutsche wurde rückwärts auf einen der scharfkantigen, gezackten Splitter geschleudert, die seit der Explosion herumlagen.

Bond stand auf und hielt nach Stamper Ausschau. Es war zu dunkel, um sehen zu können, wie ernsthaft er ihn verletzt hatte. Er hörte nichts außer den Geräuschen des Meeres.

Da zündete über ihnen erneut Leuchtspurmunition, die das nur noch trübe Licht, das zuvor geherrscht hatte, aufhellte. Stamper lag zusammengesunken, völlig reglos und mit gesenktem Kopf da. Bond begann weiterzugehen, als er hörte, daß der Deutsche dumpf aufstöhnte. Das gutturale Geräusch verwandelte sich in ein unmenschliches Heulen, in dem sich Schmerz und Lust mischten. Bond beobachtete erstaunt, wie Stamper seinen Kopf und seine Hände hob und sich von dem Splitter hochzuziehen begann. Der Sadomasochist setzte seine offensichtlich unvermindert kraftvollen Arme ein, um seinen Körper aufzurichten – wie ein Turner, der sich an den Ringen hochzieht. Sein Rücken, der durch den Metallsplitter aufgerissen worden war, schmerzte so sehr, daß Stamper laut auflachte. Nachdem er sich befreit hatte, sprang er ohne Anstrengung auf die höchste Stelle der Schiffswand. Er spürte seinen schmerzenden Rücken, blickte dann auf seine blutüberströmte Hand und leckte sie liebevoll ab.

»Das wird ja ein Riesenspaß«, sagte er zu Bond.

007 entschied sich für ein *Mikazuki-geri*-Manöver und trat Stamper ins Gesicht. Der Deutsche verkraftete den Tritt, ohne zusammenzuzucken. Er packte Bonds Hacke und schleuderte sie nach oben. Bond krachte auf das Deck des dahinrasenden Schiffes. Plötzlich wurden beide Männer von der Gischt durchnäßt, die durch eine in der Nähe explodierte Granate hochgespritzt war.

»Das Vergnügen wird ganz auf Ihrer Seite sein«, konnte Bond gerade noch sagen.

Die Abwehrgeschütze der *Bedford* hatten die erste Rakete erfolgreich in der Luft zerstört. Bei der zweiten Attacke durch mehrere Raketen hatten sie allerdings nicht soviel Glück. Eine traf das Schiff in der Nähe des Hecks. Mehrere Crewmitglieder rannten mit Feuerlöschern auf die Flammen zu.

Zwei Marinesoldaten mußten wegen Rauchverletzungen auf die Krankenstation gebracht werden, aber es gab keine Todesopfer.

In der Operationszentrale kreischten die Alarmanlagen, während das Schiff schwankte.

Der Kapitän blieb standfest. »Verlangsamen Sie die Geschwindigkeit auf fünf Knoten.«

Er erhielt einen Lagebericht von der Crew und sagte dann zum Konteradmiral: »Das Feuer ist nicht schlimm, Sir, aber wir müssen unsere Geschwindigkeit noch mehr verlangsamen, während es gelöscht wird.«

Kelly nickte. »Das andere Schiff hat eine Geschwindigkeit von zweiunddreißig Knoten, Kapitän«, informierte der Operationsoffizier. »Bei dem Tempo werden wir es in zwei Minuten nicht mehr auf dem Radarschirm lokalisieren können.«

»Auch wenn das Signal schwach ist, noch sehen wir es«, sagte Konteradmiral Kelly. »Feuern Sie weiter. Wir müssen dafür sorgen, daß das Schiff seine Geschwindigkeit vermindert.«

Die *Bedford* setzte ihre Attacken auf das Stealth-Schiff fort – die englische Fregatte war zwar getroffen worden, aber noch längst nicht besiegt.

Auf der unteren Arbeitsplattform drängten die beiden Wachtposten Wai Lin auf die Reling zu. Der Boden des Schiffsrumpfs war offen, so daß man zwischen den beiden Pontons auf das aufgewühlte Meer sehen konnte. Einer der Männer hob seine Waffe, um Wai Lin von hinten zu erschießen.

Sie erreichte die Reling und wich dann zurück. Der andere Mann streckte eine Hand aus, um sie nach vorne zu schubsen, aber sie schritt routiniert zwischen die beiden, packte ihre Köpfe und knallte sie gegeneinander. Dann benutzte sie ihre mittlerweile geöffneten Handschellen, um die beiden betäubten Männer aneinander zu fesseln. Bevor diese begreifen konnten, was geschehen würde, stieß Wai Lin sie über die Reling.

Ein Wachtposten auf dem schmalen Gang über ihr hatte den Vorfall beobachtet. Er hob seine Waffe und eröffnete das Feuer. Wai Lin nahm die beiden Maschinenpistolen vom Boden auf und ging genau in dem Augenblick in Deckung, als die Kugeln hinter ihr von der Plattform abprallten.

Sie raste einen Korridor tief im Schiffsinneren hinab. Ohne zu zielen, feuerte sie eine Salve von Schüssen über ihre Schulter ab, bog um eine Ecke und wich so den acht Wachtposten aus, die sie verfolgten. Reglos wartete sie, während die Männer vorbeirannten, ohne sie zu bemerken. Als sie sicher war, daß sie weg waren, kam sie aus ihrem Versteck hervor und rannte in der anderen Richtung davon. Sie mußte umkehren, um ihr Ziel zu erreichen.

Ein einsamer Wachtposten kam um eine Ecke und prallte mit ihr zusammen. Wai Lin rammte dem Mann ihre Schulter gegen die Brust. Er knallte auf den Rücken, und sie rannte über seinen Körper und trat ihm dabei ins Gesicht.

Auf der Arbeitsplattform am Heck waren die Crewmitglieder erfolgreich damit beschäftigt, einen breiten Rahmen zu konstruieren, der das schwarze Material stützen sollte, aus dem der Schiffsrumpf des Stealth-Schiffes bestand. Sie hoben ihn hoch und begannen damit, ihn an der richtigen Stelle zu plazieren.

Carver beobachtete den Vorgang in seinem Büro.

»Sorgen Sie dafür, daß keine Lücken bleiben«, rief er in sein Mikrofon.

Einen Augenblick später war das Loch komplett versiegelt. Carver lächelte. Jetzt waren sie wieder im Geschäft.

Die *Bedford* kam kaum voran, aber die Besatzung feuerte weiter 4.5-inch-Granaten ab, wobei sie sich am Radar orientierte. Die Crew bemühte sich hektisch, das Feuer unter Kontrolle zu bekommen, und die Offiziere beobachteten aufmerksam die Monitore. Die spannende Jagd hatte von ihnen Besitz ergriffen.

»Das Feuer ist gelöscht, Sir«, berichtete ein Crewmitglied.

»Wieder volle Kraft voraus«, befahl der Kapitän dem Operationsoffizier.

»Wir haben das Ziel aus den Augen verloren, Sir«, rief der diensthabende Offizier. »Es ist auf dem Radarschirm nicht mehr sichtbar.«

Konteradmiral Kelly blickte auf den Monitor. Der Mann hatte recht – der kleine Flecken war verschwunden.

»Verdammt«, murmelte er. »Das Schiff muß da irgendwo sein. Steuern sie weiter in diese Richtung.

Der Kampf mit Stamper tobte weiter. Der Deutsche knallte Bond auf den Schiffsrumpf, so daß alle Luft aus seinen Lungen entwich. Dennoch konnte er noch zur Seite rollen, bevor Stampers Fuß auf ihn niederkrachte.

Obwohl Bond mit großer Geschicklichkeit kämpfte, mußte er die schlimmsten Schläge einstecken. Der Deutsche hörte einfach nicht auf und schien auch nicht zu ermüden. Einmal gelang es Stamper, Bonds Gesicht nacheinander mit sieben perfekt gezielten Schlägen zu traktieren. Bond taumelte betäubt zurück und wäre beinahe hingefallen, aber er hielt sich irgendwo fest, um sich wieder hochzuziehen. Dann sprang er auf und traf Stamper mit einem wunderschönen *Savate*-Kick am Kinn, aber das Untier grinste nur und kam erneut auf ihn zu.

007 stürzte sich auf seinen Gegner, aber der Deutsche holte mit dem Fuß aus und trat ihn in den Bauch. Bond brach zusammen, und Stamper setzte nach, indem er ihn mit aller Kraft vor sich herschubste, bis Bond über Bord ging.

Stamper heulte den Mond an und pochte sich an die Brust. Das war ein großartiges Gefühl! Er hatte es geschafft! Er spähte über die Bordwand und sah, daß sich Bond zwei Meter unter ihm an der Seitenwand des Schiffes festklammerte. Während das Licht der letzten Salve der Leuchtspurmunition schwächer wurde, baumelten Bonds Beine über dem aufgewühlten Wasser.

Wai Lin stahl sich in den Turbinenraum des Schiffes, der von zwei gigantischen Dampfturbinen beherrscht wurde. Eine große Anzahl von Metallröhren mündete in die Turbinen, und der Druck in jeder Röhre wurde von Anzeigeinstrumenten mit Glasverkleidung gemessen.

Nachdem sie den Raum betreten hatte, feuerte sie kurze Salven in Richtung der Tür. Die beiden Crewmitglieder, die für die Turbinen zuständig waren, flohen durch die hintere Tür, während zwei Bewaffnete schießend in der Tür auftauchten. Wai Lin war gezwungen, in der Nähe der Turbinen hinter den Röhren in Deckung zu gehen. Sie bemerkte auf den Turbinen die Reihe von Meßinstrumenten und die Ventile. Weitere Schüsse zwangen sie weiterzulaufen. Während sie sich hinter den Röhren versteckte, drehte sie an einem Ventil, und die Zeiger der Druckmeßgeräte näherten sich dem roten Bereich.

Sie rollte sich durch den ungeschützten Raum zwischen den Turbinen und provozierte damit Salven aus Maschinenpistolen, die sie fast getroffen hätten. Als sie wieder in Deckung gegangen war, begann sie auch an den Ventilen auf dieser Seite zu drehen.

Acht Gangster kamen näher und gaben sich gegenseitig Feuerschutz, aber sie registrierten nicht, was Wai Lin mit den Ventilen machte. Sobald sie den Turbinenbereich erreicht hatten, zog sich Wai Lin zurück. Das Magazin einer ihrer Maschinenpistolen war leer, und sie warf die Waffe weg. Sie überprüfte das Magazin der anderen – es blieben ihr nur noch zwei Kugeln.

Die Wachtposten erreichten den Bereich hinter den Röhren, wo sich Wai Lin eben noch aufgehalten hatte. Die Zeiger der Druckmeßgeräte über ihren Köpfen hatten jetzt den äußersten Rand der roten Zone erreicht, und die aufgestaute Energie begann, die Röhren vibrieren zu lassen.

Wai Lin feuerte ihre letzten beiden Kugeln auf zwei der Ventile ab. Sie platzten und lösten eine Kettenreaktion aus. Die anderen Ventile explodierten ebenfalls, und der Raum war in einen Schwall extrem heißen Dampfs getaucht. Es dauerte eine weitere Minute, bis sich der Dampf aufgelöst hatte. Die acht Männer waren so gar gekocht wie Hühnchen in einem Schnellkochtopf.

Wai Lin verließ den Raum. Sie erreichte die untere Arbeitsplattform und ging dann die Treppe zum offenen Bereich hoch.

Carver und sein Kapitän bemerkten, daß das Stealth-Schiff schnell an Fahrt verlor.

»Der Druck von beiden Turbinen ist weg«, sagte der Kapitän, der die Geschwindigkeitsanzeigen überprüfte. »Wir liegen wie tot im Wasser.«

»Schlechte Nachrichten für uns, aber noch schlechtere für China. Bringen Sie die Sache so schnell wie möglich wieder in Ordnung«, befahl Carver. Dann wandte er sich Gupta zu. »Da wir sowieso anhalten, werden wir die Rakete eben jetzt abfeuern.«

Gupta hätte es nie zugegeben, aber langsam bekam er Angst.

Bond klammerte sich immer noch an die Seitenwand des Schiffes und war nicht in der Lage, wieder hochzuklettern. Jetzt, wo das Schiff gestoppt hatte, war es leichter, sich festzuhalten, aber es war auch für Stamper einfacher, hinter ihm herzuklettern.

Vier Meter links neben Bond glitt die Tür auf, durch die die Rakete abgefeuert werden sollte. Bond kletterte darauf zu, dicht gefolgt von Stamper.

007 sprang ins Schiffsinnere und fiel auf den schmalen Gang. Er rollte sich ab und richtete sich auf einem Knie auf. Über ihm befand sich eine kleine Schalttafel, direkt unter der Tür für den Abschuß der Rakete. Bond sah einen großen grünen und einen großen roten Knopf. Auf der Tafel stand: ›Notfall – öffnen oder schließen.‹ Bond wollte auf den roten Knopf drücken, aber in die-

sem Moment sprang Stamper durch die Tür, rammte ihm die Füße gegen das Brustbein, und Bond wurde durch den schmalen Gang geschleudert.

Er fiel und landete in dem offenen Bereich. Unmittelbar unter ihm war das Wasser. Er schaffte es, sich vorne an dem Geschützrohr festzuhalten, aus dem die Rakete abgefeuert werden sollte. Es wurde sorgfältig durch mehrere Gewichte ausbalanciert. Wegen des zusätzlichen Gewichtes neigte es sich langsam, bis die Rakete auf das Wasser zielte, während Bond am Ende des Geschützrohrs baumelte.

Gupta saß mit seinen Leibwächtern in dem Raum, wo der Raketeneinsatz programmiert wurde. Er hörte auf, seine Tastatur zu bearbeiten und blickte zu einer Kamera hoch.

»Alles startbereit«, sagte er. »Sie können die Rakete jederzeit abfeuern.«

Carver, der Gupta auf dem Monitor in seinem Büro beobachtete, hatte auch den größten Teil des Raums im Blickfeld, in dem sein bester Technologieexperte saß. Er sah, wie sich die Tür öffnete und Wai Lin hinter Gupta auftauchte.

»Tut mir leid, Darling«, sagte Carver in sein Mikrofon. »Sie kommen zu spät.«

Gupta war verwirrt. »Darling?« Er wandte sich um und erblickte Wai Lin. Die drei Bodyguards wollten nach ihren Waffen greifen, aber da legte Wai Lin los. Sie sprang hoch und traf einen Mann mit einem *Tobi-geri*-Kick im Gesicht. Sie landete wieder auf dem Boden, wirbelte ihr Bein herum und trat dem zweiten Typ gegen die Brust. Dann packte sie den Kopf des dritten und knallte ihn auf ihr Knie. Die Männer waren außer Gefecht gesetzt.

Sie wandte sich Gupta zu. »Sind Sie bereit, mir zu demonstrieren, wie Sie mit mir fertig werden?«

Guptas Unterkiefer fiel herab, dann hob er langsam die Hände.

Stamper sprang auf das hintere Ende des Geschützrohrs, aus dem die Rakete gestartet werden sollte. Durch die Gewichtsverlagerung bewegte es sich wie eine Wippschaukel, so daß Stampers Ende sank und Bonds sich hob. Die Bewegung beschleunigte sich, und Stamper hing bald am unteren Ende, über dem Meer. Die Geschwindigkeit sorgte dafür, daß die Rakete sich erneut neigte, und innerhalb von ein paar Sekunden stieg Stamper wieder hoch, und Bond sank. Bond wählte genau den richtigen Augenblick zum Absprung und landete direkt unterhalb der Tür, durch die die Rakete abgefeuert werden sollte, auf dem schmalen Gang. Bei dem harten Aufprall verschlug es ihm den Atem, und er hätte sich fast den Arm gebrochen. Er hatte höllische Schmerzen, zwang sich aber, sich hochzurappeln.

Das hintere Ende des Startrohrs senkte sich schnell, doch Stamper erwischte das Geländer des unteren Gangs und stoppte so die Abwärtsbewegung.

Plötzlich flog auf der vorderen Plattform die Tür des Raumes auf, in dem die Raketen programmiert wurden. Wai Lin kam herausgestürzt. Sie schubste Gupta, der mindestens dreimal so schwer war wie sie, auf die Reling zu.

»Okay, okay, ich hab' doch gesagt, daß ich aufgebe!« brüllte er.

Wai Lin hielt inne und schien zu überlegen, ob sie seinem Gewinsel um Gnade nachgeben sollte. Gupta blickte sie angsterfüllt an. Dann schüttelte sie den Kopf und schleuderte ihn über Bord. Gupta knallte wie eine Kanonenkugel ins Wasser.

Von seinem Schreibtisch aus konnte Carver auf den Monitoren beobachten, daß Stamper in der Luft hing. Mit seinen Händen klammerte er sich hinten an dem Raketenwerfer fest und mit seinen Füßen an dem Geländer des unteren Gangs – er konnte sich nicht bewegen.

Durch Zufall hatte das Gewicht von Stampers Körper den Raketenwerfer so ausgerichtet, daß er auf die Tür für den Start zeigte.

»Stamper!« tönte Carvers Stimme aus dem Lautsprecher. »Bleiben Sie, wo Sie sind! Ihnen steht das großartigste Erlebnis Ihres Lebens bevor!«

Carver drückte auf den Knopf. Trotz des gigantischen Krachs des Raketenstarts hörte er Stampers orgiastisches Geheul.

Während die Cruise Missile aus dem Raketenwerfer hervorschoß, wurde der deutsche Handlanger auf der Stelle eingeäschert. Bond langte nach dem Knopf, um die Tür für den Raketenstart zu schließen. Er drückte ihn und ging hinter einem Stahlpfeiler in Deckung, bevor der Abgasdampf auch ihn tödlich verbrannt hätte.

Die Tür schloß sich schnell, aber die Rakete war noch schneller. Sie war schon fast ganz durch die Tür geglitten, aber die Tür erwischte noch die Steuerflossen der Cruise Missile, die abgerissen wurden, während die Rakete nach oben schoß. Ohne die Steuerflossen geriet die Cruise Missile ins Trudeln und explodierte. Man sah einen riesigen Feuerball, und die Trümmer regneten um das Schiff herum nieder.

Bond rannte den schmalen Gang hinab und traf auf Wai Lin. Das Boot vibrierte, während sie die explodierenden Granaten hörten. Sie umarmten sich, aber aus einem Augenwinkel sah Bond einen Wachtposten.

»Schräg hinter dir«, flüsterte er.

Ohne hinzusehen trat Wai Lin nach hinten aus und traf den angreifenden Mann ins Gesicht.

»Sind wir nicht ein gutes Team?« fragte Bond.

In diesem Augenblick wurde die Brücke des Stealth-Schiffes von einer Granate der *Bedford* getroffen. Das

Licht der explodierenden Cruise Missile hatte die *Sea Dolphin II* zu einem leicht zu treffenden Ziel gemacht.

Die chinesische Spionageabwehr wurde von der vietnamesischen Polizei unterstützt. Gemeinsam strömten die Männer in das CMGN-Hauptquartier in Saigon. Die Wachtposten hatten keine Chance gegen die Soldaten, die mit zwei Panzern und mehreren Jeeps vor dem Gebäude vorgefahren waren.

Die Männer stürmten das Gebäude und zwangen alle Angestellten, sich in einem zentralen Bereich zu versammeln, während die Räume durchsucht wurden.

General Chang wurde zusammengekauert in der Kabine einer Damentoilette gefunden und auf der Stelle verhaftet. General Koh war persönlich nach Vietnam gereist, um die Operation zu beaufsichtigen. Als er sah, daß Chang von Soldaten abgeführt wurde, erinnerte er ihn daran, daß er durch einen Kopfschuß von hinten getötet werden würde, sollte er des Landesverrats für schuldig befunden werden.

Der ›Kronprinz‹ Hung und seine transsexuellen Begleiter hörten nichts von dem Aufruhr – sie waren viel zu sehr damit beschäftigt, in der Suite des jungen ›Monarchen‹ nach Techno-Musik zu tanzen. Ohne Gegenwehr ergaben sie sich den Männern, die in den Raum stürmten. Der ›Kronprinz‹ blinzelte dem Offizier, der ihm die Handschellen anlegte, sogar zu, doch der beachtete ihn nicht.

Es dauerte nur zehn Minuten, dann waren Hung und Chang unter bewaffneter Aufsicht nach Peking unterwegs.

Die letzte Granate hatte dafür gesorgt, daß Carver auf den Boden seines Büros fiel. Es brannte, und er hatte die Orientierung verloren. Irgend etwas hatte ihn am Kopf getroffen. Langsam zog er sich hoch und ging zu den

Monitoren, aber bevor er irgendwelche Befehle geben oder den Schaden abschätzen konnte, schoß von der Brücke ein einzelner Flammenstoß in sein Privatbüro. An der Wand mit den Videomonitoren fielen die Bildschirme aus, die das Stealth-Schiff zeigten. Carver rammte in Panik seine Faust dagegen, um die Monitore wieder anspringen zu lassen.

»Verdammt!« brüllte er. »Geht schon an!«

Plötzlich sah Carver sein eigenes Bild auf allen Monitoren erscheinen. Offenbar wurde es in diesem Moment an die Satelliten übermittelt und von Millionen Fernsehzuschauern auf der ganzen Welt empfangen. Über seinem Gesicht sah er die Schlagzeile: ›Vermißt‹.

Er schaltete den Ton ein. »Es wird berichtet«, sagte Tamara Kelly, »daß der Eigentümer dieses Fernsehsenders über den mysteriösen Tod seiner Frau verzweifelt war, und das nur wenige Tage, bevor die britische Regierung ankündigen wird, daß Anklage wegen eines Betrugsdelikts erhoben wird ...«

Wütend schaltete Carver den Ton aus.

»Verdammt! Diese Mistkerle behalten immer das letzte Wort!«

Dann erblickte er auf anderen Bildschirmen seinen Rücken. Er wandte sich um und sah durch die Spiegelglasverkleidung seines Büros Bond und Wai Lin hinter der Sea-Vac. Die Zähne und Kameras des Gefährts waren direkt auf ihn gerichtet.

»Das Schicksal wendet sich«, sagte Bond.

Er stieß die Sea-Vac durch das Fenster, und Carver und der ganze Raum wurden von Glasscherben überflutet. Die obszöne Maschine kroch langsam auf den König des Fernsehens zu. Sie war weitaus schlimmer als ein Killerwal oder der gefährlichste Hai. Ihre rotierenden Zähne schwirrten, und das kreischende Geräusch glich dem von Nägeln, die über eine Tafel glitten.

Auf den Bildschirmen wurde Carvers Gesicht größer und größer, und er hatte den Mund zu einem Schrei geöffnet, aber seine Schreie wurden vom enormen Lärm der Sea-Vac und dem Geräusch brechender Knochen übertönt. Elliot Carver wurde zerstückelt wie eine Möhre, die in einen Mixer geworfen wird.

Bond und Wai Lin beobachteten das Werk der monströsen Maschine mit großer Genugtuung. Dann wandten sie sich um und ergriffen die Flucht. Es blieben ihnen nur noch ein oder zwei Minuten, bis das Schiff entweder sinken oder erneut von Granaten getroffen werden würde.

Bond packte ein davonrennendes Mitglied der Crew, das ein zusammengefaltetes Plastikpaket von der Größe eines Koffers dabeihatte. Er erlöste den Mann von seiner Last.

»Hier entlang«, sagte er.

Wai Lin grinste und folgte ihm, aber zuvor hatte auch sie einem verängstigten Wachtposten ein identisches Paket abgenommen.

Zwei weitere Granaten trafen das Schiff, und die Explosion leuchtete ihnen den Weg.

Bond und Wai Lin schafften es, zu den Pontons zu gelangen, und sprangen ins Wasser. Während sie untertauchten, hörten sie ein dumpfes, hallendes Geräusch – die *Bedford* hatte der *Sea Dolphin II* den Gnadenstoß versetzt. Sie schwammen mit aller Kraft weiter und tauchten dann in sicherer Entfernung von dem zerstörten Schiff auf.

Bond zog ein Kabel seines Ausrüstungspakets. Eine Sauerstoffpatrone öffnete sich zischend, und aus dem Plastikpaket wurde ein kleines Schlauchboot. Er stieg ein.

»Darf ich dich einladen ...?«

Er wandte sich um und sah, daß Wai Lin ihr eigenes Schlauchboot aufblies.

Die *Sea Dolphin II* hatte schwere Schlagseite, weil die Granaten innen explodierten. Ein Ponton war schon fast untergetaucht. Wieder ging eine Granate hoch, und der Ponton sank. Das Schiff kippte und verschwand nach einer letzten schweren Explosion endgültig.

Man hörte nichts mehr außer dem Geräusch der Wellen und sah nur noch den blubbernden Schaum, der die Stelle markierte, wo die *Sea Dolphin II* gesunken war.

Die beiden Geheimagenten aus zwei Ländern, die auf der entgegengesetzten Seite des Erdballs lagen, lehnten sich in ihren Schlauchbooten zurück, hielten ihre Boote aber zusammen, so daß ihre Köpfe nebeneinander lagen.

»Bist du sicher, daß du nicht zu mir herüberkommen willst?« fragte Bond.

»Manchmal will eine Frau in ihrem eigenen Boot aufwachen.«

»Verstehe. Du willst alleine rudern.«

»Wir könnten es auch zusammen tun.«

»Heute paddeln wir in deinem Schlauchboot, morgen in meinem.«

In der Nähe ertönte eine Schiffssirene, aber Bond und Wai Lin schenkten ihr keine Beachtung. Die *Bedford* suchte das dahintreibende Wrack und die Ölspur mit einem Scheinwerfer. Es würde eine Weile dauern, bis sie die beiden kleinen Schlauchboote entdeckt hatte.

»Commander Bond!« ertönte eine Stimme aus einem Lautsprecher. »Sind Sie hier, Sir? Melden Sie sich, oder geben Sie ein Lichtzeichen, wenn Sie uns hören können. Miß Lin! Können Sie uns hören? Hier spricht die Royal Navy ...«

Der Lichtstrahl des Scheinwerfers erfaßte sie nicht, als sie sich küßten.

»Ich habe beschlossen, daß das Leben eines Bankers das einzig Wahre für mich ist«, sagte Bond, während er in Wai Lins Schlauchboot kletterte und sie ihn auf ihren Körper herabzog.

»Und ich habe geglaubt, daß dieser Tag nie enden würde«, sagte sie lachend. »Jetzt bin ich mir gar nicht mehr sicher, ob ich es überhaupt möchte.«

Er küßte sie. »Schon in Ordnung. Vergiß den heutigen Tag. Die Zukunft gehört uns.«

Wai Lin schlang ihre Beine um seine Taille und öffnete den Reißverschluß seines Taucheranzugs. Sie seufzte. »Das sind die besten Neuigkeiten, die ich seit langem gehört habe.«

Colin Forbes

»Kein anderer Thrillerautor schreibt wie Colin Forbes!«
SUNDAY TIMES

Target V
01/5314

Tafak
01/5360

Nullzeit
01/5519

Lawinenexpreß
01/5631

Focus
01/6443

Endspurt
01/6644

Das Double
01/6719

Die Höhen von Zervos
01/6773

Gehetzt
01/6889

Fangjagd
01/7614

Hinterhalt
01/7788

Der Überläufer
01/7862

Der Janus-Mann
01/7935

Der Jupiter-Faktor
01/8197

Cossack
01/8286

Schockwelle
01/8365

Incubus
01/8767

Feuerkreuz
01/8884

Die unsichtbare Flotte
01/9592

Todesspur
01/10345

Heyne-Taschenbücher

Starke Männer

Hollywoods neue & alte Helden

Alan G. Barbour
Humphrey Bogart
32/1

John Parker
Sean Connery
32/225

32/255

Frank Schnelle
Tom Cruise
32/192

David Dalton
James Dean
32/72

Rein A. Zondergeld
Alain Delon
32/211

Adolf Heinzlmeier
Johnny Depp
32/245

Gerald Cole
Peter Williams
Clint Eastwood
32/199

Adolf Heinzlmeier
Mel Gibson
32/240

Meinolf Zuhorst
Tom Hanks
32/229

Robert Fischer
Al Pacino
32/203

Karsten Prüßmann
Brad Pitt
32/238

Mary Thürmer
John Travolta
32/249

Heyne-Taschenbücher

HEYNE BÜCHER

John Le Carré

Perfekt konstruierte Spionagethriller, spannend und mit äußerster Präzision erzählt.

»Der Meister des Agentenromans.«
DIE ZEIT

Eine Art Held
01/6565

Der wachsame Träumer
01/6679

Dame, König, As, Spion
01/6785

Agent in eigener Sache
01/7720

Ein blendender Spion
01/7762

Das Rußland-Haus
01/8240

Die Libelle
01/8351

Enstation
01/8416

Der heimliche Gefährte
01/8614

SMILEY
Dame, König, As, Spion
Agent in eigener Sache
Zwei George-Smiley-Romane in einem Band
01/8870

Der Nacht-Manager
01/9437

Ein guter Soldat
01/9703

Unser Spiel
01/10056

Heyne-Taschenbücher